Agnes Sapper

Frau Pauline Brater

Lebensbild einer deutschen Frau

Leseklassiker

Agnes Sapper

Frau Pauline Brater

Lebensbild einer deutschen Frau

ISBN/EAN: 9783955634827

Auflage: 1

Erscheinungsjahr: 2015

Erscheinungsort: Bremen, Deutschland

Agnes Sapper

Frau Pauline Brater

Lebensbild einer deutschen Frau

Leseklassiker

Leseklassiker

Inhaltsverzeichnis

Vorwort

Wer ist Frau Brater, oder wer war sie?

Warum sollen wir uns für sie interessieren? Ist sie eine Künstlerin, eine Gelehrte, eine Wohltäterin für die Menschheit gewesen? Hat sie auf irgend einem Gebiet Hervorragendes geleistet und sich in der Welt einen Namen gemacht?

Diese so berechtigten Fragen haben mir viele Bedenken verursacht, denn sie müssen alle verneint werden. Frau Brater ist nie in die Öffentlichkeit getreten, sie war nichts weiter als eine deutsche Frau. Wer sie nicht persönlich kannte, weiß nichts von ihr. Aber das ist eben der Punkt: w e r sie persönlich kannte, der hatte einen tiefen Eindruck von ihrer Eigenart, der empfing von ihr, was er gerade bedurfte; denn sie konnte vieles geben: Klarheit in schwierigen Lebensfragen, Erheiterung in bedrückter Stimmung, Aufrüttelung der Energielosigkeit, Wahrheit im Scheinwesen, Hinweisung zum Göttlichen.

Sollten von diesen vielseitigen Wirkungen nicht auch jetzt noch welche ausgehen, wenn wir im Geist mit dieser Frau verkehren? Gewiss, wenn es gelingen würde, ihr Leben und Wesen recht lebendig zu schildern, so müssten wir in dieser Darstellung etwas von dem Reiz empfinden, den ihr persönlicher Umgang gewährte.

Das ist der Gedanke, der mich trieb, ihr Lebensbild zu zeichnen. Und mit ihrem Bild zugleich wird ein anderes auftauchen, das Karl Braters, des edlen Vorkämpfers für die deutsche Einheit, von dem Professor Robert Piloty in einer eben erschienenen Schrift sagt: »Offenen und ehrlichen Kampf für Staat, Recht und Freiheit hat er zeitlebens geführt, sein Andenken wird stets verbunden sein mit den Erinnerungen an Bayerns schwerste Zeiten, in denen er mit energischem Willen und klarem Verstand auf der Seite der guten Sache beharrte und kämpfte.«

Wenn meine Feder nicht zu ungeschickt ist zu schildern, was mich selbst, während es an meinem Geist vorüberzog, tief bewegte, so könnte sich durch dieses Buch das Wort bewahrheiten, das nach Frau Braters Tod über sie gesprochen wurde: »An solchen geisteskräftigen Persönlichkeiten erhält das sittliche Streben neuen Schwung und Antrieb, sie wirken nach, auch wenn sie längst nicht mehr in unserer Mitte sind.«

W ü r z b u r g , im Sommer 1908.

Die Verfasserin.

Erster Teil

Mädchenjahre

1. Kapitel. 1827–1835

Ein Familienereignis ersten Ranges war es nicht, als am 27. August 1827 dem Professor der Mathematik in Erlangen Wilhelm Pfaff von seiner Ehefrau Luise, verwitwete Kraz, ein Töchterlein geboren wurde. Waren doch schon Kinder in stattlicher Zahl vorhanden! Gab es doch schon:

Aurora,

Heinrich,

Luise,

Siegfried,

Hans,

Colomann,

Friedrich;

vielleicht wären die Eltern auch mit diesen sieben zufrieden gewesen, die Leben und Bewegung genug in das Haus brachten, während nicht übergenug vorhanden war von dem, was zur Erhaltung solchen Lebens nötig ist. Da nun dies kleine Wesen von niemandem begehrt war, so mag es wohl von der ersten Stunde seines Erscheinens an die Richtung mit bekommen haben, die es Zeit seines Lebens einhielt: sich nicht für etwas Hervorragendes zu halten und es als ein unverdientes Glück zu empfinden, wenn ihm im Laufe des Lebens einmal mehr als das Nötige zuteil wurde.

Ob ersehnt oder nicht, das achte Kind lag in der Wiege und die Familie nahm freundlich Stellung zu ihm. Man musste freilich eng zusammenrücken, damit der Platz reichte in der beschränkten Wohnung. Vielleicht war es eben in dieser Zeit, da der Vater, der nicht nur als Professor der Mathematik und Astronomie wirkte, sondern auch eifrig das Studium des Sanskrit betrieb, eine originelle Einrichtung traf, um trotz der lärmenden Kinderschar an seinem Schreibtisch ungestört arbeiten zu können. Ein eigenes Studierzimmer konnte er sich bei den beschränkten Geldverhältnissen nicht gönnen. So zog er denn in dem großen gemeinsamen Zimmer einen festen Kreidestrich um seinen Arbeitstisch und diese Ecke durfte keines der Kinder betreten. Mochten sie im übrigen Teil des Zimmers herumtoben wie sie wollten, das störte den Gelehrten nicht in seiner Arbeit und er ließ sie gutmütig gewähren. Betrat aber einer der Jungen unbedacht des Vaters Reservat, so war ein derber Schlag die sichere Folge dieses Übertritts in das verbotene Gebiet.

Als sein achtes Kind zur Welt kam, war Professor Pfaff mit dem Dichter und damaligen Professor Friedrich Rückert an einer gemeinsamen Arbeit, an der Übertragung der indischen Dichtung Nal und Damajanti ins Deutsche. Da nun Rückert ebenso sparsam wie Pfaff war – hatte sich doch einer der beiden Professoren von dem andern das Sanskritlexikon abgeschrieben, um es nicht kaufen zu müssen – so behalfen sich auch die beiden Gelehrten mit e i n e m Exemplar dieser Dichtung und täglich wanderte das Buch über die Straße hinüber und herüber. Den Kindern der beiden Häuser, die die Boten machen mussten, waren Nal und Damajanti vertraute Namen, lange bevor sie dem deutschen Volk bekannt wurden. Weil nun Pfaffs Jüngste auf die Welt kam, während ihres Vaters Gedanken auf Damajanti gerichtet waren, so erhielt das Kind den Namen Damajanti, den der Pfarrer nicht ohne Bedenken in das Kirchenbuch eintrug, doch wurde ihr zum täglichen Gebrauch neben diesem poetischen noch der gut bürgerliche Name Pauline beigelegt.

Die sieben Geschwister, in deren Kreis die kleine Pauline eintrat, waren aus drei Ehen zusammengekommen, denn sowohl Pfaff als seine Frau Luise geb. Plank waren vor dieser Ehe schon verheiratet gewesen.

Sie beide stammten aus Württemberg, hatten sich dort schon als junge Leute gekannt und im stillen geliebt, aber es kam zwischen ihnen nicht zur Aussprache, denn der junge Mann strebte zunächst noch in die Ferne. Er folgte einem Ruf als Professor der Astronomie nach Russland an die neu gegründete Universität Dorpat und wurde dort zum Direktor der Sternwarte und zum russischen Hofrat ernannt. In dieser neuen Heimat gründete er seinen Hausstand, indem er sich mit einer livländischen Adeligen, Fräulein von Patkul, verheiratete. Zwei Kinder entsprossen dieser Ehe, doch ist nur eines derselben, Aurora am Leben geblieben. Die Sehnsucht nach der alten Heimat trieb Pfaff, die glänzende Stellung aufzugeben und mit Frau und Kind nach Deutschland zurückzukehren, wo er auch Anstellung fand, aber bald seine Gattin durch den Tod verlor.

Inzwischen hatte auch seine Jugendliebe, Luise Plank, sich verheiratet und in glücklicher Ehe mit einem jungen Geistlichen, Kraz, in Württemberg gelebt. Aber auch diese Ehe wurde schon nach vier Jahren durch den Tod getrennt; der jungen Witwe blieben zwei Kinder, Heinrich und Luise. So fanden sich nach wohl zehnjähriger Trennung die Verwitweten wieder. Als eine gereifte dreißigjährige Frau trat sie ihm entgegen, gesund an Leib und Seele, voll warmen Gemüts. Die alte Liebe erwachte und führte diesmal zu glücklicher Verbindung. An Geld und Gut brachten die beiden nicht viel mit in die Ehe und es ist bezeichnend für ihre Lebensanschauung, dass Pfaff sich von seiner Luise erbat, sie möchte ihm statt eines Eherings ein hebräisches Lexikon geben. Die Vermählten zogen zunächst nach Würzburg, von wo Pfaff bald einem Ruf an die Universität Erlangen folgend dorthin übersiedelte. Durch diese Ehe kamen die Kinder der livländischen Adeligen und des schwäbischen Geistlichen als Geschwister zusammen.

Die beiden in die Ehe gebrachten Töchter Aurora Pfaff und Luise Kraz lebten in geschwisterlicher Liebe miteinander und waren schon erwachsene Mädchen, als nach vier Brüdern die kleine Pauline zur Welt kam. Die in jungen Jahren verstorbene Schwester Aurora wäre vielleicht längst in der Familie verschollen, wenn nicht ihr poetischer Name und ihr tragisches Geschick sie mit einem gewissen Nimbus umgeben hätten. Als Aurora zu einem schönen Mädchen erblüht war, bewarb sich um ihre Gunst ein junger Mann, der durch den Schein besonderer Frömmigkeit ihre Seele für sich gewann. Vater und Mutter misstrauten seinem Wesen und waren gegen die Verbindung. Aber in sanfter, beharrlicher Weise hielt Aurora an dem Geliebten fest und beeinflusste endlich die Eltern, die keine Tatsachen gegen ihn vorbringen konnten, sondern bloß eine Antipathie empfanden, dem Wunsch der beiden nachzugeben. Einige Tage vor der Hochzeit als die Braut allein mit den Eltern und Geschwistern zusammen war, und der Vater in bewegter Stimmung, da er seine erstgeborene Tochter hergeben sollte, nahm er ein Spiel Karten, um daraus der jungen Braut ihr Schicksal vorauszusagen. Kunstgerecht, nach damaliger Sitte, schlug er die Karten und da fiel auf die ihrige der Pik Bube, die schwarze Unglückskarte. Lachend erklärte er das Spiel für misslungen, mischte die Karten aufs neue, legte sie nach der Regel des Kartenschlägers und zum zweiten Male kam der Pik Bube auf die Karte der Braut. Diese erblasste. Dem Vater war es leid. Er wollte den übeln Eindruck verwischen, nahm das Spiel, mischte und gab zum dritten Mal und zum dritten Mal erschien der Pik Bube. Da warf er heftig das Spiel aus der Hand und verließ das Zimmer.

Den Geschwistern ist der Eindruck dieser unheimlichen Szene durchs Leben geblieben. Aurora erkannte bald nach der Hochzeit den wahren Charakter ihres Mannes, den die Eltern richtig durchschaut hatten. Ihr früher Tod machte schon nach wenigen Jahren der traurigen Ehe ein Ende. Dass der naturwissenschaftlich gebildete, gelehrte Mann sich zum Kartenschlagen verstand, wundert uns heute, aber es lag in der damaligen Zeit, ebenso wie die Sitte, dem Neugeborenen das Horoskop zu stellen, wie es uns Goethe im Eingang von »Dichtung und Wahrheit« erzählt. Auch Pfaff hat um seines Töchterleins Schicksal die Sterne befragt, denn er gab sich ganz speziell mit Astrologie ab, wenn auch mehr vom Standpunkte des Völkerstudiums aus. Leider blieb uns nicht erhalten, was er damals aus den Sternen las. So müssen wir dir selbst das Horoskop stellen, kleine Pauline Damajanti, indem wir die Sterne betrachten, die in deinem Kreis leuchten und die Atmosphäre prüfen, in der du aufwachsen sollst. Dann ahnen wir, wie sich etwa dein Wesen gestalten wird, und wer kann leugnen, dass das Wesen eines Menschen vielfach sein Schicksal beeinflusst, ja oft bestimmt?

Das Oberhaupt der Familie stand im Geburtsjahre der kleinen Tochter mitten im besten Wirken und Schaffen. Ein Zeitgenosse hat ihn uns geschildert als einen Mann von herrlichen Anlagen, von edlen Gedanken und hohem Sinn, mit Begeisterung forschend nach den Geheimnissen der Natur und dem darin waltenden Gott; im Umgang mit der Familie und den Freunden liebevoll und anspruchslos, ein Humorist im besten Sinne des Wortes; im Streben nach dem Wesen oft den äußern Schein allzu sehr verschmähend; in mildtätiger Liebe fast zu weit gehend, so dass er von bedürftigen Studierenden oft über Gebühr ausgenützt wurde.

Ähnlich lautet die Schilderung seiner Gattin: Eine originelle, heitere Schwäbin mit köstlichem Humor, voll Herzensgüte und aufopfernder Liebe, von größter persönlicher Anspruchslosigkeit und unermüdlichem Fleiß, auch sie das Äußere gering achtend, Ordnung und Schönheit hintansetzend. Beide beliebt in hohem Maße, denn die Bedenken pedantischer Leute über die originelle Haushaltung und äußere Erscheinung konnten nicht aufkommen gegen das herzgewinnende, erfrischende und dabei so bescheidene Wesen dieses glücklichen und Glück verbreitenden Paares. Man sah es der Frau Hofrätin gerne nach, wenn es ihr einmal vorkam, dass sie in einer Kaffeegesellschaft anstatt des Taschentuchs einen Hemdärmel ihrer Buben aus der Tasche zog, der wohl in den Flickkorb gehörte; man gewöhnte sich daran, dass bei ihren Kleidern nicht jeder Knopf pedantisch in das für ihn bestimmte Knopfloch kam. Wer achtete darauf, während sie so heiter und gemütvoll zu plaudern wusste, wer verstand nicht, dass sie in unermüdlichem Schaffen und Sorgen für ihre große Familie an die äußere Erscheinung wenig denken konnte? Überdies wurde sie auch außerhalb der eigenen

Familie vielfach in Anspruch genommen. Sie hatte sich als Tochter eines Arztes manche medizinische Kenntnis erworben, zu der noch ihre reiche Erfahrung als Mutter und eine entschiedene natürliche Begabung kam. Dadurch wurde es in weiten Bekanntenkreisen bei arm und reich der Brauch, zunächst nach Frau Pfaff zu schicken, wenn ein Kind nicht gedeihen wollte oder erkrankte. Sie wusste oft guten Rat und in ihrer großen Herzensgüte fand sie es nur natürlich, wenn sie von allen Seiten in Anspruch genommen wurde.

So waren die Eltern. Darf man dem Kind dieser harmonischen Ehe nicht gute Geistesgaben, edlen Sinn und fröhlichen Humor voraussagen? Und müssen wir nicht andererseits Bedenken haben, ob ihr auch der Blick für die äußere Erscheinung, Ordnungs- und Schönheitssinn nicht ganz abgehen wird? Wir werden ja sehen. Unendlich mannigfaltig sind die Einflüsse, die dem in der Entwicklung stehenden Menschenkinde zuströmen, bald hemmend bald fördernd, was ihm von der Natur eigen ist.

Nächst den Eltern kamen die sieben Geschwister in Betracht, zu denen sich später noch eine kleine Schwester Sophie gesellte, die aber früh verstarb. Am nächsten im Alter standen Pauline ihre vier Brüder, »Friedel, Hans, Co und Fritz«, ihre täglichen Spielkameraden, die Genossen ihrer Jugend, vier prächtige Jungen voll Geist und Leben, treuherzig und wahrhaftig. Trotzdem waren diese vier »Pfaffsbuben« bekannt in Erlangen um ihrer vielen Streiche willen, und Pauline tat mit, wo sie nur konnte. Der Vater, in seine gelehrten Arbeiten vertieft, ließ sie gewähren, wenn sie es nicht gar zu toll trieben, und auch die Mutter sah der Jugend ihren Übermut nach. Sie nahm es z. B. nicht schwer, als sie einmal von der Kirche heimkommend von sechs Stühlen fünf mit etwas abgesägten Beinen vorfand, schön regelmäßig abgestuft, einer immer etwas kürzer als der andere, damit die ungleich großen Kinder am Tisch sitzend alle gleich groß erschienen. Dieses merkwürdige Mobiliar fand sich noch lange in der Familie. Ehrfurcht vor dem Heiligen aber wurde gefordert. Als einstmals einer der Jungen den Bibelspruch lernte: »Aus Adern und Knochen hast du den Menschen gebildet« und darüber bemerkte, das müßte ein sonderbarer Mensch sein, gab die Mutter dem kleinen Spötter mit dem Kochlöffel einen solchen Treff, dass ihm und den anderen klar wurde: Die göttlichen Dinge dürften nicht herabgezogen werden.

Denken wir uns zu solchen vier Brüdern eine kleine Schwester, so dürfen wir ihr prophezeien, dass sie fröhlich und unternehmend, nicht zimperlich und pedantisch werden wird, freilich müssen wir auch fürchten, dass diese Fröhlichkeit manchmal in bubenhafte Wildheit ausarten und die Unternehmungslust sie auf allerlei Einfälle bringen wird, die einem artigen Professorentöchterchen nicht wohl anstehen. So lesen wir auch in dem Brief einer Tante, die zu Besuch kam, folgendes Urteil über die damals vierjährige Pauline: »Sie ist so wild und unbändig als die Knaben, was ihr als Mädchen viel übler ansteht, recht gutmütig ist sie wohl, auch recht hübsch, allein ein wahrer Husar.«

Aber als Gegengewicht standen obenan zwei erwachsene Schwestern, solche sind immer die geborenen Erzieherinnen für das jüngste Kind, und bald wird sich noch ein anderer Einfluss bemerkbar machen: eine gesittete Freundin tritt auf. Ehe wir aber diese schildern, müssen wir auch die Stadt besehen, den Heimatboden aus dem das Pflänzchen hervorwächst.

Die bayerische Universitätsstadt Erlangen liegt in Mittelfranken, demjenigen Kreise des Königreichs, in dem die protestantische Bevölkerung vorherrscht. So ist auch auf dieser Universität die theologische Fakultät von jeher bedeutend gewesen. Die kleine bescheidene Stadt lässt Musse zu fleißigen Studien. Daneben entwickelt sich dort auch ein fröhliches Burschenleben sowie ein traulicher Verkehr zwischen den Professorenfamilien. Viele bedeutende Namen klingen zu uns aus dieser Stadt. Von den Zeitgenossen Pfaffs, die dort gelebt und mit denen er in Berührung war, wollen wir nur einige nennen: Schelling, Rückert, Platen, Raumer - Namen, die keinem gebildeten Deutschen fremd klingen.

Führt uns heute unser Weg nach Erlangen und sind wir begierig, den Ort zu sehen, in dem so viele geistig bedeutende Menschen sich entwickelten oder anderen zur Entwicklung halfen, so wundern wir uns über die stille Stadt mit den auffallend kleinen Häusern; nur wenig von modernem Leben und Treiben tritt uns da entgegen, Ruhe herrscht in den weiten Straßen und auf den großen Plätzen. Manche der Einwohnerzahl nach kleinere Städte machen durch höhere Häuser, engere Straßen und allerlei laute Gewerbe einen belebteren Eindruck als Erlangen, gar nicht zu reden von manch andern Universitätsstädten, in denen Fremdenverkehr mit Hotelomnibus, Automobilen und eleganten Gefährten der Stadt ein vornehmes Gepräge verleihen. Davon ist in Erlangen nichts zu sehen. Zwar würden die Großeltern der jetzigen jungen Generation staunen über die Reinlichkeit der kanalisierten Straßen, in denen zu ihrer Zeit trübe Lachen vor den Häusern standen, staunen über die nächtliche Beleuchtung, die ihre kleinen Handlaternen in die Rumpelkammern verwiesen hat; manches Häuserviertel wäre ihnen vollständig unbekannt, die neuen Universitätsgebäude, die sorgfältig gepflegten Anlagen und schönen Brunnen würden ihre Bewunderung erregen. Aber dennoch, im Vergleiche mit andern war und ist Erlangen eine einfache Stadt, sie gab und gibt noch den Beweis, dass der menschliche Geist, der in einer so kleinen Schale eingeschlossen ist, auch keine große, stattliche Behausung braucht.

Manche mögen ungünstig über die kleine Universitätsstadt urteilen und sie langweilig nennen, aber es wird immer auch solche geben, denen sie lieb ist und sinnbildlich erscheint für einen in sich gekehrten deutschen Gelehrten.

In der Atmosphäre dieser kleinen Stadt ist Pauline aufgewachsen und unser Horoskop verspricht ein mehr dem Schlichten als dem Vornehmen zugewandtes Wesen ohne

Streberei, mit Sinn für fröhliches Behagen und mit der Anschauung, dass nicht Geld, sondern Geist die Welt regiert.

In der Spitalstraße stand das Haus, dessen unteren Stock die Familie Pfaff bewohnte. Es war eine kalte Parterrewohnung und so ist auch die Erinnerung an die erlittene Kälte eine der frühesten, die Pauline aus ihrer Kindheit behielt. Sie stand in dem besonders kalten Winter von 1830 auf 31 erst in ihrem vierten Lebensjahre, doch hat sie einen unauslöschlichen Eindruck davon behalten, der wohl begreiflich ist, wenn man liest, was ihre Mutter damals an die Tochter Luise Kraz schrieb, die bei dem verheirateten Bruder Heinrich über Weihnachten zu Gast war. Es heißt in diesem Brief: »Ich lege dir ein Paar warme Schuhe bei, denn bei der heftigen Kälte wirst du sie wohl brauchen können. Bei uns ist es fürchterlich kalt, zwei Tage brachten wir keine Fenster auf und da die Läden zu waren, so mussten wir in völliger Dunkelheit leben; nun hat Siegfried mit Kohlen aufgetaut und so haben wir doch wieder Licht. Meine Pauline leidet sehr, weil sie sich Hand und Füße erfroren hat.«

Bis ins Frühjahr hinein dauerte die grausame Kälte, die bis zu 30° stieg, so dass das Quecksilber einfror, und es ist wohl zu begreifen, dass in der Seele des Kindes dieser Eindruck haften blieb, trat ihr doch hier zum ersten Mal ein großes Leiden entgegen, an dem sie selbst ihr kleines Teil mittragen musste und das Menschen und Tiere zugleich betraf; nie vergaß sie den Anblick erfrorener Tauben, die man morgens auf der Straße liegen sah. Es folgten damals noch viele kalte Winter, doppelt empfindlich in den schlecht verwahrten Wohnungen. Treppentüren gab es noch nicht, so oft die Haustüre aufging, drang der eisige Luftstrom bis an die Zimmer; Winterfenster waren unbekannt, die Küchen hatten noch offene Kamine, durch die der Schnee in die Feuerstätte hereingeweht wurde. Eine Eigenart der Erlanger Häuser waren lange unverglaste Gänge auf der Rückseite, durch die die Kälte überall Einlass fand. Die Türschlösser, die nach außen gingen, konnte man während der grimmigsten Kälte nicht mit der bloßen Hand berühren, weil die Haut daran kleben blieb.

Darum schütteln die alten Leute aus jener Zeit die Köpfe, wenn wir in unseren wohlverwahrten Wohnungen über Kälte klagen wollen. »Ihr wisst gar nicht, was Kälte heißt« sagen uns die Erlanger der alten Zeit.

Die Parterrewohnungen waren sehr niedrig, man konnte sie von der Straße aus ganz überblicken. Die Pfaffsjugend wusste daraus Vorteil zu ziehen. In der besseren Jahreszeit, wo die Fenster immer offen standen, brauchte man nicht erst an der Haustüre zu klingeln und auf Einlass zu warten, man nahm den kürzeren Weg durchs Fenster. Gegen solch zweckmäßige Einrichtungen hatten die Eltern gewöhnlich nichts einzuwenden, nur geschah es dann auch in Fällen, wo es ihnen nicht passend erschien. So erzählte Frau Pfaff in späteren Jahren, wie einmal ein würdiger alter Herr von auswärts gekommen sei, um den Herrn Hofrat zu sprechen, und bei ihr sitzend auf dessen Heimkehr wartete, als plötzlich ein paar der Buben nacheinander und zuletzt auch Pauline zum Fenster hereinsprangen, worüber, da es nicht ohne Gepolter abging, der Fremde jedes Mal zusammenschrak und sich wohl im stillen über die Sitte wunderte, die im Hause des Hofrates herrschte. Aber es wird ihm ergangen sein wie so vielen, dass ihm im Gespräch mit der frischen, herzgewinnenden Frau diese Dinge als nebensächlich, ja als Ausfluss ihres unbefangenen Wesens ganz natürlich erschienen.

Fragten so Vater und Mutter nicht viel nach der sonst üblichen Form und Sitte, so war doch e i n Element in dem Haus, das manchmal danach sah, was denn in anderen Professorenfamilien Brauch sei und diese Sitten auch einführen wollte, und das war Anne, der dienstbare Geist des Hauses. Diese treue Person liebte vor allem die kleine Pauline und hätte sie gerne feiner gekleidet gesehen. Besonders eines war es, das sie immer wieder beantragte, das Kind sollte auch, wie andere seines Standes, Ohrringe bekommen. Sie wandte sich an die Mutter, ja an den Herrn Hofrat selbst, aber ihre Bitte fand kein Gehör, denn für solchen Luxus war man nicht zu haben. Anne aber konnte die schmucklosen Ohren ihres Lieblings nimmer ertragen. Sie wartete, bis sie wieder ihren Lohn erhalten hatte, nahm dann heimlich das Kind mit sich, kaufte ihm nach ihrem Geschmack goldene Ohrringe, stach sie ihm selbst kunstgerecht und führte stolz die so geschmückte Kleine den Eltern vor, indem sie sagte, die Pauline sei so gut ein Professorenkind wie andere auch, darum müsse sie auch wie diese Ohrringe tragen. Und die Eltern, obgleich sie solchen Schmuck nicht leiden konnten, waren doch viel zu gutmütig, um dem Mädchen, das sein Geld daran gewendet hatte, die Freude zu verderben, und Pauline trug Ohrringe wenigstens so lange Anne im Hause blieb.

Der Einfluss dieser treuen Dienerin war kein geringer auf Pauline, die später oft scherzhaft von Anne als ihrer Erzieherin sprach. Für eine solche wäre nur etwas weniger Aberglauben zu wünschen gewesen. Der naive Standpunkt, auf dem in dieser Hinsicht die wackere Person stand, geht aus folgendem Zuge hervor: Am Himmelfahrtsfest hatte sie an eine Schürze ein neues Band angenäht, war sich dabei aber einer Feiertagsentheiligung bewusst. Als nun am Nachmittag ein schweres Gewitter heraufzog, fühlte sie sich durch diese Sünde um so mehr beunruhigt, je heftiger es blitzte und donnerte. In ihrer Seelenangst eilte sie endlich hinauf in den obersten Bodenraum, hing die Schürze mit dem sündhaften Band zur Dachluke hinaus und rief: »So Blitz, jetzt schlag in den Bändel!«

Solche Eindrücke blieben der kleinen Pauline ebenso wie die unheimlichen Gespenstergeschichten, die Anne erzählte und von deren Wahrheit sie ganz überzeugt war. Dadurch wurde in der Kinderseele eine Furcht erweckt, die sich in einsamen und in nächtlichen Stunden oft zur Qual steigerte. War Pauline zufällig abends allein zu Hause, so kam mit der Dunkelheit die Furcht über sie, aber nur die Gespensterfurcht war es, eine andere kannte sie nicht. Deshalb verfiel sie auch auf eine eigentümliche Schutzmaßregel. Sobald es dunkelte, öffnete sie weit alle Türen und Fenster der Parterrewohnung, um Gelegenheit zur Flucht zu haben. Dann blickte sie wachsam nach allen Seiten, um nach der einen zu entfliehen, sobald von der andern das Gespenst auftauchen würde. Sie war überzeugt, dass kein Besuch aus der vierten Dimension es hinsichtlich der Schnelligkeit der Beine mit ihr aufnehmen könne.

Oft erwachte sie nachts und horchte mit Bangen und Herzklopfen nach irgend einem unerklärlichen Geräusch. Es gab deren so viele in dem alten Haus, und besonders in der Dachkammer, die zeitweise ihre Schlafstätte war. Oft wehte der Schnee oder drang der Regen durch die Schindeln des Daches und das Bett musste hin- und hergeschoben werden, bis sich eine trockene Stelle fand. Sie erinnerte sich noch in ihrem Alter einer Schreckensnacht, in der sie an einem Geräusch erwachte und deutlich spürte, dass etwas auf ihrer Decke sich auf sie zu bewegte. Ihre erregte Fantasie hatte im Nu ein Gespenst daraus gemacht. Sie wagte sich nicht zu rühren und nicht zu schreien und empfand buchstäblich, was wir meist nur bildlich so ausdrücken, dass ihre Haare sich vor Entsetzen sträubten, bis sie erkannte, dass es nur eine Katze war, die den Weg in die Kammer gefunden hatte. Pauline hat die Gespensterfurcht als das schrecklichste Leiden ihrer Kinderzeit im Gedächtnis behalten.

Hat die treue Anne in diesem Punkt Unheil angerichtet, so tat sie doch sonst den Kindern nur Gutes und nahm an Freud und Leid der Familie Anteil, wie wenn sie ein Glied derselben gewesen wäre, ja sogar das auf Reichtum und Ehre am meisten bedachte Glied. Einmal hatte es auch den Anschein, als sollte ihr Ehrgeiz befriedigt werden und Reichtum in die Familie Pfaff einkehren. Die französische Akademie hatte einen Ehrenpreis ausgesetzt für die Lösung einer ungemein schwierigen astronomischen Berechnung. Pfaff, der sich für die gestellte Aufgabe interessierte, machte sich an die mühsame Arbeit. Vierzehn Bogen Papier – so sagt wenigstens die Familientradition – musste seine Frau aneinanderkleben, damit die Berechnung darauf Platz fand. Die Lösung gelang, wurde eingesandt und von der Akademie als preiswürdig erkannt. Jeden Tag konnte der ausgesetzte Preis eintreffen. Statt seiner kam in den Zeitungen die Nachricht von dem neuen Regime in Frankreich, welches das alte gestürzt hatte, und in den Wirren der Julirevolution blieb der erwartete Goldregen aus. Die Enttäuschung wäre wohl noch bitterer gewesen, wenn sie auf einmal gekommen wäre, aber man konnte ja noch immer hoffen auf günstigen Umschlag, auf Rückkehr der alten Zeiten, und über diesen Hoffnungen vergingen sachte die Jahre und die vierzehn Bögen gerieten allmählich in Vergessenheit.

Es kamen andere Sorgen, die der Familie näher gingen. Da war zuerst der schon früher erwähnte Tod der Tochter Aurora, dann starb das nach Pauline geborene Töchterchen, Sophie, etwa sechsjährig, an Croup. Bis in ihr Alter erinnerte sich Pauline dieser lieblichen kleinen Schwester und des Augenblicks, da diese in ihrer Todesnot nach Atem ringend ihr Bettkittelchen von unten bis oben zerriss, um Luft zu bekommen. Noch trauernd um diesen Verlust sah die Mutter einen noch herberen nahen, fühlte sie die Grundfeste des Hauses wanken. Ihr bis dahin so gesunder Mann erlitt im Jahre 1834 einen Schlaganfall, dem später noch weitere folgten. Für ihn und die Seinen entstand daraus eine schwere Leidenszeit. In verschiedenen Briefen an ihre treue Schwester Adelheid, die mit Rektor Roth in Nürnberg verheiratet war und an die Verwandten in Württemberg spricht sich der tiefe Kummer über die Krankheit, die bange Sorge vor der Zukunft aus. Sie schreibt: »Ihr glaubt nicht, in welcher Spannung und Angst ich lebe, ich bin nur froh, wenn ein Tag wieder herum ist. Oft denke ich: nur auch e i n mal möchte ich mich wieder niederlegen, ohne dass die schweren Sorgen mich drücken, die werden mich aber wohl nicht mehr verlassen, besser kommt es wohl nimmer, aber schlimmer kann es ja noch werden.« Es gibt wohl kaum eine größere Qual als die, welche sie nun durchmachen musste; zusehen, wie nicht nur die körperlichen, sondern auch die geistigen Kräfte des geliebten Mannes infolge jedes neuen Anfalls immer mehr abnahmen. Dazu kam, dass er selbst sich zeitweise dieses Zustands bewusst und dann im höchsten Grade erregt war.

Den Kindern blieb ein Auftritt in Erinnerung, unter dem sie ihre Mutter erzittern sahen. Sie saß am Bette des Mannes, der sie immer um sich haben wollte, und mit dem zu sprechen doch so qualvoll war, weil ihm oft die Worte nicht zu Gebote standen und er dadurch in wachsende Erregung geriet. So suchte er diesmal nach einem Namen, konnte ihn nicht finden und fragte seine Frau: »Wie heißt der Student, der so oft zu uns kommt?« Sie nannte einen Namen und wieder einen, jeder falsche Vorschlag regte ihn mehr auf und sie besann sich in wachsender Angst auf die zahllosen Studenten, die jemals aus- und eingegangen waren, bis er endlich in Wut ausbrechend ihr zurief: »Du Rabenmutter, es ist ja Dein eigener Sohn!« Der Sohn Heinrich war es, dessen Namen er gesucht hatte. Auf solche Stunden der Erregung folgten auch wieder ruhigere, in denen sein früheres liebevolles, anspruchsloses Wesen zum Ausdruck kam, denn auch bei geistig Erkrankten tritt ihr eigentliches Naturell zeitweise zutage. Der selbstlose Mensch wird immer zu unterscheiden sein von dem Egoisten, der feinfühlende von dem gemeinen, und es hat etwas unendlich Rührendes, wenn solch edle Eigenschaften durchleuchten zwischen den durch die Krankheit verdunkelten Stunden.

So blieb auch diesem Kranken die Liebe und Verehrung der Seinen treu bis zu dem Augenblick, wo ihn der Tod erlöste, im Sommer 1835.

Wie es der Witwe zumute war, als sie allein stand mit ihrer Kinderschar, spricht sie aus gegen den ältesten Sohn Heinrich, der damals schon eine Anstellung hatte an dem theologischen Seminar im Kloster Schönthal in Württemberg.

Lieber Heinrich!

Schwere kummervolle Tage habe ich zurückgelegt seit Du von uns gingst und noch immer kann ich mich an den Gedanken nicht gewöhnen, dass Ihr für dieses Leben keinen Vater mehr habt und dass auch mir die Seele von meinem Leben fehlt. Die erste Zeit wurde mir dadurch leichter, weil der Gedanke, dass er nun Ruhe habe, mir so tröstlich war. Allein jetzt, seit die Erinnerung an seine Leiden schwächer wird und sein Bild wieder in meiner Seele lebendig wird, wie er früher war, mit welcher Liebe er an uns hing und mit welcher Treue er alle seine Pflichten erfüllte und wie sein Geist und Beispiel noch so wohltätig für seine Kinder gewesen wäre, da möchte ich wohl fragen: warum Du lieber Gott hast Du uns das wohl getan? und schwer wird es mir, mich mit Ergebung in Gottes Willen zu fügen. Ich habe mit der schmerzlichsten Sehnsucht gehofft, er werde vor seinem Ende noch so viel Bewusstsein bekommen, dass er seinen Kindern auch noch einen Segen, mir nur auch ein Trosteswort zurücklassen könne, denn schon bei einer kurzen Trennung tut es wohl, wenn man Abschied nehmen kann und ich musste bei dieser schmerzlichen und vielleicht langen Trennung auch diesen Trost noch entbehren...

2. Kapitel. 1835–1849

Unsere kleine Pauline war inzwischen ein Schulmädchen geworden, ein begabtes, wenn auch nicht eben ein fleißiges. Sie konnte, wenn es darauf ankam, schon ganz ordentliche Briefe schreiben. Es ist uns solch ein Kinderbrief erhalten, den sie anlässlich der Verlobung ihres Bruders Kraz mit Luise Elsässer an diese schrieb. Sie redet die neue Schwägerin gleich als Schwester an.

Liebe Schwester!

Es freut mich, dass Du einen Bräutigam hast und dass es mein Bruder ist. Heiratet Euch nur bald, ich freue mich recht bis die Hochzeit ist, denn ich komme auch dazu. Weil Du gesagt hast, ich soll Dir schreiben, so will ich es tun. Ich kenne Dich zwar noch nicht, aber ich kann mir schon denken, wie Du bist, wenn Du für den Heinrich recht bist. Schreibe mir in dem Brief, wo Du mir antwortest, wie Du bist, denn viel weiß ich noch nicht. Komme auch bald zu uns, es gefällt Dir gewiss, denn dem Herrn Vischer hat es auch gefallen, der doch schon weit in der Welt herum gekommen ist. Wir haben uns sehr geehrt gefühlt, dass Du uns geschrieben hast. Hast Du denn auch noch Geschwister? die dann meine Schwestern und Brüder sind. Ich kann nichts weiter schreiben, denn ich weiß nichts mehr. Wir grüßen Dich alle, besonders ich. Lebe wohl und habe lieb Deine

Antworte mir.

Pauline Pfaff.

Wenn auch Pauline im Lesen und Schreiben mit mancher fleißigeren Schülerin Schritt hielt, so hatte sie doch keinen rechten Ernst in den Schulstunden und wenig Eifer zum Lernen ihrer Aufgaben, aber unbewusst lernte sie mit den geistig regsamen Brüdern, die des Vaters naturwissenschaftliche Interessen und auch einige Kenntnisse in diesem Fach überkommen hatten; sie wussten mit den vorhandenen Mitteln, Elektrisiermaschine, Teleskop, Sternkarten u. dergl. umzugehen und Pauline nahm an diesem Treiben teil mit angeborenem Interesse und Verständnis. Jeder Lehrer hätte an dieser aufgeweckten Schülerin seine Freude haben können, wenn diese sich nur dazu verstanden hätte, den Unterricht, der ihr mit einer Anzahl anderer Mädchen privatim erteilt wurde, regelmäßig zu besuchen. Das hielt sie aber nicht für nötig und das Schwänzen der Schulstunden beschwerte durchaus nicht ihr Gewissen, das zurzeit auf solche kleine Vergehen noch nicht reagierte. Die Schulaufgaben wurden möglichst rasch erledigt, denn am Abend tummelte sie sich lieber auf dem nahen Kirchenplatz und trieb dort allerlei Schabernack. So flößte sie gern den Menschen Schrecken ein, indem sie in der Dunkelheit ein weiß behangenes Bügelbrett feierlich um die Kirche trug, was bei dem Gespensterglauben jener Zeit seine Wirkung nicht verfehlte.

Doch nun trat in ihren Lebensweg eine Freundin, die großen Einfluss auf sie gewinnen sollte, ein gesittetes, gewissenhaftes und wohlerzogenes Mädchen. Es war die Tochter einer als Witwe nach Erlangen gezogenen Oberappellationsgerichtsrätin, die in der Nähe Wohnung nahm. Dem Namen dieser Familie werden wir in diesem Buche noch oft begegnen – er heißt B r a t e r .

Ob wohl eine Ahnung der guten Frau Pfaff sagte, von welcher Bedeutung es einst für sie sein würde, dass vor dem Haus ihr gegenüber ein bepackter Wagen aus München ankam, der den Hausrat der verwitweten Frau Brater brachte, und als diese selbst, eine feine, ernste Frau in Trauerkleidern, mit ihren drei Töchtern Einzug hielt in der bescheidenen Wohnung? Ihr einziger Sohn, Karl, studierte in München, von ihm war zunächst nichts zu sehen, aber die Töchter, Julie, Luise und Emilie, wurden freundlich in Erlangen empfangen durch ihre Verwandten, denn Frau Brater war ihrer ebenfalls verwitweten Schwester, Frau Schunck, nachgezogen und durch diese Pfaffs wohlbekannte Familie entstanden bald Beziehungen zu den Neuangekommenen.

Luise und Pauline wurden Schulkameradinnen und ihre ungleichartigen Naturen zogen sich an. Die kleine Fremde war bald ganz eingenommen für die fröhliche Kameradin, die vielerlei anzustellen wusste, allezeit lustig und guter Dinge war. Aber sie merkte auch, dass Pauline manches tat, was ihr unerlaubt schien, und während die Frische und Ungebundenheit der neuen Freundin sie anzog, machte das wohlerzogene Kind sich doch über dieses und jenes Gedanken, erzählte wohl auch der Mutter davon und diese richtete nun ihr Streben darauf, die wilde kleine Hummel, die auch ihr trotz mancher Unart gar wohl gefiel, in ihr Haus herein zu locken, damit die beiden Freundinnen unter ihrer Aufsicht miteinander verkehrten. Pauline hat nie die Eindrücke vergessen, die sie hier empfing. Es gingen ihr die Augen darüber auf, wie es in einem wohlgeordneten Haushalt eigentlich aussehen sollte. Mit Staunen bemerkte sie, dass hier jedes Ding seinen festen Platz hatte, dass täglich aufgeräumt und abgestaubt wurde und dass die bescheidenen Räume dadurch ein feines, wohnliches Aussehen erhielten. Der kleinen energischen Person war nicht sobald das Licht für Ordnung und Schönheit aufgegangen, als sie auch schon strebte, solche daheim einzuführen. Es wollte ihr nimmer gefallen, wenn das Frühstücksgeschirr bis zum Mittagessen auf dem Tische stand und jeder der vielen Hausgenossen allerlei dazwischen schob, sie wollte nun auch aufräumen und abstauben. Anfangs waren ihre Ordnungsversuche etwas roher Art: sie hob die Schürze auf, schob alles was da umherlag hinein und trug es in das nebenan liegende Schlafzimmer, denn ihr neu erwachter Ordnungssinn beschränkte sich zunächst auf das große Wohnzimmer. Aber je mehr sie heranwuchs, um so ausgeprägter wurde dieser Sinn und erstreckte sich auch auf andere Gebiete. Der eine und andere der Brüder fing an, auf ihre Bestrebungen einzugehen, besonders der älteste der vier Pfaffssöhne, Siegfried, der auch von Natur zur Ordnung geneigt war, sowie der jüngste, Fritz, unterstützten sie. Die andern Geschwister fanden wenigstens an der Schwester diese Anlage angenehm und wandten sich an sie, wenn die Mutter nicht Zeit fand, für Kleidung und Wäsche zu sorgen. Einer von ihnen, Colomann, gewöhnlich nur Co genannt, kam übrigens noch im Knabenalter nach Württemberg, um dort das theologische Seminar zu besuchen, in dessen strenge Zucht sich freilich ein so ganz in Freiheit aufgewachsener junger Bursche schwer einleben konnte. Ungemein frisch und fröhlich, voll übersprudelnden Humors und Lebenslust war er bei jedermann, nur bei den Lehrern nicht beliebt, die ihre schwere Not mit ihm hatten. Die Schwierigkeiten, die er in den Schuljahren und noch späterhin machte, verursachten seiner Mutter viel Kummer und es wäre ihr zu gönnen gewesen, hätte sie voraus gewusst, was wir wissen, dass auch er es schließlich zum wohlangesehenen Professor der Mathematik in Stuttgart brachte.

Bei aller Einfachheit und Sparsamkeit entwickelte sich doch, als die jungen Pfaffs heranwuchsen und fröhliche Studenten, meist Bubenreuther wurden, ein überaus beglückendes geselliges Leben im Haus, an dem die Mutter, trotz aller Arbeit und Sorge, die auf ihr lag, selbst ihre Freude hatte. Die älteste Tochter Luise, ein geistig bedeutendes Mädchen, und ihre Freundin, Hannchen Richter, sowie die Brüder mit ihren Freunden, vereinigten sich oft im Haus Pfaff zu Spielen und Darstellungen oder zu gemeinschaftlichen Ausflügen. Zu diesem Kreise gehörte nun auch K a r l B r a t e r, der sich mit Siegfried und Hans Pfaff eng befreundet hatte. Ganz anders geartet als diese, ernst, zurückhaltend, schon in den Studienjahren ein vielversprechender Jurist, von Haus aus an gesetzte Manieren gewohnt, unterschied er sich von der übermütig fröhlichen, unbefangenen und lauten Art seiner Freunde, fühlte sich aber angezogen von dem frischen, treuherzigen Ton des Hauses und nahm mit Begeisterung teil an den Aufführungen klassischer Werke, zu denen Frau Pfaff, bereitwilliger als wohl andere Hausfrauen, ihr Zimmer zur Verfügung stellte. Neben der erwachsenen Schwester und deren Freundinnen, der schönen Julie Nees v. Esenbeck, der geistig bedeutenden Julie Brater und dem originellen Hannchen Richter, die von den jungen Männern gefeiert wurden, kam die erst halb erwachsene Pauline und ihre Freundin Luise noch nicht zur Geltung und Beachtung, aber doch behielt Pauline eine beglückende Erinnerung an diese Geselligkeit und freute sich im späteren Leben, wenn sie Familien traf, die ebenso harmlos und ungezwungen ihr Haus für Freunde und Freundinnen öffneten. Was braucht die Jugend mehr als eben ihresgleichen, um vergnügt zu sein? Es ist ein Irrtum, zu meinen, dass es ohne Aufwand an Essen und Trinken, an Toilette und Bedienung keine Freude gäbe. Im Haus Pfaff war umständliches Vorbereiten und Einladen nicht Sitte, man kam meist nach dem Abendessen zusammen, die jungen Mädchen mit Laternen in der Hand, wie es für schicklich galt in den schlecht beleuchteten Straßen und eingehüllt in lange Kragen, die man »Tugendhüllen« nannte. Auf Tafelgenüsse wurde nicht gerechnet, denn während ihre Söhne studierten, wusste Frau Pfaff oft nicht, woher Geld zum Nötigsten nehmen, und ihre Kinder erinnerten sich später, wie sie gar manchmal an das Geldschublädchen gingen, das vertrauensvoll für alle zugänglich war, wie sie zu diesem oder jenem Einkaufe Geld herausnehmen wollten, aber nachdem sie den Inhalt visitiert hatten, gern auf alles verzichteten und die kleine Lade wieder zuschoben, weil sie allzu dünn belegt war mit dem, was doch für den ganzen Monat ausreichen musste.

Lange Zeit besaßen die drei jüngsten Söhne nur einen gemeinsamen Sonntagsanzug. Derjenige, welcher am frühesten aufstand, nahm Besitz davon, die andern hatten das Nachsehen und konnten Sonntags nicht aus dem Hause gehen.

Viele Jahre wohnte die Familie Pfaff in einem Haus in der Karlstraße, das der Witwe des Professor Kopp gehörte. Die beiden Frauen, als Württembergerinnen schon vorher befreundet und nun in ähnlichen Verhältnissen lebend, schlossen sich eng aneinander, halfen sich auch getreulich aus. Einst brachte der Postbote für Frau Pfaff ein unfrankiertes Paket. Es war wohl Ende des Monats, denn die Pfaffsche

Geldschublade war leer. In ihrer Verlegenheit wegen des Portos sprang Frau Pfaff die Treppe hinauf, um bei Frau Kopp das Sümmchen zu entlehnen. Diese gute Kollegin besaß aber im Augenblick auch nichts mehr, dagegen hatte sie ein wackeres Dienstmädchen, das war im Besitze der nötigen Groschen und konnte den beiden Professorinnen aus der Verlegenheit helfen.

In dieser Zeit war es wohl auch, dass ein Besuch im Spätherbst, als es schon recht unangenehm kühl war, ein kaltes Zimmer voll Rauch antraf. Frau Pfaff entschuldigte sich: sie habe grünes Holz gekauft, weil dies billiger sei und nicht brenne; für so junge Leute wie die ihrigen sei es genug, wenn sie auch nur am Rauch merkten, dass eingeheizt sei.

Der fröhliche, gesellige Kreis lichtete sich allmählich und verlor seinen Mittelpunkt, als Luise sich mit dem Studienlehrer Sartorius in Windsheim verheiratete. Zwischen ihr und Karl Brater hatte eine Freundschaft bestanden wie sie in damaliger Zeit häufiger als jetzt vorkam. Die poetischen Worte, in denen er dieser Jugendfreundschaft ein Denkmal setzte und die er in das Album der Freundin eintrug, sollen hier folgen:

1.

Freundschaft, die bei Kinderspielen
In der Kinderstub entstanden,
Ist verwandt der pflichtgemäßen
Liebe zwischen Blutsverwandten.
Eh Du noch mit klaren Blicken
Deinen Sinn erkannt und ihren, –
Einem Zufall hat's gefallen,
Dich und sie zusamm' zu führen.
Freie Wahl in spätern Jahren
Wird vielleicht den Zufall preisen,
Wird vielleicht gleichgültig scheidend
Euer altes Band zerreißen.

2.

Freundschaftsbünde, wie sie zwischen
Alten Leuten sich begeben,
Kenn ich freilich, Dank dem Himmel,
Nicht aus eigenem Erleben.
Aber können die mit voller
Froher, junger Liebe lieben,
Die sich in der Zeit der Fülle,
Freude, Jugend, fern geblieben?
Alte, schon vernarbte Herzen,
Die in gut und schlechten Tagen
Ihre Lust und ihre Leiden
Einsam durch die Welt getragen?

3.

Freundschaft, die sich Jugend gründet,
Ist ein Bau fürs Menschenleben,
Ein Hospiz, das immer offen
Freundlich Obdach Dir zu geben.
Jugend ist die Zimmerstätte,
Wo der Mensch sein Schicksal gründet,
Jeden kann er drein verflechten,
Der sich willig zu ihm findet.
Jugend ist in vielem Schüler,
Aber Meisterin im Lieben
Alt wird, ohne Jugend, welcher
Ohne Liebe jung geblieben.

Kurz nachdem Luise sich verheiratet hatte, gründete auch Siegfried Pfaff den eigenen Hausstand in Nürnberg und Pauline wurde von da an gar oft zur Hilfe gerufen, wenn solche in den jungen Haushaltungen Not tat. Sie war flink, fleißig und gänzlich frei von den störenden Eigenschaften des Hochmuts und der Empfindlichkeit. Vielleicht hatten die vielen Brüder durch ihre Neckereien diese Fehler nicht aufkommen lassen, vielleicht lagen sie auch ihrem schlichten, selbstlosen Wesen von Natur fern. Dazu kam die rührende Anspruchslosigkeit, die uns heutzutage kaum mehr verständlich ist. So durfte Pauline einmal zur Begleitung einer Freundin für einige Tage nach dem nahe gelegenen Bad

Streitberg gehen. Diese Freundin, Lina Rohmer, die durch ihr ganzes Leben mit Pauline eng verbunden blieb, wollte dort ihre Mutter besuchen, die in dem Badeort eine Kur gebrauchen musste. Die kränkliche Frau wohnte in dem Kurhaus und dort suchten Lina und Pauline sie auf. Aber wenn mittags die Tischglocke die Gäste zur Tafel rief, machten sich die beiden jungen Mädchen davon, denn sie erhoben nicht den Anspruch, dass man auch sie verköstigen solle. Sie gingen über die Essenszeit in den Wald, um sich dort zu dem mitgebrachten Brot Beeren zu suchen, fanden es wohl traurig, aber doch ganz selbstverständlich, dass es unter so erschwerenden Umständen einige Tage kein Mittagessen für sie gab.

Je öfter Pauline in ihren Mädchenjahren da und dorthin zur Hilfe berufen wurde, um so lieber kehrte sie wieder zur Mutter zurück, der sie als jetzt einzige Tochter immer näher trat und an deren Sorgen sie treuen Anteil nahm; auch wuchs sie immer enger zusammen mit den beiden Brüdern Hans und Fritz, die allein noch im Hause waren. Diese beiden studierten Naturwissenschaften und es lag viel davon in der Luft des Hauses, auch hatte sich des Vaters Interesse für die Astronomie auf die Jugend vererbt, so dass auch Pauline darin bewandert war und ihr ganzes Leben dadurch viele Freuden genoss, die andern fremd sind. Wir Städter blicken ja wenig hinauf nach den Sternen, hat doch der einzelne längst nicht mehr nötig, wie in früheren Zeiten, nach dem Lauf der Sonne seine Zeit einzuteilen oder nach dem Stand der Gestirne den Weg zu suchen. Wir richten uns viel bequemer nach den genauen Angaben unserer Uhren und Karten, wozu brauchen wir selbst den Lauf der Sterne zu kennen? In der Familie Pfaff lag das aber jedem im Blut. Sie wussten alle, wann und wo Sonne, Mond und Sterne auf- und untergingen, und verstanden ihren Lauf. Und es war das nicht ein trockenes Wissen, es umgab sie wie ein Lebenselement. Zahlen, die andere wohl einmal in der Schule lernen, aber dann wieder vergessen, waren ihnen so geläufig wie uns etwa, dass ein Jahr 365 Tage hat.

Vielleicht waren sie die einzigen jungen Erdenbürger, die mit einem gewissen Stolz sich bewusst waren, fortwährend mit einer Geschwindigkeit von 15 000 Meilen in der Stunde um die Sonne herum zu sausen. Fiel ein Strahl dieser Sonne auf ihren Tisch, so war es ihnen gegenwärtig, dass dieser Lichtstrahl wohl 20 Millionen Meilen zurückgelegt und doch nur acht Minuten dazu gebraucht habe. Trat der Mond aus den Wolken, so begrüßten sie ihn als unsern nächsten Nachbarn unter den Gestirnen, als einen guten Bekannten, dessen Berge und Krater sie schon oft durch des Vaters Teleskop betrachtet hatten; mit ihm standen sie auf vertrautem Fuße, nicht so mit den Fixsternen. Das waren die unnahbaren, geheimnisvollen, die sich nicht enthüllten vor dem besten Fernrohr. Mit Hochachtung sahen sie nach deren Licht, das vielleicht Tausende von Jahren brauchte, bis es das Menschenauge traf.

Das Schauen nach dem, was aus so unendlichen Fernen doch unsere Erde beeinflusst, hat für den menschlichen Geist etwas Erhebendes. Deutlich hat auch Pauline schon in ihrer Jugend es empfunden und oft hat sie es später ausgesprochen, dass die Wunder der Sternenwelt es waren, die sie mehr als alle Religionslehre mit dem Gefühl des Daseins Gottes durchdrungen haben, denn die damals in Erlanger Kreisen herrschende Orthodoxie vermochte ihr Herz so wenig wie das ihrer Brüder zu gewinnen. Wir machen uns jetzt kaum mehr einen Begriff, wie stark zu jener Zeit in vielen Familien die dogmatischen Lehrsätze betont wurden, so dass z. B. eine mit Pauline befreundete hochgebildete Frau zu ihr sagte: »Ich möchte lieber sterben als mit einer Reformierten zum Abendmahl gehen«.

Naturwissenschaftlich gebildete Menschen, wie die Geschwister Pfaff es waren, können sich besonders schwer in dogmatische Lehrsätze finden und haben von diesen oft nur den einen Nutzen, dass der innere Widerspruch sie zu tiefem Nachdenken anregt. Wenn wir die Lebensbeschreibungen großer Astronomen lesen, so ist es merkwürdig zu beobachten, wie sie fast alle in Konflikt geraten mit dem herrschenden Dogma ihrer Zeit, was in früheren Jahrhunderten oft ihre Freiheit und ihr Leben in Gefahr brachte. Aber Gottesleugner sind sie nicht, im Gegenteil sie sind erfüllt vom Glauben an Gott, durchdrungen von Ehrfurcht und bestätigen das Psalmwort: Die Himmel rühmen des Ewigen Ehre.

Von den Brüdern Pfaff wählte übrigens keiner die Astronomie als Beruf. Siegfried war Philologe, Hans und Colomann studierten Mathematik und Fritz zunächst Medizin, später wandte sich dieser der Geologie zu und hat als Professor in zahlreichen Schriften und Vorträgen seine Überzeugung vertreten, dass die naturwissenschaftlichen Forschungen in Einklang zu bringen sind mit der richtig verstandenen Bibel. In der Zeit, als Fritz noch im Erlanger Krankenhaus arbeitete, wurde eben der Äther als Betäubungsmittel bekannt und der junge Mediziner hatte den lebhaften Wunsch, auf diesem Gebiete zu experimentieren. Er fand dafür volles Verständnis bei seiner Schwester, die sich ihm sofort für seine Versuche zur Verfügung stellte. Ohne Wissen der Mutter nahm denn Fritz tatsächlich im Krankenhaus die Narkose an der Schwester vor und sie gelang. Pauline behielt in deutlicher Erinnerung den ersten Eindruck bei ihrem Erwachen aus der Betäubung: es war der Gesang eines durch die stille Straße am Krankenhaus vorübergehenden Burschen; sein Lied drang durch das geöffnete Fenster und machte sie mit dem klassischen Vers bekannt:

Ei du schöne Sonnenblume,
Du hast mir das Herz gewonnen,
Du liegst mir in meinem Sinn
Wie der Kern im Kümmerling.

Der für Pauline so anregende Verkehr mit den Brüdern verminderte sich naturgemäß, immer stiller wurde es im Haus Pfaff. Wieder hatte ein Sohn ausstudiert; Hans, der Mathematiker, nahm zunächst eine Hauslehrerstelle auf dem Gut einer adeligen Familie an. Auch Paulinens Freundin, Luise Brater, verließ die Heimat, um bei Verwandten in Paris zu lernen und zu lehren. Aber in den Ferien kam, wer irgend konnte, in das Elternhaus zurück; auch Karl Brater traf gleichzeitig mit den Brüdern Pfaff zu allen Festzeiten in Erlangen ein. In ihrem Hause sowohl als bei seiner Mutter und Schwester traf er oft mit Pauline zusammen. Aber sie, die sich sonst durch fröhliche Unbefangenheit auszeichnete, war ihm gegenüber schüchtern und unsicher. Was sie sagen konnte, erschien ihr viel zu unbedeutend für diesen ernsten Mann. Sie verglich sich mit seinen Schwestern, die feinere Sitten und bessere Ausbildung hatten und in einem Brief an ihre verheiratete Schwester Luise bemerkt sie: »Dem Brater gegenüber fühle ich mich immer wie auf den Mund geschlagen.« Und die Schwester entgegnet darauf, sie begreife das wohl, es komme von seinem verschlossenen Wesen und seinem scharfen Verstand und auch ihr sei es oft so ergangen. In seiner Gestalt hatte Karl Brater nichts Imponierendes, er war klein von Statur, aber seine Erscheinung hatte etwas sehr Anziehendes. Die feinen, geistigen Züge, die edle Stirne, die seelenvollen blauen Augen erweckten den Eindruck, dass hier ungewöhnliche Eigenschaften des Geistes und Gemüts vereinigt waren. Aber dabei hatte sein Wesen etwas Zurückhaltendes, Strenges, seine Rede war oft scharf und lakonisch. Im Jahre 1843 hatte er sein juristisches Examen mit der ersten Note bestanden und war dann in das Justizministerium nach München berufen worden. Wie sehr er sich schon im Jahre 48 an der politischen Bewegung des Vaterlandes beteiligte, geht aus der folgenden Äußerung eines Zeitgenossen hervor: »Brater warf sich mit jugendlichem Feuer und dem heißen Drang des deutschen Patrioten in die politische Strömung und trat mit Erfolg als Redner bei den Wahlversammlungen auf. In Verbindung mit den Brüdern Friedrich und Theodor Rohmer entwickelte er eine lebhafte publizistische Tätigkeit in bayrischen Zeitungen und seine Artikel erregten durch maßvolle Haltung bei aller kritischen Schärfe, sowie durch ihren glänzenden Stil allgemeines Aufsehen.«

Dass Pauline die längst still in ihr keimende Liebe zu dem bedeutenden Manne für einseitig und aussichtslos hielt, kann uns bei der bescheidenen Meinung, die sie von sich selbst hatte, nicht wundern. Sie war nun 21 Jahre alt, eine kleine, äußerst bewegliche, anmutige Gestalt. Konnte man sie auch nicht geradezu schön nennen – dazu war schon die Pfaffsche Nase zu energisch – so war doch das rosige, frische, von dunklem Haar eingerahmte Gesicht mit seinem offenen, allezeit fröhlichen Ausdruck herzgewinnend und erfreulich anzusehen. Aber sie war sich ihres Reizes durchaus nicht bewusst und verschloss tief im Herzen ihre geheime Liebe. Als Karl Brater im Herbste des Jahres 1848, noch nicht 30 Jahre alt, einem ehrenvollen Ruf als Bürgermeister in die Stadt Nördlingen folgte, schien er vollends aus ihrem Gesichtskreis zu entschwinden.

Es trat aber in dem Geschick ihres Bruders Hans eine Wendung ein, die auch ihr Leben beeinflussen sollte. Durch den Tod der adeligen Dame, deren Kinder er unterrichtete, wurde sein längeres Verweilen in dieser Stellung unmöglich, um so mehr als er eine tiefe Neigung zu der jüngsten Tochter des Hauses gefasst hatte, eine Neigung, die zwar von ihr erwidert, aber von dem Vater nicht begünstigt wurde. Die Kluft zwischen Adeligen und Bürgerlichen, die schon so viele Liebende unglücklich gemacht hat, hielt auch diese beiden auseinander und Hans verließ das Haus ohne Hoffnung auf Wiederkehr.

Nun bot sich auch ihm eine Stelle in Nördlingen, als Subrektor an der dortigen Gewerbeschule. Dem jungen Manne mit der hoffnungslosen Liebe im Herzen erschien es trostlos, allein in der fremden Umgebung als Junggeselle zu leben, und bald tauchte der Plan auf, dass die Schwester zu ihm ziehen und ihm eine bescheidene Häuslichkeit bereiten solle.

Pauline, so bereitwillig sie sonst da und dorthin zur Aushilfe ging, so lieb sie ihren Bruder Hans hatte, nahm es doch nicht leicht, auf seinen Vorschlag einzugehen; es ist, als hätte ihr eine Ahnung gesagt, dass sie sich damit für immer aus dem Elternhause lösen sollte.

Sie schreibt darüber an ihre Schwester Luise Sartorius im April 1849:

Liebe Luise!

Obwohl eigentlich das Schreiben nicht an mir ist, so könnte es mir dieses Mal doch zu lange werden, Deine Antwort abzuwarten, indem unser Briefwechsel so unregelmäßig geführt wird, dass die Mathematik dabei gar nicht ins Spiel gebracht werden kann und man voraussetzen muss, dass ein Brief bei uns viel mehr Störungen erleidet als weiland der Komet, der um drei Stunden zu spät ankam. Nun sollst Du aber auch erfahren, durch welch höheren Einfluss dieser Brief beschleunigt wird...

Du wirst bereits aus diesen Dingen den Schluss gemacht haben, dass ich nach Nördlingen gehe. Die Sache wurde während Hans' Anwesenheit zur Entscheidung gebracht, der uns vor 14 Tagen durch seine Ankunft freudig überraschte. Übrigens gibt es viel mehr Schwierigkeiten dabei zu überwinden, als ich bisher gedacht hatte, und ich nehme überhaupt jetzt alles recht schwer. Der Hans ließ gar keine Bedenklichkeiten gelten und ich wünsche nur, dass es ihn nicht reut, denn wir werden gehörig viel Geld für den Anfang brauchen, da wir uns z. B. auch mit Möbeln selbst versehen müssen, und da er bisher alles aufbrauchte, so müssen wir gleich mit Schulden anfangen. Das Schlimmste dabei scheint mir das zu sein, dass ich natürlich nach so viel Ausgaben viel mehr gebunden bin und nicht ungeniert zu jeder Zeit zur Mutter zurückkehren kann, welcher Gedanke mich mit großem Heimweh erfüllt. Was ich Dir sonst noch drüber schreiben könnte, will ich aufschieben bis auf Nördlingen selbst, wohin ich also Anfang Mai reisen werde.

Hier geht nun wieder alles im alten Geleise, während des Hans Anwesenheit waren wir sehr vergnügt. Wir experimentierten wieder mit der Luftpumpe und mit der Elektrizität, wo mir bei letzterem besonders interessant war, wie Wasser in seine beiden Grundstoffe zersetzt und aufgelöst ward. Ich dachte immer dabei an Dich, es hätte Dir Freude gemacht zuzusehen. Auch der Tubus wurde aus seinem Schlaf aufgerüttelt und musste uns alles Sehenswerte am Himmel zeigen. Wenn Du einmal wieder die Venus betrachtest, so bedenke, dass sie gegenwärtig aussieht wie ¼ Pfund Butter, wie ihn die Heinrike formt....... Nun lebe recht wohl, ich bin begierig, wieder etwas von Euch zu hören.

Deine Pauline.

3. Kapitel. 1849–1850

Im Sommer des Jahres 1849 zogen Hans und Pauline nach Nördlingen, der ehemaligen freien Reichsstadt, im bayrischen Schwaben. Noch heute sind die alten Mauern und Tore gut erhalten und bieten, von Gärten und Obstbäumen umgeben, einen malerischen Anblick.

Vor dem einen der alten Tore, dem Löpsinger, liegt ein Anwesen: die Bleiche. Die Familie Senning, die das Gut bewirtschaftete, hatte den Geschwistern eine Wohnung im untern Stock des Hauses vermietet, wo diese nun in bestem Einvernehmen lebten. Wenn Hans morgens in seine Schule stürmte – sein lebhaftes Temperament trieb ihn immer zum Sturmschritt –, so kochte und wirtschaftete Pauline in dem kleinen Heimwesen; brauchte sie guten Rat in dem fremden Städtchen, so fehlte es ihr daran nicht, denn bald öffnete sich dem Geschwisterpaar freundlich eines der angesehensten Häuser der Stadt: die Beck'sche Buchhandlung. Neben dem geistig hervorragenden Leiter des Geschäfts waltete hier eine seelengute Frau in schön geordneten Verhältnissen, glücklich als Gattin und Mutter. Frau Beck war nur wenige Jahre älter als Pauline und kam der jungen Fremden freundlich entgegen.

Und noch ein anderer Verkehr gab dem Leben auf der Bleiche seinen besonderen Reiz. Es fand sich dort eine kleine Erlanger Kolonie zusammen, denn mit dem Frühjahr war Julie Brater, die ihrem Bruder im Alter am nächsten stand, zu ihm, dem Bürgermeister, gezogen, um ihm Haus zu halten. Die beiden Geschwisterpaare verkehrten viel miteinander, und als Familienverhältnisse Julie wieder abriefen, kam der verlassene Bruder um so lieber auf die Bleiche. Sonntag nachmittags fand er sich regelmäßig zu Kaffee und nachfolgendem gemütlichen Kartenspiel bei den Geschwistern ein.

Nun könnte man meinen, dass der in Amt und Würden stehende Herr Bürgermeister Pauline noch mehr eingeschüchtert hätte, als es der frühere Rechtspraktikant getan. Aber dem war nicht so. Jetzt, wo sie die Hausfrau vorzustellen hatte, vergaß sie über der Fürsorge die Befangenheit. Sie musste es ja auch empfinden, wie behaglich es dem Gaste zu Mute war, wenn sie alle drei an dem kleinen Kaffeetische beisammen saßen. Wo hätte der junge Bürgermeister sich so offen und vertrauensvoll aussprechen können wie bei diesen alten Bekannten? Sie waren die Erlanger, den Nördlingern gegenüber. Alte Beziehungen, selbst wenn sie vorher nur lose waren, gewinnen sofort an Wert, wenn sie vereinzelt unter neu geknüpften stehen. Dazu kam der gemütliche Tarock; die Pfaffs waren alle gute Spieler. Der Spieleifer lässt aber keinen Raum mehr für Befangenheit; dem Gegner im Spiel wird mit aller List und Schlauheit geschadet, wo es nur möglich ist, dem Partner wird alles Gute zugewendet, leidenschaftliche Parteinahme herrscht; aber ein paar Minuten später sind die Karten wieder zusammen geworfen, Freundschaft und Feindschaft ist aufgehoben und vollständige Neutralität waltet, bis aufs neue gegeben ist. Pauline vertrat stets die Ansicht, dass das Kartenspiel eine vorzügliche Übung in der Selbstbeherrschung sei und sie schätzte diejenigen Menschen hoch ein, die liebenswürdig v e r l i e r e n konnten.

In dieser Häuslichkeit lernte Karl Brater die Schwester seines Freundes genauer kennen. Nun verhüllte sich ihm nicht mehr, was für ein Schatz von geistigen und gemütlichen Eigenschaften in diesem jungen Wesen ruhte und nur wartete, bis er sich voll entfalten und auswirken dürfte. Auch sah er das junge Mädchen jetzt losgelöst von der mütterlichen Haushaltung, in einem kleinen geordneten Revier, das sie sauber und nett im Stande hielt, was seiner an Ordnung gewöhnten Natur Bedingung des Behagens schien. So kam der Entschluss, den er in den Erlanger Jahren wohl schon überlegt hatte, aber damals nicht fassen konnte, zur Reife.

In einem Brief an seine Schwester Julie vertraute er dieser seine Liebe an und schreibt dann weiter: »Im allgemeinen vermute ich, dass Ihr zwar nichts dawider hättet, wenn ich das Freien noch einige Jahre ganz bleiben ließe, – m e i n e unparteiische Meinung ist das wenigstens – dass Ihr aber mit der Wahl zufrieden seid. Pauline hat wirklich vollgezählt acht vortreffliche Eigenschaften: Große Gutmütigkeit, viel Menschenverstand, muntere Laune, Schmiegsamkeit, praktisches Geschick, Häuslichkeit, körperliche Gesundheit, angenehme und hübsche Züge; mit etwas graziöserem Gang, schlankerer Taille, temperierterer Gesichtsfarbe wäre sie sogar eine Schönheit. Sie ist mit einem Wort eine so gesund organisierte Natur, wie ich unter allen Mädchen meiner Bekanntschaft keine getroffen habe. Arm ist sie freilich, aber ich habe mir diesen Einwurf ohne recht befriedigenden Erfolg alle Tage gemacht.

Von Dir möchte ich jetzt erfahren, da Du doch hier ziemlich vertraut mit ihr geworden bist, was Du von ihrem Herzenszustand weißt. Sie scheint mir so unbefangen, dass ich an einen Konkurrenten nicht recht glauben kann. In ihrem Benehmen gegen mich finde ich eine gewisse Schüchternheit, die ich sogar zu meinen Gunsten auslegen könnte, wenn sie nicht plausibler durch m e i n ziemlich schroffes Benehmen erklärt wäre. Du wirst keinen Anstand nehmen, mir Aufschluss zu geben, soweit ich ihn brauche und wenn es mir deine Antwort, die du u m g e h e n d schreiben musst, nicht unmöglich macht, wate ich nächsten Samstag durch fußtiefen Schnee zur Brautwerbung.

Die Sache bleibt natürlich noch vollständiges Geheimnis. Schreibe mir auch, dass Ihr mir die Freude gönnt und Euren Segen dazu gebt, wenn's zustande kommt.«

Aus diesem »Ihr« ist wohl zu schließen, dass auch die Mutter in das Vertrauen gezogen war.

Die treue Schwester scheint sich nicht besonnen zu haben, ob denn die Sache wirklich so eile, sie hat umgehend geantwortet. Es ist oft erheiternd zu sehen, wie dringend und plötzlich auch bei sonst ruhigen und überlegten Naturen die Brautwerbung ausgeführt und durchaus nicht mehr eine gelegene Stunde abgewartet wird. Kennen wir doch einen, der schickte seinen Werbebrief durch einen Eilboten, der nachts um zwei Uhr anlangte, die Liebste samt ihrem Vater aus dem Schlafe schreckte und die Antwort noch in nächtlicher Stunde zurückbringen sollte!

So hat auch Karl Brater, als er die günstige Antwort der Schwester in Händen hatte, es für nötig befunden, noch am Samstag sich durch tiefen Schnee hindurch zu arbeiten nach der Bleiche, wo man an diesem Nachmittag wohl am wenigsten einen Besuch erwartete. Er ist als glücklicher Bräutigam abends wieder durch das Löpsinger Tor zurückgekehrt in seine weitläufige, einsame Amtswohnung, während die glückselige Braut sich flugs hinsetzte, um der Mutter die wonnesame Kunde mitzuteilen.

Frau Pfaff saß diesen Winter viel einsam in ihrem früher so belebten Zimmer. Ihr Sohn Fritz, der sich auf die akademische Laufbahn vorbereitete, war der einzige, der noch bei ihr wohnte. Zu arbeiten hatte sie trotzdem noch vollauf, die treue Mutter, immer gab es zu stricken, zu nähen und zu spinnen für die großen Kinder und die kleinen Enkel, aber in der e i n s a m e n Arbeit bedrückten die Sorgen sie mehr als früher, wo fröhliche Jugend sich um sie tummelte. All die auswärtigen Kinder schrieben ja heim über ihre Sorgen und deren gab es so viele. Und für Pauline, deren Briefe immer heiter lauteten, für sie sorgte sich das Mutterherz dennoch. Was sollte aus ihrer »Line« werden, wenn die Brüder sie nicht mehr brauchten und sie, die Mutter, nimmer da sein würde? Sie mochte sich diese ihre geliebte Jüngste nicht vereinsamt vorstellen und bekümmerte sich darüber, wenn sie so allein in der langen Dämmerung der Winterabende saß und strickte.

In solchen Gedanken mag sie wohl der Postbote getroffen haben, der ihr an einem Dezemberabend den Brief aus Nördlingen brachte. Eifrig hat sie dann wohl Feuer geschlagen, um das Unschlittlicht anzuzünden, hat ihre große Brille aufgesetzt und gelesen, was hier im Brief stand: dass ihre Pauline die glückselige Braut sei von Karl Brater! Ei, wie wird die gute Frau mit ihrer Freudenbotschaft zu ihrem Fritz geeilt sein und dann in all ihrer Lebhaftigkeit hinüber zu Frau Brater. Wie muss ihr gutes Gesicht geleuchtet haben unter dem Häubchen und wie schief mag dies in der Eile auf dem Kopfe gesessen sein! Wie werden die beiden Mütter sich besprochen haben über ihrer Kinder Glück! Vor uns liegen die ersten Briefe, die sie an das Brautpaar schrieben, diese sollen nicht umsonst so treulich bewahrt worden sein. Wir nehmen die alten Blätter und lesen was darin steht von Glück und Dankbarkeit. Groß und deutlich sind die Schriftzüge, in denen Frau Pfaff auf das nächste derbe Schreibpapier, das sie zur Hand hatte, an ihre Tochter schrieb:

Geliebtes, teures Kind!

Könnte ich Dir doch mit Worten die Freude und Empfindungen ausdrücken, die Dein Brief in mir hervorbrachte, so ist ja jetzt mein höchster Wunsch, Dich glücklich zu wissen, erfüllt und die einzige Sorge, die mir auch den Abschied vom Leben erschwert hätte, mir abgenommen; ich wüsste niemand in der Welt, dem ich so mit Vertrauen mein bestes Gut gegeben hätte als Brater und mit keiner Familie war ich ja seit vielen Jahren so befreundet wie mit dieser, von der Du so mit Liebe aufgenommen bist. Gott segne euch und gebe, dass all die Hoffnungen und Wünsche erfüllt werden, die uns heute alle bewegten. Mich hat die Nachricht vollkommen überrascht, ich hatte gar keine Ahnung davon, und da mir die Brautschaft von Aurore und Luise so manche Sorge gemacht hat, bin ich jetzt um so glücklicher, überhaupt war mir es heute den ganzen Tag, wie wenn ich gar nichts Trauriges erfahren hätte und mein Leben ein herrliches gewesen wäre; ach und im ganzen ist es auch so, ich war so glücklich mit eurem Vater, dass ich auch in schweren Stunden mir nie gewünscht hätte, dass es anders sein möchte, es ist ja doch das einzige wahre Gut im Leben, alles andere ist Scheingut und muss abgelegt werden wie ein Kleid; aber diese Empfindung und Liebe reichen auch gewiss noch über dieses Leben hinaus. Grüße Brater herzlich und sage ihm, mit welcher Freude ich ihn als Sohn aufnehme. Könnte ich mit Worten ausdrücken, was mich innerlich bewegt, so hätte ich ihm heute auch noch geschrieben, allein ich kann mich noch gar nicht recht fassen; wäre doch die Zeit schon vorüber, bis ihr kommt.

An Luise und Tante Adelheid habe ich sogleich geschrieben, auch Siegfried und Heinrich und Coloman will ich morgen Nachricht geben. Die Teilnahme hier ist herzlich, Canstat kamen die Tränen ins Aug und er sagte mir, sagen Sie Pauline, wie innig ich mich freue, sie glücklich zu wissen, obschon es mein Wunsch war, sie noch einmal bei uns zu haben, denn ihr Leben bei uns hat mir wirklich wohlgetan. Alles freut sich, bis ihr kommt.

Nun lebet wohl, geliebte Kinder, Gott segne und erhalte Euch.

Mit treuer Liebe Eure Mutter.

Der Bruder Fritz setzt einige Worte unter seiner Mutter Brief; neckend, wie es so der Brüder Art ist, schreibt er: »Wenn man deinetwegen einen Schwager haben muss, so ist der Braters Karl mir noch der liebste.«

Der Glückwunsch, den die junge Braut von der künftigen Schwiegermutter erhielt, ist auf feinem Postpapier sorgsam geschrieben. Er lautet:

Meine liebe Pauline!

Gewiss ist es Dir nicht entgangen, wie ich Dir von jeher mit besonderer Vorliebe zugetan war, und Du wirst Dich nicht wundern, dass es immer ein stiller Wunsch von mir gewesen, dass Du und unser lieber Karl Euch in gegenseitiger Liebe begegnen möchtet! Dieser Wunsch ist nun zu meiner unaussprechlichen Freude in Erfüllung gegangen, ich sehe meines geliebtes Sohnes dauerndes Glück an Deiner Seite begründet, und begrüße Dich mit wahrer Innigkeit als meine teure Tochter! Möge der gnädige Gott den Bund Eurer Herzen segnen und Euer gegenseitiges Bemühen, Euch das Leben zu versüßen! Schenke auch mir künftig eine kindliche Liebe, meine gute Pauline, und erfreue mich schon jetzt mit einem zutraulichen Du! Mit wahrer Freude wirst Du von allen Verwandten als ein neues teures Glied aufgenommen und alle sehen mit Verlangen der nahen Weihnachtszeit entgegen, wo unser Karl Dich uns zuführen wird. Wie schade, dass Dich nicht auch unser Luischen mit uns hier erwarten darf, sie die einen Teil ihres Lebensglückes in Deiner warmen Freundschaft findet; teile ihr nur eiligst die Nachricht von Eurer Verbindung mit.

Dass Deine gute Mutter mir künftig so nahe befreundet sein wird, sie die ich nebst ihrer ganzen Familie so sehr schätze, ist kein kleiner Zuwachs meiner Freude. Emilie schreibt Euch selbst, Julchen hat geschrieben, Emma Schunck wird wohl schreiben.

So leb denn wohl, liebes Töchterchen, Du hochgeliebte Braut Deines überseligen Bräutigams, und sei auf das herzlichste umarmt von Deiner mütterlichen Freundin

Ch. Brater.

Luischen grüße mir tausendmal, sie bekommt an Weihnachten einen Brief von mir.

Mit diesem Brief wurde zwischen Schwiegermutter und Tochter ein Verhältnis angebahnt, das nie durch einen Misston getrübt ward. Mag das auch selten vorkommen und das Wort Schwiegermutter nicht ganz ohne Grund verrufen sein, manchmal gestaltet das Verhältnis sich doch zu einem besonders zarten, beglückenden. Es ist, wie wenn von der Verehrung und Herzensneigung, die die Verlobten sich entgegenbringen, etwas überginge in die Empfindung der Mutter zu ihrem Schwiegerkind. Freilich wird es nicht die fest gegründete, kaum zu erschütternde Liebe sein wie zwischen Mutter und Kind, auf die man unter allen Umständen baut, auch einmal rücksichtslos rechnen kann, vielmehr wird diese Liebe wie die bräutliche bewahrt und gepflegt werden müssen. Das hat Karl Braters Mutter verstanden, ihre Güte und

Nachsicht war für Pauline eine köstliche Dreingabe zum ehelichen Glück.

Rührend ist auch die Freude, die Schwester Luise Sartorius über die Verlobung ausspricht; sie war nicht ganz ahnungslos gewesen von dem, was im Herzen der jüngeren Schwester geschlummert hatte. Sie schreibt aus Schweinfurt:

Liebste Pauline!

Als ich diesen Morgen Braters Handschrift auf der Adresse seines Briefs erkannte, erschrak ich so, dass ich am ganzen Leib zitterte, denn ich dachte, er müsse entweder etwas sehr Frohes oder etwas Trauriges enthalten. Gott sei Dank, dass es das erstere war. Nun war ich aber auch ganz außer mir, und seit ich verheiratet bin, habe ich meinen Mann nicht so stürmisch umarmt und geküsst. Wie leid tut es mir, dass ich sonst niemand habe, dem ich mein volles Herz ausschütten kann, denn wenn ich es auch hier meinen Bekannten erzähle, so wissen sie doch nicht, was es für ein kostbarer Schatz ist, den Du davongetragen, und sie freuen sich nicht mehr darüber, als wenn Du den ersten besten Philister heiraten würdest. Liebe Pauline, obwohl wir nie ein Wort über diesen Gegenstand sprachen, so glaube ich doch, dass wir uns verstanden haben, ich mache Dir deshalb gar keine Vorwürfe, dass Du nicht offener gegen mich warst, denn ich selbst vermied es, diesen Gegenstand zu berühren. Nun brenne ich aber vor Begierde, etwas Näheres von Dir selbst zu hören, und ich hoffe, dass ich nicht die Allerletzte bin, an die Du schreiben wirst. – Ach Gott, wie ist es mir so verleidet, dass wir hier so hinausgestoßen sind. Was wird jetzt für eine Freude in der ganzen Familie sein und wir können sie nicht mitgenießen! Doch will ich nicht undankbar sein, denn als ich die Nachricht erhielt, dachte ich, ich wollte nun ganz zufrieden sein und gar nichts mehr wünschen, da mir dieser Wunsch in Erfüllung gegangen ist, und nun drängen sich gleich wieder Wünsche auf. – Nun lebe wohl und ich wünsche nur noch, dass Dir nichts Dein Glück trüben möchte. Die Kinder haben sich sehr gefreut, weil sie sahen, dass ich so vergnügt war, mein Mann natürlich auch und er lässt Dir durch mich die herzlichsten Glückwünsche sagen.

Deine treue Schwester L u i s e .«

Nur e i n e Stimme in den Briefen, die uns erhalten sind, klingt anders. Eine treue Tante des Bräutigams, Frau Schunck, führt, wohl nur zum Spaß, eine Äußerung ihres Sohnes an. Sie schreibt an Pauline: Mein Karl aber schüttelt den Kopf und sagt: »Der Braters Karl und die Pfaffs Pauline? Wenn das gut geht, so will ich's loben!«

Diesem jungen Vetter kam es demnach nicht vor, als ob die Brautleute zusammenpassten. Freilich zusammenpassend in dem Sinn, dass sie sich ähnlich gewesen wären, konnte man die beiden sowie ihre Familien nicht nennen und deshalb darf Karl Schunck mit Fug und Recht den Kopf schütteln. Gewiss gibt es auch glückliche Ehen trotz großer Verschiedenheit der Brautleute, aber es ist doch gewagt, darauf zu rechnen. Oft sehen wir, dass zwei an sich gute Menschen doch keine harmonische Ehe führen, weil ihre Naturen und Anschauungen zu verschieden sind. So fühlt sich der eine Teil, der etwa poetisch angelegt ist, verletzt durch den nüchternen, der gesellige gehemmt durch den in sich gekehrten, der mitteilsame bedrückt durch den einsilbigen; der phlegmatische bringt den leichtlebigen zur Verzweiflung, der orthodoxe entsetzt sich über die Ansichten des liberalen, der modern gerichtete hält den altmodischen für rückständig.

Wo die Ehe zwischen so verschieden Gearteten dennoch eine wahrhaft beglückende wird, kommt es meist daher, dass der eine Teil sein Wesen, seine Anschauungen von der Familie überkommen, aber sich innerlich nicht zu eigen gemacht und bald hineinwächst in die Art des andern oder auch, dass die beiden neben aller Verschiedenheit durch e i n e Seite ihres Wesens mächtig und dauernd angezogen werden, sich auf diesem Gebiete begegnen, beglücken und dann edel oder klug genug sind, um den andern in seiner Eigenart ungestört zu lassen, nicht zu verlangen, dass er sich ändere.

Bei den Familien Pfaff und Brater hatte schon die Freundschaft zwischen den Müttern, den Söhnen und den Töchtern bewiesen, dass trotz der Verschiedenheit diese Naturen harmonieren konnten. Mochte auch die Familie Brater eine gewisse Formlosigkeit der Familie Pfaff missbilligen und wiederum im Haus Pfaff das Gesetzte der Familie Brater als pedantisch empfunden werden, so stimmten sie doch vollständig überein in der idealen Lebensanschauung und der Begeisterung für alles Edle, Große; in lauterer Wahrheitsliebe und bescheidenen Lebensansprüchen.

So war im tiefen Grund viel Gleichartiges, aber das Verschiedene mochte den Fernstehenden mehr in die Augen fallen, wie wir aus des jungen Vetters Äußerung entnehmen.

Pauline blieb zunächst noch bei dem Bruder auf der Bleiche. Kleine Liebesbriefe flogen gelegentlich von dort in das Polizeigebäude, wo der Bürgermeister seine Amtswohnung hatte.

Ein solches Blättchen von der Hand der Braut liegt vor uns, es war wohl ihr erster schriftlicher Gruß an den Bräutigam; er hat weder Anrede noch Unterschrift, beides wollte vielleicht dem jungen Mädchen noch nicht recht aus der Feder; der Bräutigam hat es vermutlich am Morgen nach der Verlobung erhalten. Es lautet:

»Ob ich's noch erlebe, dass Du einmal wieder herauskommst? Wie machen's denn die Leute, dass ihnen die Zeit vergeht, ich habe es ganz vergessen. Du musst aber doch nicht früher kommen als Du ohnedem gekommen wärst, ich schreibe es nicht deshalb, denn ich habe Dich so schon in ein rechtes Elend gestürzt; übrigens wenn gleich Du es bist, mein lieber Schatz, der von Rechts wegen keine Unüberlegtheiten zutage fördern soll, so scheint mir dieses doch eine Ausnahme von der Regel, dass Du Dich erstens bei -10° R. verlobtest, und zweitens mit einem Individuum, das auf der Bleiche wohnt, doch – ›s' ist schon so‹, mach eben jetzt gute Miene zum bösen Spiel. Lache mich nicht aus ob diesem Zettelchen, ich hätte Dir gar nicht geschrieben, aber da sind sie gekommen und haben gefragt, ob ich nichts in die Stadt zu bestellen habe, das war mir doch zu verführerisch, deshalb hast Du nun hier meinen Gruß.«

Zu Weihnachten kamen die Verlobten nach Erlangen, ihr Besuch war wohl ein Höhepunkt des Glückes für beide Familien. Pauline hat dies erste Heimkommen als Braut gelegentlich geschildert: Ihre Mutter wusste, dass sie kommen würde, aber zu Hause war sie dennoch nicht, auch Bruder Fritz nicht, die Wohnung war verschlossen. Frau Pfaff hatte irgend ein Geschäft auswärts, vielleicht musste sie nach der Wäsche sehen auf dem Trockenboden oder dergl. Dieses zurückzustellen, weil Pauline kam, oder gar für die eigene Tochter irgend welchen Empfang zu richten, wäre ihr gar nicht in den Sinn gekommen. Pauline wusste ja, wo in solchen Fällen der Schlüssel versteckt lag, sie fand Einlass in die Wohnung und wartete da in Ungeduld, bis die Mutter von ihrem Ausgang heimgesprungen kam und sie sich zusammen an dem kalten Dezembertag einen Kaffee kochen konnten. Manchmal hat sie in späteren Jahren diese Einfachheit, die die Jugend in der Bescheidenheit erhielt, als nachahmenswertes Beispiel gerühmt, wenn sie sah, wie etwa für eine von der Reise heimkehrende Tochter übertriebene Empfangsvorbereitungen getroffen und die eigenen Kinder gefeiert wurden. An so etwas dachte allerdings Frau Pfaff nicht und doch war Pauline ihr Liebling und sie freute sich unsäglich über deren Glück, und ging mit allem Eifer daran, die Vorbereitungen für ihre Verheiratung zu treffen. Dieser Verbindung konnten die beiden Mütter ganz sorglos entgegensehen und Frau Pfaff, die immer unter der Geldnot gelitten hatte und die ihre älteste Tochter mit derselben Not kämpfen sah, empfand es als eine ganz neue und ungewohnte Freude, dass dieses Gespenst hier nicht drohte; eine schöne Karriere war ihrem Schwiegersohn, dem hervorragenden Juristen, sicher, ihre Pauline sollte es gut bekommen, in so jungen Jahren schon Frau Bürgermeisterin werden und eine große Amtswohnung mit Garten beziehen, welcher Reichtum!

Noch für kurze Zeit kehrte Pauline zu dem Bruder zurück und diese Zeit benützte der Bräutigam, um ein Bild seiner Braut malen zu lassen. Der berühmte Porträtmaler Alexander Bruckmann übernahm den Auftrag und führte ihn zu großer Befriedigung aus. Von diesem Ölbild ist die Fotografie abgenommen, die unserem Buch als Titelbild beigegeben ist. Pauline war schon nach Erlangen abgereist, um ihre Aussteuer zu besorgen, als das Bild in schönem Rahmen in die Bürgermeisterswohnung geliefert wurde. Der Bräutigam schreibt ihr darüber:

»Heute Morgen hat Dein Bild seinen Einzug gehalten. In Gesellschaft betrachtet hat es etwas à la Le Bret an sich, aber wenn ich unter vier Augen mit ihm bin, verwandelt es sich, wie ich heute gesehen habe, und entwickelt so liebenswürdige Eigenschaften, dass Du eifersüchtig werden könntest. Nur etwas zu spröd finde ich seine Haltung, denn aus seinem sanften gemäßigten Lächeln ist es nicht heraus zu schrecken, während das Original doch manchmal in Feuer und Leidenschaft gerät.«

Da die Hochzeit schon auf Ostern festgesetzt wurde, musste in Erlangen fleißig an der Aussteuer gearbeitet werden. Aus dieser Geschäftigkeit heraus gab Pauline ihrem Bräutigam eine wenig verlockende Schilderung:

»In unserem Haus sind nun die Näherinnen und der enge Raum ist voll Unordnung, Dunkelheit, Staub, Bettfedern, und um die Mannigfaltigkeit des Anblicks zu vervollkommnen, eine überall hin verteilte mineralogische Sammlung (von Fritz). Wenn man sich umher bewegt, wird man voll Bettfedern, an meinen Haaren und Kleidern trage ich immer eine halbe Gans herum. Trotz all der Wüstenei, die mich umgibt, bin ich doch eine ganz vereinsamte Kreatur, ich komme mir vor wie einer, der aus der Welt hinausgefallen ist, überall wohin ich schaue ist nichts und gar nichts, du darfst wohl Mitleid mit einem so armseligen verlassenen Menschen haben und ihm einen Brief schreiben.«

Er lässt auch sein »Herzkind« nicht lange warten und erzählt ihr, wie auch er in Vorbereitungen für den künftigen Hausstand steckt:

»Unsere häusliche Einrichtung entwickelt sich. Es ist hübsch anzusehen, wie aus der öden Zelle eines Junggesellen sich so ganz allmählich der Wohnsitz einer Familie gestaltet. Die größten Fortschritte hat das Schlafzimmer gemacht und das ist, obwohl nur durch Zufall herbeigeführt, nicht mehr als billig. Denn alle andern Gemächer kann sich ein armseliger Junggeselle in beliebiger Zeit splendid und behaglich herstellen, nur an der Einrichtung des Schlafzimmers ist auf den ersten Blick der merkwürdige Unterschied erkenntlich. Es war mir seltsam vergnüglich zu Mut, wie ich vorhin in der Dämmerung hineintrat und alles fast schon bereit war, uns zu empfangen.«

Der Hochzeitstermin naht und der Braut wird bange trotz allen Sehnens. »Ich bin gestern Abend furchtbar erschrocken«, schreibt sie, »wie ich den Mond wahrhaftig schon beinahe voll gesehen habe, das ist der letzte Termin, das letzte Viertel scheint schon in Nördlingen. Ich hab's schon lang kommen sehen, dass es jetzt ernst wird!«

Was sie furchtsam machte, wusste er wohl: es war der Gedanke, den sie ihm gleich bei der Verlobung ausgesprochen hatte, dass sie ihm nicht genügen könne. Er hatte ihr versichert, sie würde bald anders empfinden und erkundigt sich nun darnach:

»Sage mir jetzt, wie steht es um deine Furchtsamkeit und zweifelsüchtige Selbstpeinigungen. Wie hat unsere grausame Trennung gewirkt, bindend oder lösend? Hast Du die wunderbare Erscheinung noch nicht bemerkt, dass der R a u m ohnmächtig gegen uns ist, dass wir uns auf eine Distanz von dreißig Poststunden ununterbrochen in den Armen halten und hast Du nicht daraus gefolgert, dass wir gewiss mit Leib und Seele zusammen gehören? Jeden Morgen und Abend frage ich Dich: Du Kleingläubige und Zaghafte: ›Fürchtest

Du Dich noch?‹ Immer hat sie bis jetzt ›ja‹ genickt, aber seit etlichen Tagen leichter und schwächer und es will mir erscheinen, als wollte sich's allmählich in eine andere Bewegung verwandeln. Komm und gesteh – oder leugne auch, wenn es sein muss, aber k o m m nur, denn diese Distanzen von dreißig Stunden, wenn sie auch nur Illusion sind, ich kann sie doch nicht vertragen. Gute Nacht! Wenn Du im Schlaf durch ein Rauschen aufgestört wirst, so heiße Deine Nerven sich beruhigen, es ist nur ein Traum von mir, der Dich belauscht.«

Mehr und mehr drängen sich nun praktische Besprechungen in den Vordergrund des Briefwechsels und unsere Brautleute sind glücklich in der Kirche proklamiert. Der Bräutigam schreibt darüber:

»Heute Abend komme ich von einer Waldpartie nach Hause und will gerade wieder gehen, um Hans und Bruckmann aufzusuchen, da stürzt mir atemlos der Kirchner Brunner nach. Zweimal habe er mich schon umsonst gesucht und es sei jetzt höchste Zeit. Der Herr Stadtpfarrer lassen sich empfehlen und anfragen, mit welchem Titel der Herr Bürgermeister wünschen, dass Ihre Fräulein Braut morgen proklamiert werde – Jungfrau oder Fräulein? Der Herr Stadtpfarrer meine, da die Eltern der Braut dasjenige gewesen sind, was sie gewesen sind, so lasse sich wohl das Prädikat ›Fräulein‹ anwenden. ›So,‹ sag' ich, ›was ist denn der übliche Ausdruck bei angesehenen Bürgern oder Beamten?‹ ›Ja,‹ sagt der Kirchner achselzuckend, ›Jungfrau‹. ›Also,‹ sag' ich, ›sagen Sie dem Herrn Stadtpfarrer meine Empfehlung und weil ich glaube, dass meine Braut auf den Titel ›Jungfrau,‹ der mir recht gut gefällt, gleichfalls Anspruch habe, lass ich ihn ersuchen, sich desselben zu bedienen.‹ Hierauf zog sich der Diener der Kirche zurück, bestürzt, dass ein Gnadengeschenk von solchem Wert abgelehnt werden könne und die Jungfrau P. P. ist heute (10.) proklamiert worden.«

Es folgen hierauf einige praktische Mitteilungen über Schreiner und andere Handwerksleute, aber der Gedanke, dass sie künftig in diesen Räumen leben wird, führt ihn bald wieder zum Ausdruck seiner Liebe: »Der Gedanke, dass auf der Welt ein Wesen ist, das nur für mich lebt und in mir, macht mich, so oft ich ihn fasse (wiewohl ich ihn kaum fassen kann), beinahe schwindeln vor Freude. Wenn ich in Deinen Augen meine Seele sich spiegeln sehe, so ist es wie eine Bürgschaft der Unsterblichkeit, denn ich fühle, dass meine Seele auch außer mir fortleben kann und fortlebt. Das ist die Kraft und Zuversicht, die ich - trotz Deiner Protestationen - durch Dich gewinne.«

Die Brautzeit geht ihrem Ende zu, am Donnerstag nach Ostern soll die Hochzeit sein; ein komischer letzter Auftrag der Braut fliegt auf einem Blättchen dem Bräutigam zu:

»Könntest Du mir nicht aus einem Zigarrenkästchen von mir, das in der Schublade einer Kommode steht und worin sich ein Wust von Blumen befindet und worunter sich eine mörderisch große weiße Rose befindet, diese große Rose mitbringen, es kann sie Eine anziehen. Jetzt leb geschwind wohl!«

Am 4. April 1850 fand in Erlangen die Hochzeit statt. Mit köstlichem Humor feierten die Brüder den Polterabend und Hochzeitstag ihrer kleinen Lieblingsschwester. Noch einmal hatte Frau Pfaff, die nun schon im 63. Lebensjahre stand, das Haus voll Gäste und Fröhlichkeit. Eine Mutter wie sie, die selbst ihr größtes Glück in der Ehe gefunden und dann als Witwe ihren ganzen Schatz von Liebe den Kindern zugewendet hat, kommt in einen merkwürdigen Widerstreit der Gefühle, wenn sie die letzte Tochter aus dem Hause scheiden sieht. Sie empfindet ja mit ihrem Kinde die ganze Seligkeit der jungen Liebe, darum strahlt ihr Gesicht von inniger Mitfreude, aber für sie selbst verschwindet die Sonne, die ihre Tage beleuchtet hatte, darum füllen sich die Augen dieses strahlenden Gesichtes immer wieder, und ganz gegen ihren Willen, mit Tränen. Und die Tochter, - wenn sie der Mutter treue Hand zum letzten Mal drückt, wird auch übermannt von dem Schmerz und weiß, dass sie in diesem Augenblick zugleich von der harmlosen Jugendzeit Abschied nimmt. Aber dann wendet sie sich dem jungen Gatten und damit dem neuen Leben zu und am nächsten Tag ist's nur noch die Mutter, die mit den Tränen kämpft, während sie beiseite räumt, was in dem verlassenen Mädchenzimmer zurückgeblieben ist von ihrem herzlieben Kind.

Zweiter Teil

Gattin und Mutter

4. Kapitel. 1850–1851

Im Nördlinger Wochenblatt vom 9. April 1850 finden wir die folgende Beschreibung von der Ankunft des Bürgermeisters mit seiner jungen Gemahlin:

»Am Bahnhof von einigen Freunden begrüßt und von denselben zu Wagen nach Hause begleitet, wurde das junge Paar in der Amtswohnung von Mitgliedern des Magistrats feierlich bewillkommt und in die festlich beleuchteten Zimmer geführt, deren Eingang mit grünen Verzierungen und sinnigen Transparenten angemessen dekoriert war. Wenige Minuten nach erfolgter Ankunft fand sich unter glänzendem Fackelschein der Gesangverein und das Orchester des Musikvereins vor der Wohnung ein und brachten in gelungenen Vorträgen eine halbstündige Serenade, während die Vorstände beider Vereine die Neuvermählten beglückwünschten. Wir finden in dieser Auszeichnung eine verdiente Anerkennung der Umsicht und unermüdeten Tätigkeit, mit welcher sich Herr Bürgermeister Brater während einer eineinhalbjährigen Funktion seinem schweren Beruf gewidmet hat, und wünschen dem jungen Paar einen recht glücklichen Hausstand.«

Die äußeren Bedingungen zu einem glücklichen Hausstande waren gegeben und Pauline fand sich nun versetzt in eine sorgenlose Stellung, in angenehme Verhältnisse. Die schöne, geräumige Amtswohnung im Polizeigebäude war mit vereinten Kräften behaglich eingerichtet worden. In der Küche waltete ein feines Mädchen als Köchin und wartete auf die Befehle der jungen Hausfrau.

Die Nördlinger ließen es nicht fehlen an Aufmerksamkeiten für ihre Frau Bürgermeisterin und ergänzten durch mannigfaltige Hochzeitsgeschenke, was noch fehlte in Zimmern, Küche und Keller. Trotz all dieser Herrlichkeit hat Frau Brater nie diese Zeit als eine besonders glückliche hervorgehoben, sie gehörte nicht zu denen, die die Flitterwochen preisen; im Gegenteil hat sie später mancher Braut und jungen

Frau versichert: Es ist gar nicht wahr, dass die erste Zeit die schönste sei, neben der vertieften Liebe, dem Gefühl innigster Zusammengehörigkeit, das die Jahre bringen, ist die Verliebtheit der ersten Wochen wie Spielerei. Dazu kam, dass sich das junge Paar erst ineinander finden musste, und das fiel Pauline nicht so leicht. Wie wohl manche junge Frau, so nahm auch sie zunächst als richtige Norm für den Mann die Art an, die sie zu Hause von Vater und Brüdern gewohnt war. An diesem Maßstab gemessen bestand aber der gestrenge Bürgermeister nicht gut. Die beispiellose Anspruchslosigkeit und schrankenlose Gutmütigkeit, die vor allem Bruder Hans im Zusammenleben gezeigt hatte, fand sie nicht bei ihrem Mann. Wie er ein Meister in Selbstbeherrschung und Pflichterfüllung war, so forderte er solche auch von andern, von den Untergebenen im Amt, von den Dienstmädchen, von seiner Frau. Pünktlichkeit auf die Minute, Sorgsamkeit in allem Tun. Das war in seiner Familie Grundsatz gewesen, aber »Pfaffisch« war das nicht, und wiewohl es eigentlich ihrem Ordnungssinn entsprach, gefiel es ihr doch nicht an ihm. Es erschien ihr kleinlich, sie sprach es auch aus und in ihrer lebhaften Art machte sie ihm Vorwürfe über seine unausstehliche Pedanterie und versicherte ihm manchmal, dass sie sich heute noch von ihm scheiden lasse. Aber dieser Mann, dem bei seiner ernsten, strengen Art überall widerspruchsloser Gehorsam entgegengebracht wurde, freute sich, dass seine Frau sich rückhaltlos gegen ihn aussprach, und es kränkte ihn nicht, wenn sie kräftig gegen ihn aufbrauste, wie es sonst niemand wagte. Er gab zwar in der Sache, wenn sie ihm richtig schien, nicht nach, aber er suchte ihr ruhig zu erklären, dass er nicht aus kleinlichem Eigensinn beharre. Nicht s e i n und nicht i h r Wille solle gelten im Haus, sondern was recht und gut sei, wollten sie als Norm anerkennen, und sich darüber immer miteinander zu verständigen suchen. Sie schämte sich dann manchmal ihres Ungestüms, aber er tröstete sie mit der Versicherung, dass es ihm immer recht sei zu erfahren, wie es ihr zu Mute sei, nur wollten sie nie abends zu Bette gehen, ohne sich vorher wieder geeinigt zu haben.

Auf diese Weise legten sich die Stürme der ersten Zeit, ohne Schaden anzurichten, und die »Schmiegsamkeit«, die der Bräutigam einst unter den acht guten Eigenschaften der Braut aufgezählt hatte, bewährte sich darin, dass die Gattin sich sehr bald dem Wesen des Gatten anbequemte.

Aus den ersten Wochen ihrer Ehe ist ein Brief von Frau Brater an ihre Freundin Lina Rohmer erhalten, mit der sie in rückhaltloser Offenheit zu verkehren pflegte. Dennoch würden wir vergeblich in diesem Brief Andeutungen über die erwähnten Schwierigkeiten mit ihrem Manne suchen, denn das Verhältnis zu ihm war ihr viel zu heilig, als dass sie irgend jemandem darüber geschrieben hätte; erst in späten Jahren, als das alles längst hinter ihr lag, sprach sie wohl davon zum Nutz und Frommen anderer. Nur zwischen den Zeilen können wir lesen, dass die junge Frau sich noch nicht vollständig in ihrer Lage zurecht gefunden hatte. Sie schreibt:

L i e b e L i n e !

Du weißt, dass ich mich bereits über drei Wochen hier in Nördlingen befinde, aber trotzdem bin ich noch nicht ganz eingewöhnt, auch möchte ich den Leuten immer ins Gesicht lachen, die mich so respektvoll »Frau Bürgermeister« nennen, denn wahrhaftig, wenn's einem Menschen Respekt einflößend zu Mute ist, so bin ich's gewiss nicht. Ich befinde mich in einer sonderbaren Übergangsperiode, in Erlangen bin ich nicht mehr zu Hause, das fühle ich, und hier bin ich noch nicht zu Hause, daher denn manchmal, weil ich viel allein bin, noch immer eine kleine Anwandlung von Heimweh, doch hat das nichts zu sagen, ich bin doch die glücklichste Person von der Welt. Ich habe die Haushaltung nun so ziemlich in den Schick gebracht, lange genug hat's gedauert; ich freue mich sehr, Dir alles zeigen zu können und wir werden viel Zeit recht friedlich verplaudern; mein Karl ist den Tag über fast immer auf dem Bureau, von morgens ½9

Uhr bis abends 6 Uhr ist er höchstens eine Stunde oben, dafür bleibt er abends fast immer zu Hause und morgens, wo wir vor 7 Uhr frühstücken, bleibt er auch da bis ½9 Uhr. Mein Hans kommt ziemlich fleißig, denn es gefällt ihm so allein gar nicht auf seiner Bleiche. –

In den ersten Jahren des Ehestandes wurde von dem jungen Paar eine Familienchronik geführt, in die bald er, bald sie Einträge machten. Am 9. Mai schreibt darin Pauline:

»Heute haben wir die letzten Besuche gemacht, hingegen fangen jetzt auch schon die verschiedenen Einladungen an, die langweiligerweise immer bloß an mich allein ergehen; denn in Nördlingen sind bloß die großen D a m e n -Tees und -Kaffees in der Mode. In die erste Gesellschaft ging ich mit großer Angst, die Leute sind aber alle sehr freundlich und so fürchte ich mich nicht mehr vor ihnen. In unserem Hause stellt sich die Ordnung immer mehr her, wir führen ein ziemlich regelmäßiges Leben. Unsere Magd, auch Luise oder Prinzessin genannt, machte mir anfangs viel Herzeleid, weil ich mir nichts zu ihr zu sagen traute, jetzt geht's schon eher, weil sie weiß, was sie zu tun hat und alles von selbst tut, wenn ich ihr aber etwas tadeln soll, so geschieht's mit Zittern und Beben.«

Am 26. Mai. »Unsere Hausordnung wurde in der letzten Zeit durch mancherlei Besuche unterbrochen. Vor acht Tagen kamen meine beiden Brüder, Fritz und Friedel, um die Pfingstferien hier zuzubringen, ich freute mich sehr auf diese ersten Besuche und wir waren auch sehr vergnügt. Fritz hat mir viel Zither gespielt und wir haben uns überhaupt die Zeit gut zusammen vertrieben, im Garten ist es ganz grün und wir sind drunten, so oft es der Regen erlaubt. Die Eisenbahn wird uns noch manchen Besuch eintragen, so kam vorgestern Herr Professor Ennemoser aus München als Bekannter von Karl und gestern Joseph Michel als Bekannter von mir und Student aus Erlangen, die Leute sollen nur wenigstens nicht gerade kurz vor Tisch kommen. Die Prinzessin hat schon große Untugenden blicken lassen und macht mir großen Kummer, ich will's jetzt keiner Frau mehr verargen, wenn sie viel von ihren Mägden spricht, denn ich werde es nächstdem auch so machen. Ich freue mich schon auf einen Besuch von meiner Mutter, es ist aber noch gar nicht ausgemacht, wann sie kommt.«

10. Juni. »Es waren wieder allerlei Gäste da, die uns gewöhnlich durch die Eisenbahn gebracht werden, unter andern auch Fritz Rohmer, dessen gefürchteter Besuch mir aber gar nicht furchtbar war, überhaupt werde ich mich nächstens daran gewöhnen, alle Gäste ohne Angst zu erwarten. Wir haben uns jetzt wunderschöne Reisepläne gemacht für nächsten Herbst, Karl hat schon den ganzen Weg ausgesonnen nach Meran und wieder zurück. Leider hat es jetzt das Aussehen, als wollten sich uns allerlei Hindernisse in den Weg stellen, das wäre ein unendlicher Jammer, besonders mir, weil ich noch nie derartige Gegenden gesehen habe.«

Eine kurze Notiz Braters, auf Hans Pfaff bezüglich, deutet auf dessen stilles Liebesverhältnis hin:

»Am Sonntag traf eine Gesellschaft ein, bestehend aus dem Fräulein Agnes v. D., deren Schwester und Schwager. Die erstere hätte sich sehr dafür interessiert, meinen Schwager Hans, der unseligerweise nach München gegangen war, zu sehen und die Gesellschaft zog, nachdem sie Kaffee bei uns genossen hatte, unbefriedigt weiter.«

Bei dieser Gelegenheit lernte Pauline die junge Dame kennen, die ihres Bruders Hans treue Liebe war. Hatten sich die Liebenden auch verfehlt, so war doch der Besuch ein Beweis, dass das junge Mädchen ihm treu blieb, so gering auch die Hoffnung war, dass der adelige Vater je nachgeben würde.

Am 27. Juni war der Geburtstag des jungen Ehemanns, der erste, den er gemeinsam mit seiner Frau feierte. Im Haus Pfaff waren solche Tage nicht gefeiert worden, man konnte dem einzelnen Familienglied nicht so viel Beachtung schenken, aber Pauline passte sich der Art an, die ihrem Manne sympathisch war. In der Familienchronik bemerkt der Geburtsträger:

»Mein 31. Geburtstag war der erste, den ich als pater familias und recht eigentlich im ›Schoß‹ meiner eigensten Familie gefeiert habe. Pauline hat sich die festlichen Gebräuche angeeignet, die ich vom elterlichen Haus her gewöhnt bin und nicht gern vermissen möchte. Sie hat mich schon von den Ersparnissen ihres Taschengeldes splendid beschenkt.«

Auch in einem Briefe nach Erlangen erwähnt er desselben Geburtstags:

»Liebe Mutter!

An meinem Geburtstag früh, während wir noch beim Kaffee beschäftigt waren, in einen Rosenflor versenkt, kam Eure Bescherung dazu, die von Deiner Schwiegertochter mit bekannter liebenswürdiger Heftigkeit durchwühlt wurde. Sie geriet über jeden Fund in Entzücken und meine soliden Dankbarkeitsgefühle wurden von ihrem Enthusiasmus, der beim Anblick eines Erlanger Brotes den Kulminationspunkt erreichte, tief unter Wasser gestellt...«

Nachdem wir so den jungen Ehemann in der Rosenlaube mit der jungen Gattin gezeigt haben, müssen wir jetzt den Bürgermeister in seiner Amtsstube aufsuchen und da sehen wir freilich kein rosiges Bild.

Als im Herbst 1848 Karl Brater, erfüllt von nationaler Begeisterung, die Bürgermeisterstelle in Nördlingen angenommen hatte, war dies geschehen in der Hoffnung, als Gemeindebeamter der nationalen und freiheitlichen Sache ersprießliche Dienste leisten zu können. Aber der Anfang der 50er Jahre brachte die Reaktion, die sich gar bald auch in diesen Kreisen fühlbar machte. Herr v. Welden, der Regierungspräsident von Augsburg, zu dessen Bezirk Nördlingen gehörte, stand an der Spitze der reaktionären Partei und dieser Vorgesetzte war es, mit dem der junge Bürgermeister sehr bald in Konflikt geriet. Brater wollte den Rechten seiner Gemeinde nichts vergeben, sich nicht einem Willkürregiment beugen, das die Selbstverwaltung der Stadt beeinträchtigt hätte. Obgleich er dabei nur das Wohl von Nördlingen im Auge hatte, so gab es doch auch in der Stadt selbst eine, wenn auch kleine, reaktionäre Partei, die durch Denunziationen sich bei der Regierung beliebt machen wollte und sich höheren Orts einzuschmeicheln glaubte, wenn sie gegen den der Regierung unbequemen Bürgermeister allerlei Verleumdungen vorbrachte. In einem Brief an seine Schwester Julie schreibt der so Angefeindete:

»Ich bin jetzt in offenem Kampf mit der hiesigen reaktionären Partei, die das Ohr und Herz des Herrn v. Welden durch unaufhörliche politische Denunziationen ganz gefangen hat. Die große Mehrheit ist auf meiner Seite, aber nicht sachkundig und energisch genug.«

Da nun eben in dieser Zeit Brater in Wort und Schrift eine energische Tätigkeit für Anerkennung der Reichsverfassung entwickelte, so wurde der Riß zwischen ihm und dem Regierungspräsidenten immer größer und man hatte nicht übel Lust, ihn als Hochverräter in Untersuchung zu ziehen. Kam es auch dazu nicht, so erreichten die fortgesetzten Verleumdungen doch die Verhängung einer Disziplinaruntersuchung gegen den Bürgermeister und die Mehrheit der Magistratsräte. Aber es stellte sich heraus, dass die Geschäftsführung des tüchtigen, gewissenhaften Juristen musterhaft war, es wurde nichts gegen ihn aufgefunden und die junge Gattin mochte nun erst recht deutlich die Vorzüge der gewissenhaften Art ihres Mannes erkennen.

Der Sommer rückte vor, die Hauschronik berichtet von vielen Gästen und mitten unter diesen wird der Regierungspräsident v. Welden genannt. »Er kam,« schreibt Brater, »mit der Idee, mich durch gemütliches Räsonnement und große Artigkeit zu gewinnen und mich aus einer Stellung, die ihm manchmal unbequem wird, heraus zu manövrieren. Wir sprachen lang und sehr unumwunden über die hiesigen Angelegenheiten und er hatte die Güte, mir mit Beziehung auf meine Opposition gegen willkürliche Regierungsmaßregeln den Vorwurf zu machen: ich sei zu sehr Jurist und Mann des schroffen Rechtes, zu wenig administrativer Diplomat – eine sehr charakteristische und für e i n e n von uns beiden gewiss ehrenvolle Bemerkung.«

Die Gegenpartei hatte vom Erscheinen des Präsidenten sich allerlei fatale Folgen für den national gesinnten Bürgermeister versprochen, diese blieben aus, aber freilich auch die Annäherung, zu der die Hand geboten war, kam nicht zustande, konnte nicht zustande kommen, wenn Brater nicht seine Grundsätze opfern wollte, und dazu war er nicht der Mann. Der jungen Gattin mochte es oft wunderlich zumute sein bei derartigen Besuchen; von ihr schreibt Brater bei solchem Anlass an seine Schwester Julie:

»Bei solchem Kriegszustand ginge mir der Humor vielleicht doch aus, wenn nicht Pauline wäre, an die ich mich halten kann, so oft mir der Ekel zu stark wird.« Und an anderer Stelle: »Ihre Liebe ist mir, wie es sein soll, eine gesunde, milde Lebensluft, die mich umgibt, wo ich bin und was ich tue, wenn es auch das Fremdartigste ist.« Die für den September geplante Gebirgsreise musste aufgegeben werden, der jungen Frau wegen, die nicht in der richtigen Verfassung dazu war, aber ein gemeinsamer Besuch in Erlangen bei den Verwandten wurde ausgeführt, und es war höchste Zeit, wenn sie sich dort in ihrer Bürgermeistersherrlichkeit zeigen wollten, denn mit dieser ging es nun rasch zu Ende.

Erneute gehässige Angriffe der reaktionären Partei reiften bei Brater den Entschluss, sein Amt niederzulegen.

Mit welchen Empfindungen mag wohl die junge Frau Bürgermeisterin das Schriftstück abgeschrieben haben, das von ihrer Hand geschrieben vor uns liegt und folgenden Wortlaut hat:

»Am heutigen Tage lege ich das Amt nieder, zu dem ich im Jahr 1848 durch die Wahl des Gemeindekollegiums berufen worden bin. Das Vertrauen einer großen Mehrheit der städtischen Vertreter und, wenn ich nicht irre, der Bürgerschaft selbst hat mir bis jetzt möglich gemacht, in einer von Schwierigkeiten jeder Art umgebenen Stellung auszuharren. Aber Verhältnisse, die ich nicht näher bezeichnen darf, weil dies nur mit den Ausdrücken der tiefsten Indignation geschehen könnte, haben mir allmählich eine Empfindung des Widerwillens und des Überdrusses eingeflößt, wie man sie auf längere Zeit nicht verträgt, wenn man nicht m u s s . Indem ich einen seit Monaten gefassten Entschluss unter den erneuten und verstärkten Eindrücken dieser Empfindung ausführe, sage ich den Herren Magistratsräten, die meine Amtsführung unterstützt haben, weil sie den Grundsatz rücksichtsloser Pflichterfüllung in ihr erkannten, meinen herzlichen Dank. Früher oder später werden sich die Verhältnisse unserer Stadt so gestalten, dass ein künftiger Magistratsvorstand es über sich gewinnen kann, dem Beruf, von dem ich zurücktrete, sich d a u e r n d zu widmen. Wenn diese Umgestaltung erreicht und ein einträchtiges, gedeihliches Wirken der städtischen Vertreter wieder möglich geworden ist, wird keiner von Ihren Mitbürgern sich aufrichtiger als ich dessen freuen. Ich füge hinzu, dass ich bereit bin, die Amtsgeschäfte bis zum Schluss dieses Jahres fortzuführen und dass ich im Begriff bin, der königlichen Kreisregierung die geeignete Anzeige zu erstatten.«

Im Nördlinger Wochenblatt lesen wir einige Zeit nach dieser Mitteilung den folgenden Beschluss der Gemeindebevollmächtigten:

»Es wurde in der heutigen Sitzung mit 17 gegen 3 Stimmen folgender Beschluss gefasst: Es wird von Seiten des Kollegiums der ausgesprochene Rücktritt des Herrn Magistratsratsvorstandes aufrichtig beklagt. Wir drücken demselben hiermit unsere vollste Anerkennung seiner Verdienste und Geschäftsführung aus und bitten, es möge dem Herrn Magistratsratsvorstand gefallen, die eingegebene Erklärung zurückzunehmen, eventuell aber die Geschäfte bis Neujahr zu leiten.«

Eine Aufforderung im gleichen Sinne erging auch mündlich an den Bürgermeister, der aber seinen wohl überlegten Entschluss nicht zurücknahm.

Was nun? Die Frage war nicht so leicht zu beantworten, denn der ehemalige Bürgermeister musste sich sagen, dass an eine Staatsanstellung nach solchen Vorgängen nicht zu denken war; er, der ausgesprochene Feind des oben herrschenden reaktionären Systems konnte darauf so wenig rechnen wie auf Bestätigung seiner Wahl, wenn er sich in einer andern Stadt um eine Bürgermeisterstelle beworben hätte. Wohl wusste er, dass manche sich im stillen freuten über seine mannhafte Opposition gegen willkürliche Beschränkung der Gemeinderechte, aber nur wenige waren es, die sich offen zu ihm bekannten, die meisten fügten sich der Majorität und hätten es für klüger gehalten, wenn auch er sich gebeugt hätte.

So sah sich Brater als angehender Familienvater ganz auf sich selbst gestellt und musste ohne Vermögen, ohne Rückhalt an den Verwandten den Unterhalt für die Familie aufzubringen suchen.

In dieser ernsten Zeit, wo sich mancher, der ihn früher fleißig aufsuchte, von ihm fern hielt, um sich oben nicht missliebig zu machen, ist ihm seine junge Frau zur verständnisvollen Bundesgenossin herangewachsen. Nun erst erfasste sie voll sein ganzes Wesen, es ergriff sie eine hohe Begeisterung für seine edlen Grundsätze, sein unerbittliches Rechts- und Wahrheitsgefühl, sich selbst, ihr materielles Wohl vergaß sie und hatte nur noch den einen Trieb, ihm als treuer Kamerad hindurch zu helfen durch alle Schwierigkeiten.

Meinten da und dort ängstliche Leute: »Ja, wenn er noch allein wäre - aber so als Gatte und in der Aussicht, bald Vater zu werden« - so empfanden die beiden ganz anders und wussten es besser. Nur im festen Zusammenschluss, nur wenn als Gegengewicht zu allen Kämpfen und Entbehrungen die warme, sonnige Liebe seinen Lebensweg erleuchtete, nur dann konnte er allem trotzen, was da kam. Als einzelner wäre er durch diese Lebenserfahrungen vielleicht erbittert, vielleicht mürbe geworden, mit dieser Frau an der Seite erstarkte er nur im Kampf, es waren so recht die Verhältnisse, in denen eine wahre Ehe ihren höchsten Wert zeigen kann.

Noch widmete Brater seine ganze Zeit und Kraft dem Bürgermeisteramt. Das Weihnachtsfest wurde noch in der Amtswohnung gefeiert, aber schon war die Haushaltung in der Auflösung begriffen; am 26. Dezember verließ unser Paar die staatlichen Räume und zog hinaus auf die Bleiche.

Zielbewusst und mit Einsetzung seiner ganzen Kraft wandte sich Brater der politischen und volkswirtschaftlichen Tätigkeit für sein Vaterland zu. Er beriet sich zunächst mit dem ihm nahe befreundeten Verlagsbuchhändler Karl Beck und gründete mit ihm die »Blätter für administrative Praxis«, eine Zeitschrift, welche damals die einzige ihrer Art in Deutschland war und welche noch heute, nach mehr als fünfzig Jahren, wenn auch in veränderter Form, besteht. Daneben liefen noch viele andere juristische und politische Arbeiten her. Mit unendlichem Fleiße saß er in dem bescheidenen Zimmer und schrieb und schrieb.

Es war einer in der Familie, der die Wandlung der Dinge mit Freuden begrüßt hatte, Bruder Hans. Er nahm nun als Kostgänger Teil am Haushalt der Geschwister, diesen die Lage erleichternd und sich selbst aus der Ödigkeit des Wirtshauslebens befreiend.

Die »Prinzessin«, die nicht in den einfachen Rahmen des jetzigen Haushalts passte, ward entlassen, bescheidene Bedienung genügte für die kleinen Räume.

Im Februar traf, um Großmutterdienste zu leisten, Frau Pfaff ein. Stillschweigend hatte sie nun doch auch dieses Paar, das sie so sicher geborgen glaubte, einreihen müssen unter jene, die mit Nahrungssorgen zu kämpfen hatten. An ihre Schwester Adelheid schrieb sie von der Bleiche aus:

»Ich kann wohl sagen, dass nicht alles so gekommen ist, wie wir glaubten, und dass Sorgen mancher Art mit in das neue Jahr hinübergegangen sind. Dass Brater von der Regierung nicht viel Gutes zu erwarten hatte, davon hat er Proben, auch fürchtet er, dass sie es lange werden anstehen lassen, bis er als Advokat eine Stelle erhält und bis durch solche (schriftstellerische) Arbeiten so viel verdient wird, als eine Haushaltung erfordert, da gehört doch große Anstrengung dazu. Aber man hat ihm ja gar kein Unrecht nachweisen können und so wird zuletzt auch alles wieder gut werden. Hans handelt sehr brüderlich, er wohnt jetzt oben in einem Erker und hat neben einem kleinen Stübchen eine Schlafkammer, die Kammer auf der anderen Seite ist Paulinens Gastzimmer. Unten sind noch zwei Stuben, dies ist all ihr Raum, Du kannst Dir wohl denken, wie wir uns behelfen müssen und wie groß der Unterschied ist mit ihrer vorigen Wohnung, wo sie zehn Zimmer hatte, doch ist sie recht heiter und ich habe sie nie klagen hören.«

Dass in dieser Zeit notwendiger Einschränkung und Sparsamkeit keinerlei kostspielige Vorbereitungen gemacht wurden, um das zu erwartende Kindlein zu empfangen, lässt sich denken, doch trat hier Frau Senning, die einfache, aber wohlwollende Hausfrau hilfreich ein. Ihrer freundlichen Gesinnung hat Frau Brater später manchmal gedacht und sich erinnert, wie diese gute Hausfrau einst zu ihr kam und zögernd ihr Anliegen vorbrachte: Eine alte Wiege, noch aus ihrer eigenen Kinderzeit stammend, stehe oben in der Dachkammer und sie möchte diese, wenn es die junge Frau nicht übel nähme, ihr so gerne leihen. Nicht lange darnach lag in der geborgten Wiege ein niedliches Töchterlein.

5. Kapitel. 1851–1855

Das erste Kind! Mit Stolz trägt der Vater am 27. Februar 1851 die Tatsache der Geburt in die Familienchronik ein. So ein kleines hilfloses Geschöpfchen – anscheinend bringt es nichts mit in die Welt, tatsächlich verleiht es gleich die höchsten Würden, den Vater- und Mutter-Namen. Wer wollte es bestreiten, dass es eine Würde ist? Wird doch nichts auf Erden so hoch eingeschätzt wie eben das Menschenleben. Im Gefühl des Volkes, in der Gerichtsbarkeit, überall steht es oben an. Gilt es eines aus der Gefahr zu retten, so werden, wie selbstverständlich, die größten Opfer gebracht. Nun ist so ein neues Leben entstanden und ist vollständig diesen jungen Eltern überlassen und anvertraut. Würde und Bürde sind hier wie nirgends sonst vereint, Freud und Leid gleich in der ersten Stunde. Unbeholfen steht oft solch ein junger Vater vor dem kleinen Ankömmling, der ihm gehört und den er doch nicht zu behandeln versteht; weit voraus ist ihm darin meist die Mutter, auf die ja auch das Kind von der Natur sofort angewiesen ist.

Auch bei unserem jungen Elternpaar tritt dieser Unterschied gleich hervor. Objektiv, sich selbst kein Urteil zutrauend, schreibt der Vater an seine Schwester Julie:

»Das Fräulein ist nach Angabe der Sachverständigen überaus schön, ungewöhnlich stark und bereits liebenswürdig.« Und später: »Ich hätte Dir noch einiges Anziehende über das Thema: Pauline als Mutter vorzutragen, aber da sie eben erklärt, dass sie diesen Brief lesen werde, um zu kontrollieren, ob nichts Verleumderisches über ihr Kind eingeflossen ist, so muss ich mir natürlich solche Dinge versagen.« Worauf die junge Mutter denselben Brief fortsetzt: »Ich könnte Dir noch erzählen, was für eine Freude ich privatim an unserem kleinen Bündel habe, wenn ich nicht dächte, Du hast Dir das schon vorgestellt, so gut es eben möglich ist. Übrigens glaube ich nicht, dass andere Leute auch eine so große Freude haben, es könnte sonst nicht auffallend sein, wenn man auf der Straße hie und da ein paar Luftsprünge machte, juhe! schrie oder dergl. mehr. Auch von ihren Eigenschaften darf ich Dir nichts berichten, denn da ich an dem ganzen Weibsbildchen nichts als Liebenswürdigkeit entdecke, so müsstest Du ja denken, dass ich bereits mit dicker, mütterlicher Blindheit geschlagen sei.«

Seliger als sie sich nun fühlte, hätte die junge Mutter auch in der früheren vornehmen Amtswohnung nicht sein können. Dicht nebenan der Mann, unablässig fleißig und doch wenn sie in sein Zimmer trat, gern bereit, die Feder wegzulegen und sich durch ein paar Worte mit ihr zu erfrischen oder sich von den wunderbaren Fortschritten des »Annakindes« berichten zu lassen. Und jeden Abend, wenn er seine anstrengende Tagesarbeit vollbracht hatte, saßen sie beisammen, plauderten und freuten sich aneinander. Das Kind musste um diese Zeit zur Ruhe gebracht sein, den Feierabend der Eltern und ihr gemeinsames Lesen sollte es, wenn irgend möglich, nicht stören. Im ersten Winter waren es die historischen Dramen von Shakespeare, die sie gemeinsam genossen. Auch Mittags gab es eine regelmäßige Arbeitspause; wenn die verschneiten Bleichwege nicht verlockten zum Spazierengehen und doch das Bedürfnis nach körperlicher Bewegung vorhanden war, so wurden Federbälle und Raketen herbeigeholt und Volant geschlagen. Pauline war geschmeidig und behänd in all ihren Bewegungen, und die beiden brachten es in dieser Kunst zu solcher Fertigkeit, dass sie mit drei Bällen zugleich schlagen konnten, und es ein Spaß war zuzusehen, wie die gefiederten Bällchen durch die Luft flogen.

So fühlte sich das junge Paar glücklich und vergnügt, während vielleicht mancher die armen Leutchen, die da draußen auf der Bleiche eingeschneit waren, bedauerte. Übrigens konnte von Armut im gewöhnlichen Sinne bald nicht mehr die Rede sein, denn eine Arbeit nach der andern, geschätzt und begehrt, kam aus der Feder des gedankenreichen Mannes. Er hielt seine Arbeitszeit ein, Tag für Tag mit einer Gewissenhaftigkeit, wie es nur wenige junge Männer ohne jeglichen äußeren Zwang durch Vorgesetzte oder Vorschriften zustande bringen würden. Es ist kein Wunder, dass die Gattin nun nicht mehr aufbegehrte über die Pedanterie des Gatten, dass diese treue Pflichterfüllung ihr vielmehr die größte Hochachtung einflößte. Zugleich aber auch einen Zorn gegen diejenigen, die solch einen Mann nicht anstellen wollten und neuerdings seine Bemühungen um eine Advokatur zurückgewiesen hatten. Nahm e r das ruhig hin, so sprach s i e in um so kräftigeren Ausdrücken ihren Unwillen über die »schändliche Bande« aus. Sie war ohnedies als Schwester von fünf Brüdern an mancherlei nicht gerade zarte Ausdrücke gewöhnt, und wenn solche gleich in der Familie Brater verpönt waren, so wartete der Mann doch geduldig, ob sie sich allmählich von selbst verlieren würden, denn das unmittelbare Wesen seiner Frau war ihm viel zu köstlich, als dass er es durch Korrekturen hätte beirren mögen. G a n z hat sie die kräftigen Ausdrücke bis in ihre alten Tage nicht verloren, so lebhafte Naturen wie die ihrige müssen sich offenbar in Ausnahmefällen Luft machen und kommen ohne ein gelegentliches »Donnerwetter« nicht aus.

An ihre Schwägerin Julie schreibt Pauline in dieser Zeit: »Karl benimmt sich so ziemlich wie ein Fisch in dieser Angelegenheit, ich rechne nur auf Verjährung meines Grimms.«

Noch im September dachte die junge Familie nicht anders, als dass sie den Winter auf der Bleiche zubringen würden, da erhielt Brater unerwartet eine Aufforderung von der Zeitung »Der Nürnberger Korrespondent«, beim Wiederbeginn des Landtags in München die Berichterstattung über dessen Sitzungen zu übernehmen. Die pekuniären Bedingungen waren günstig, rasch wurde der Entschluss gefasst, für den Winter nach München zu übersiedeln. Während Pauline die nötigen Zurüstungen zum Umzuge traf, reiste der junge Ehemann voraus, um Quartier zu machen für sich und die Seinen. Die kurze Zeit, die er allein in München zubringen musste, wäh rte ihm schon zu lang. Er schreibt am 30. September 1851 an seine Frau:

»Mein Schatz, sind wir auch wirklich kopuliert? Es ist mir in dieser einsamen Stube ganz junggesellig und unter der Fürsorge unserer würdigen Schneiderin recht zimmerherrlich zumute«... Es folgt nun eine Beschreibung der gemieteten möblierten Wohnung und genaue Anweisungen über alles, was zur Ergänzung mitzubringen sei. Der Schluss lautet: »Studiere und exekutiere diesen Brief sorgfältig, fahre bei schlechtem Wetter II. Klasse, trinke in Augsburg Kaffee, komme wenn menschenmöglich schon Donnerstag, melde Dich zuvor an, sei unbesorgt um Milch, Holz und Magd und behüt' Dich Gott, denn dieses Junggesellenbewusstsein habe ich satt und sehne mich von Herzen nach Euch!«

Es ist gar nicht zu bezweifeln, dass die Reise am Donnerstag »menschenmöglich« gemacht wurde, denn flink und praktisch war die junge Frau wie nicht leicht eine zweite, hielt sich auch nicht mit unnötigen Bedenken auf und konnte in solchen Fällen, wie man sagt, »fünfe gerade sein lassen«.

So kam sie nun zum ersten Mal nach München, in die ihr noch unbekannte große Stadt. Die drei möblierten Zimmer boten nicht sonderlich viel Behagen und ganz ungewohnt waren ihr die einsamen Stunden, in denen der Gatte nicht wie bisher daheim arbeitete, sondern den Kammersitzungen beiwohnte. Es schien für sie ein unerfreulicher Winter zu werden. Aber bei der Nachricht von der Übersiedlung fasste ihre Schwiegermutter den Entschluss, mit der jüngsten Tochter Emilie, die sich in der Musik ausbilden wollte, für die Wintermonate nach München zu kommen. Es fanden sich Zimmer für sie im gleichen Haus und so konnte gemeinschaftliche Wirtschaft geführt werden; die gütige Nachsicht der älteren Frau Brater, der fröhliche Humor der jüngeren, die Freundschaft zwischen den beiden Schwägerinnen, die gemeinsame Freude an der kleinen Anna brachten es zustande, dass alles in schönster Harmonie zusammenklang.

Ein längerer Eintrag des Familienvaters in der Chronik erwähnt auch den geselligen Verkehr der Familie.

»Silvesterabend 1851. Unser geselliger Verkehr ist ziemlich beschränkt. Gemeinschaftlich trinken wir von Woche zu Woche einmal im Ennemoserschen Hause Tee oder haben diese Familie bei uns. Der Verkehr mit Rohmers (es ist hier der verheiratete Philosoph Friedrich Rohmer gemeint) wird nur durch mich lebhaft unterhalten. Bei Thiersch und Schubert sind Besuche gemacht worden, welche die üblichen Gegenbesuche und dann und wann eine Einladung zur Folge haben ....

Im Kind entwickeln sich Anwandlungen von Menschenverstand und Sprechlust, auch kriecht es vierfüßig mit ziemlicher Gewandtheit und befasst sich mit den Anfangsgründen des Laufens. Es hat die mütterliche Lebhaftigkeit ererbt. Im künftigen Neujahrsbericht hoffe ich das Gedeihen eines zweiten kleinen Geschöpfes, das mit der väterlichen Sanftmut und verkannten Gemütstiefe ausgestattet ist, notieren zu können.

Mein Gewerbe ist geistig und bisweilen auch körperlich ermüdend. Monate lang Tag für Tag und Zug für Zug der Abspiegelung einer bodenlosen politischen Misere als notgedrungener, aufmerksamer Beobachter folgen zu müssen, ist eine Tortur, welche die standhafteste Apathie schwer erträgt. Daneben erübrige ich jedoch noch die erforderliche Zeit zur Redaktion meiner Blätter (für admin. Praxis) und zur Beteiligung an Dollmanns Gesetzeskommentaren.

Von den erbetenen Advokaturen ist mir keine genehmigt worden; Verdächtigungen, die aus meiner Tätigkeit zur Zeit der Reichsverfassungsfrage abgeleitet sind, haben zu der Ansicht geführt, dass meine Anstellung jedenfalls allerhöchsten Ortes nicht genehmigt werden. An diesem Ort (bei dem König) persönlich zu supplizieren, kann ich mich nicht entschließen, weil ein solches Supplizieren die Verzichtleistung entweder auf die persönliche Würde oder auf den Erfolg voraussetzte. Es ist mir der definitive Bescheid des Justizministers zugekommen, dass es für jetzt unmöglich sei, mich anzustellen und dass ich wohl daran tun würde, in meiner gemeinnützigen Tätigkeit fortzufahren und Gras über die Sache wachsen zu lassen.«

»Dieses Gras wächst langsam,« schreibt Frau Brater gelegentlich. Sie hatte so zuversichtlich gehofft, der Aufenthalt in München werde ihrem Manne Gelegenheit geben, mit Erfolg um eine feste Anstellung einzukommen, aber die Monate verstrichen, schon nahte die Osterzeit und damit das Ende der Landtagsperiode. Sie musste sich mit der Erfüllung einer anderen Hoffnung begnügen: am Ostermontag 1852 kam ein zweites Töchterlein zur Welt.

Die Mutter, die seit einiger Zeit ein Heft angelegt hatte für Notizen über die Kinder, schreibt darin:

»Ostermontag kam die kleine Jungfer Agnes auf die Welt als ein gesundes kräftiges Kind mit einer ungeheuren Nase, wodurch sie mehr einem Vogel als einem Menschen und als Mensch einem alten, griesgrämigen Mathematiker ähnlich sah. Eigentlich war es auf einen Buben abgesehen, man war aber doch sehr erfreut über ihre glückliche Ankunft und trug ihr nichts nach. Sie begann ihr Leben, wie es für die teure Zeit angemessen ist, mit Nahrungssorgen, d. h. sie war kaum recht auf der Welt, als sie schon rechts und links mit dem Kopf nach Futter suchte und endlich beide Händchen in den Mund nahm und dermaßen daran schnullte, dass man's durchs ganze Zimmer hörte.«

Wie die Mutter so scheint auch der Vater über den ersten Anblick des Mädchens etwas betroffen gewesen zu sein, denn er notiert noch am selben Abend in die Familienchronik: »Die kleine Geborene ist ein robustes Mädchen von etwas seltsamer vogelähnlicher Physiognomie«, bemerkt aber nach einigen Wochen: »Sie hat ein definitiv menschliches Aussehen gewonnen, so dass unbedenklich zur Taufe geschritten werden konnte.«

Im Mai wurde der Münchner Haushalt aufgelöst und zur großen Freude von Pauline, die sich längst gesehnt hatte, das nahe Gebirge kennen zu lernen, übersiedelte die ganze Familie nach dem kleinen Dorf Egern am Tegernsee, im bayerischen Gebirge gelegen. Wir dürfen uns unter diesem Aufenthalt keine luxuriöse Sommerfrische im Hotel vorstellen, im Gegenteil ein Leben, einfacher und billiger, als es in der Stadt geführt werden konnte. »Beim Gassenschuster« wurde eingemietet und selbst gewirtschaftet. So hatte wohl die junge Mutter ihr gut Teil Arbeit, aber nicht zu viel, denn sie machte sich keine unnötige, und für unnötig galt ihr vieles, was nicht nur jetzt, sondern auch schon dazumal andere Frauen für nötig hielten. Vor allem kannte sie keine Toilettensorgen. Mit geschickter Hand wusste sie zu reinigen und auszubessern und man fand nichts Unpünktliches an ihrem Anzug, aber Überlegung, ob etwa ein Kleid nicht mehr modern sei, gab es bei ihr nicht, auch wenn die Farbe gebleicht oder verwaschen war, so hielt sie es nicht für nötig, um dieser natürlichen Einwirkungen der Sonne und des Regens willen Änderungen oder Neuanschaffungen vorzunehmen. Bei der Wahl der Kinderkleider kannte sie nur den Standpunkt der Zweckmäßigkeit, nichts Helles, damit nicht oft zu waschen war, einfach zugeschnitten, denn das Bügeln durfte nicht viel Zeit wegnehmen, wurde auch wohl ganz umgangen; fest über die Tischplatte gezogen waren die Röckchen nach ihrer Meinung reichlich glatt genug, um von den Kindern im Gebrauche gleich wieder verknittert zu werden. Trotzdem dünkte ihr die Zeit, die auf die Bekleidung gewendet wurde, noch zu lang, und sie seufzte manchmal, »kämen doch die Menschen in schönem Pelz auf die Welt«. Ebenso bedauerte sie oft, dass die Zubereitung der Speisen – in der sie übrigens sehr sorgfältig war – so viel Zeit in Anspruch nahm, und sie äußerte wohl, im Gedanken, dass wir doch indirekt all unsere Nahrung aus dem Erdboden ziehen, »könnten wir nur unsern Planeten direkt essen«.

An Warte und Pflege wurde den Kindern auch nicht mehr als das Nötigste zuteil. Für ihre Unterhaltung mochten sie selbst sorgen. Langweilten sie sich, fingen sie an zu weinen oder zu schreien, so wurden sie tunlichst weit von dem arbeitenden Vater entfernt, sonst aber wurde keine Notiz von ihrer übeln Laune genommen.

Die junge Mutter kannte keine Ängstlichkeit. Sie ließ ihre Große, die in jenem Sommer in Egern erst eineinhalb Jahr alt, aber schon fest auf den Beinchen war, allein im Haus und Garten umherlaufen, in der guten Zuversicht, dass nicht gleich ein Unglück geschehen werde. Einstens wurde das Kind vermisst und nun, doch nicht ohne Sorgen wegen der Nähe des Sees, gesucht. Man fand die Kleine endlich im Kuhstall, wo sie eben ihr Schürzchen einem Kalb zum Fressen hinhielt und das junge Tier, noch ebenso unerfahren wie das kleine Menschenkind, an dem dargebotenen Stoff kaute. Diese Sorglosigkeit der jungen Mutter, die der Vater übrigens nicht gut hieß, verlor sich mit der jugendlichen Unerfahrenheit, aber dem Grundsatze der Einfachheit ist Frau Brater in allen Lebensverhältnissen treu geblieben. Die Anspruchslosigkeit und praktische Sparsamkeit der Hausfrau war so durchgehend, dass in dieser Beziehung nie eine Mahnung oder Einmischung des Mannes nötig war; das durch seine treue Arbeitsamkeit erworbene Geld wurde ihr übergeben, von ihr aufs beste eingeteilt und verwaltet und mit Befriedigung wird in der Chronik erwähnt, dass genügend erspart worden sei, um einer Lebensversicherung beitreten zu können.

Eine Verwandte, Emma Schunck, schrieb damals über die junge Hausfrau: »Schon immer achtete ich Pauline sehr, aber die Art, wie sie in ihrem Haus waltet, die Entschiedenheit in allem, das Benehmen gegen ihre Kinder, die zuvorkommende Liebe zu ihrem Mann, das alles stellt sie in meinen Augen sehr hoch. Auch das bewundere ich an ihr, dass sie das Schwere in ihrer Lage, Karls Zurücksetzung so leicht nimmt, weil sie immer nur an das Gute denkt.«

Brater schreibt aus Egern an seine Schwester Julie: »Wir haben keine Ursache, über unser Dasein und Hiersein zu klagen, zumal auch für das tägliche Brot jetzt sattsam gesorgt ist, denn es fehlt weder am Absatz meiner Blätter noch an sonstigen Bestellungen, ich bin auf Jahr und Tag, ohne einen Schritt darum getan zu haben, in Anspruch genommen und könnte daneben auch noch einem Gesellen Arbeit geben.« Ebenso pünktlich wie die Arbeitszeit wurde aber auch die Erholungszeit eingehalten und die herrliche Umgebung von Egern genossen. Es heißt in der Familienchronik: »Pauline ist von der ihr neuen Herrlichkeit des Gebirges zu Wasser und Land begeistert, sie macht ihre Studien in der Führung des Ruders und des Bergstockes mit gutem Erfolg; wir hoffen Egern nicht zu verlassen, bevor wir mit allen Gipfeln der Umgebung Bekanntschaft gemacht haben... Die Kinder sind wie Kälber auf der Alm gediehen.«

So war der Sommer verstrichen und Brater schreibt: »Am 4. Oktober haben wir den Bergen Adieu gesagt, und am 5. unsern Einzug auf der Bleiche gehalten. Trotz allem Heimweh weiß man doch die Annehmlichkeiten des eigenen häuslichen Herdes und der bequemen Einrichtungen zu schätzen. Ein harter Schlag war aber der Tod Karl Becks, der am 6. Dezember nach fünfwöchentlichem Hoffen und Fürchten einem Nervenfieber erlag. Die Stadt hat an ihm ihren besten Bürger verloren; an Einsicht, Bildung, Geschäftskenntnis, Gemeinsinn war keiner mit ihm zu vergleichen. Ich war bei aller Verschiedenheit der Naturen und Anschauungen persönlich mit ihm befreundet und finde hier keinen Ersatz für ihn. Auch unsere geselligen Verhältnisse, in welchen er ein wesentliches Glied war, sind durch seinen Tod vollends wertlos geworden. Für mich ist es ein Glück, dass ich Ernst Rohmer, der im Sommer 1851 in Becks Geschäft eintrat, wieder getroffen habe. Mit ihm und seinen Schwestern (Witwe Bruckmann und Lina Rohmer) haben wir eine wöchentliche Zusammenkunft.«

Außer diesem Verkehr lebte die junge Familie sehr still für sich. »Ich bin ganz Bleichbewohnerin,« schreibt Pauline an ihre Schwägerin Julie, »wenn ich hie und da notwendige

Gänge habe, so laufe ich im Sturmschritt durch die Gassen mit dem einzigen Gedanken, schnell wieder zu Hause zu sein, wo man mich mit oder ohne Geschrei erwartet..... Ich kann kaum die Zeit erwarten, bis die Kinder so weit sind, dass wenigstens nimmer alle beide nur so gerade hinausschreien, wenn ihnen etwas gegen den Strich geht, d. h. bis Anna ihre Vernunft und ihre Zähne beisammen hat..... Mir sind alle Beschäftigungen unmöglich geworden, bei denen es sich nicht verträgt, alle Minuten aufzustehen, da einem Kind etwas zu wehren, dort eines trocken zu legen oder im günstigsten Fall mir die Ohren aus Wohl- oder Übellaune abwechselnd von der einen oder andern Tochter vollschreien zu lassen. Dieses ist die beständige Begleitung meiner Näh- und Flickereien sowie meiner nächtlichen Ruhe und wenn man nicht mit Bestimmtheit wüsste, dass die Bälge täglich älter und somit menschlicher werden, möchte man oft verzweifeln.« An diesen Brief fügt der Vater die entschuldigende Bemerkung hinzu: Man merke, dass er unter Kopfschmerzen geschrieben sei.

Es lautet allerdings nicht zärtlich, wenn die Mutter so über die »Bälge« klagt, allein sie sprach und schrieb eben ganz ohne Rückhalt und Beschönigung, so wie sie gerade empfand, und jede Frau, die kleine Kinder aufzieht und zwar ohne sie an ein Kindermädchen abzuschieben, kennt wohl solche Stimmungen, wie Pauline sie durchmachte, wenn sie in diesem Winter mit den Kleinen auf das enge Wohnzimmer der Bleiche angewiesen war, nach einer unruhigen Nacht ruhebedürftig, mit schmerzendem Kopfe dem Schreien der Kinder doch nicht entrinnen konnte und sich unzählige Male bücken musste, um sie zu versorgen.

Freilich kann ein süßes Lächeln, eine zärtliche Schmeichelei der Kleinen alle Mühe vergessen machen, aber sie haben eben ihre Tage, an denen sie nicht lächeln, nicht schmeicheln, sondern verdrießlich und weinerlich sind. Dann ist es wirklich ein Tagewerk, so ermüdend und abspannend wie kein anderes, und am Abend ist nicht einmal ein merkliches Resultat dieser Tagesarbeit zu sehen, die Kinder sind anscheinend am Abend nicht weiter, als sie am Morgen waren. So darf man der geplagten Mutter einen gelegentlichen Stoßseufzer nicht verargen.

Die kleine Anna, zuerst ein durchaus gesundes Kind, bekam infolge des Impfens, das mit schlechtem Stoff vorgenommen wurde, einen Ausschlag, der sie besonders bei Nacht quälte. In vielen Briefen der nächsten Jahre ist dies Leiden erwähnt, das Mutter und Kind oft zur Verzweiflung brachte und schlimmen Einfluss auf das Kopfwehleiden und die empfindlichen Augen der Mutter ausübte. Für sie wurden die Nächte erst wieder besser, als das Kind die Einsicht erlangte, dass die Mutter ihm nicht helfen könne und die Selbstbeherrschung gewann, die nächtlichen Qualen still für sich allein zu tragen, bis sie sich endlich verloren.

In der schlimmsten Periode dieser Unruhe wurde beschlossen, dass die geplagte Frau auf einige Wochen zur Erholung nach Erlangen gehen solle. Freilich, Anna musste sie mitnehmen, denn dieses Kind konnte nicht dem Mädchen überlassen werden; wenn es nachts erwachte und ins Schreien kam, so vermochte niemand anders als die Mutter durch den großen Einfluss, den sie auf das Kind ausübte, es aus dem aufgeregten Weinen zum Horchen auf ihre tröstende Stimme und dadurch allmählich wieder zur Ruhe zu bringen.

So wurde denn Anna mit auf die Reise genommen, hingegen die Kleine, die ein ruhiges Kind war, bei dem Dienstmädchen gelassen unter der Oberaufsicht des Vaters. Der kleine »nächtliche Würgteufel«, wie sich die Mutter oft ausdrückte, war bei Tageslicht ein fröhliches Kind und für ihre zwei Jahre schon sehr entwickelt. Pauline empfand den freudigen Stolz, mit dem jede junge Mutter zum ersten Mal ihr Kind den Verwandten und Freunden der alten Heimat vorstellt.

Sie schildert die Reiseerlebnisse in einem Brief an ihren Mann: »Du weißt, dass wir gut hier angekommen sind mit einer Gesellschaft von Auswanderern, deren übertriebene

Lustigkeit das Annakind so in Anspruch nahm, dass sie sich auf dem ganzen Weg aufs beste unterhielt. Sie war überaus komisch, wenn der Zug auf der Station eine Weile still gestanden hatte, so sagte sie voll Ungeduld: »No, geht das Ding?« In Nürnberg empfing uns Fritz, ich war sehr froh, denn man musste die Wagen wechseln und ich hatte so rasend Kopfweh, dass mir's ganz unheimlich zumute war.

Die Ankunft in Erlangen war komisch. Deine Mutter und mein Hans waren am Bahnhof, kaum waren wir ausgestiegen, so hatte Hans schon das Kind auf dem Arm und ohne weitere Notiz von mir oder der großmütterlichen Zärtlichkeit zu nehmen, war er mit demselben auf und davon und wir hatten das Nachsehen.

Ich hatte am ersten Abend schrecklich Heimweh und Kopfweh, am zweiten hatte letzteres nachgelassen und jetzt, am dritten, geht's durch und durch besser, aber ich denke immerfort an Dich und kann gar nicht von Dir reden. Das Annakind erntet über Erwarten Beifall und rührend ist die Zärtlichkeit, die zwischen ihr und den Onkeln stattfindet, Hans füttert sie, Fritz trägt sie zu den Bekannten. In unserer Wirtschaft kommt mir's so komisch vor, ich muss oft wie eine Fremde darüber lachen. Gestern kam ein fremder Herr, die Brüder schauen sich an, wem wohl der Besuch gilt, endlich fühlt sich Hans getroffen. Da er gerade das Kind füttert, gibt er Fritz den Bündel. Wie sich herausstellte, dass der Herr eigentlich zu Fritz will, wird er von diesem in das Kabinett hineingeführt, welches als sein Arbeitszimmer und Salon durch den Zuwachs von meinem und einem Kinderbett sehr an belebtem Aussehen gewonnen hat und den ersten Eindruck aufs wunderbarste steigern muss. Ich weiß oft gar nicht, wie mir geschieht, alles so bekannt, gar nichts Neues und doch fast unglaublich.

... Wenn ich höre, dass es Dir und meinem guten, guten Herzensbrocken gut geht und Du Dir über Kind und Küche nicht viel Sorgen machst, so will ich gern mein Pensum hier abmachen und dann recht vom Fundament aus, ich kann Dir gar nicht beschreiben w i e vergnügt bei D i r sein. Trotz der Unruhe ist mir's wohl hier, weil ich für gar nichts zu sorgen habe, das Annakind fährt fort, Eroberungen zu machen; wenn's ihr auf den Bällen einmal ergeht wie jetzt hier, so hat sie die Schwindsucht schon nach dem Fuchsenball, sie tanzt schon jetzt lauter Extratouren.

Lass Dir's recht gut gehen, mach diesem Brief zu Ehren einen Kuckuck und dergleichen mit dem Kind und denk Dir einen Kuss von mir oder viele .....«

6. Mai ... »Neulich war eine große Teevisite bei Deiner Mutter (Rahmtorte!!!) Da wurde fünf Viertelstunden am Tisch gestanden und gezittert und geholfen und gewünscht, allein vergebens.« (Über dieses »Tischrücken«, das damals Mode war, werden wir später noch mehr hören.) »Meine Wut kannst Du Dir denken, ich war ganz außer mir. Heute ging ich mit Emma Schunck zu Fuhrmanns, die einen sehr sensitiven Tisch haben und siehe, es ging prächtig in einer Viertelstunde, so dass es den Tisch drehte und fortrutschte, dass man nur nachzulaufen hatte und es ihn rechts und links in die Höhe warf, dass es zum Totlachen war, übrigens mache ich mir meine ganz besonderen Gedanken.«

Sobald Pauline sich ein wenig gekräftigt hatte, kehrte sie nach Hause zurück, und wenn sie auch noch öfter zu solch kleinen Erholungsreisen genötigt war, so fand sie doch ohne den Mann so wenig Freude daran, dass sie heim drängte, sobald sie nur konnte, trotzdem zu Hause manches Schwere auf sie wartete, denn die nun folgenden Jahre boten äußerlich betrachtet der jungen Familie Brater wenig Erfreuliches. Sehen wir zunächst auf den Mann, so finden wir ein ganz merkwürdiges, fast unverständliches Mißverhältnis zwischen Leistung und Gegenleistung. Er redigiert die Blätter für administrative Praxis, und sie werden als mustergültig anerkannt; er bearbeitet die bayerische Gerichtsordnung, und die Juristen finden die Arbeit vorzüglich; er gibt eine Ausgabe der bayerischen Verfassungsurkunde heraus, sie erscheint in mehreren Auflagen; seine Kommentare zum

Preß- und Forstgesetz kommen in Verwendung; seine »Fliegenden Blätter aus Bayern« erregen Aufsehen in politischen Kreisen, aber wenn dieser hervorragende Jurist sich bewirbt um eine Advokatur, um ein Bürgermeisteramt, wenn er anfragt, ob ihm die Erlaubnis erteilt würde, sich in Erlangen als Privatdozent niederzulassen, so ist die Antwort »nein« und immer wieder »nein«. Und doch hat er den sehnlichen Wunsch nach praktischer Arbeit, möchte nicht nebendraußen stehen, sondern einen Posten ausfüllen, der ihm gestattet, seine Ideale nicht nur auf dem Papier niederzulegen, sondern sie im Leben zu betätigen.

Professor Bluntschli, der berühmte Rechtsgelehrte, der damals in München lebte und später mit Brater in Verbindung trat, spricht sich darüber aus in seinen »Denkwürdigkeiten aus meinem Leben«: »Brater war jeder Übertreibung wie allem unlauteren Treiben feind, dabei gründlich gebildet, von durchdringendem Verstand, immer besonnen und klar, zuweilen pedantisch-genau, ein überaus fleißiger Arbeiter. Ich habe es lange nicht verstehen können, dass in Bayern, das wirklich keinen Überfluss an tüchtigen Beamten hatte, eine solche Kraft brachgelegt wurde. Ich begriff es erst später vollständig, als ich sah, wie die nationale deutsche Gesinnung, die in Brater lebendig war, die ihn jederzeit opferbereit fand, den Verdacht einer strafbaren Untreue gegen Bayern, wenn nicht des Hochverrats auf sich zog.«

Eine Enttäuschung nach der andern trug Frau Brater tapfer mit ihrem Mann und hatte dabei doch selbst gar schwere Jahre. Einen halben Winter lang litt sie an peinlicher Augenentzündung und musste nach damaliger Methode der Augenärzte wochenlang im halbdunkeln Zimmer fast untätig sitzen. Auch verschlimmerte sich ihr Kopfleiden durch die unzähligen schlechten Nächte. Aber trotz alledem griff keine Verstimmung, keine Verbitterung Platz. Die Außenwelt vermag nicht viel gegen ein Paar, das sich glücklich fühlt durch die gegenseitige Liebe. Nur nicht trennen durfte man sie, jedem einzelnen wurde die Last zu schwer, sie konnte nur gemeinsam getragen werden. Von Erlangen aus schreibt Pauline ihrem Mann: »Ich habe eine wahre Todesangst, dass Du nach meiner Heimkehr bald verreisen musst.«

Wie sehr in diesen Jahren des Kampfes gegen widrige Schicksale Pauline an Energie des Wesens gewann, zeigt sich nicht nur im Inhalt ihrer Briefe, es macht sich auch an der Handschrift auffällig bemerklich. Die dünnen, schrägen Strichlein ihrer Schrift verwandeln sich in feste, geschlossene, fast trotzig dastehende Buchstaben und bald erinnern die charaktervollen Schriftzüge Frau Braters kaum mehr an die einstige Handschrift von Pauline Pfaff.

6. Kapitel. 1855–1858

Die Nördlinger Jahre auf der stillen Bleiche gingen zu Ende. Ein literarisches Unternehmen war es, das die Familie Brater veranlasste, nach München zu übersiedeln. Schon im Jahr 1854 lesen wir in der Chronik, dass Professor Bluntschli beabsichtige, ein Staatswörterbuch herauszugeben, und sich wegen dieses groß gedachten Werkes an Brater wandte. Schon war der Verleger nach Nördlingen gekommen, man hatte sich über alle Einzelheiten des Unternehmens geeinigt, die Prospekte waren gedruckt, als die Sache noch in letzter Stunde scheiterte zur großen Enttäuschung für Brater, der in der Chronik berichtet: »Die Arbeit hätte mich fünf Jahre lang unter günstigen Bedingungen beschäftigt, aber die türkischen Verwicklungen schüchterten den Verleger ein und ich wurde zum zweiten Mal ein gelegentliches Opfer der Politik.«

Im folgenden Jahre tritt der Plan aufs neue auf: »Das Projekt Bluntschlis nähert sich jetzt, nachdem es infolge der politischen Konjunkturen längere Zeit geruht hatte, seiner Ausführung. Ich übernehme die Redaktion eines von Bluntschli herausgegebenen Staatswörterbuchs, das in circa zehn Bänden in den Jahren 1856–60 erscheinen soll. Einstweilen handelt es sich um Ausarbeitung des Planes und Gewinnung der Mitarbeiter. Friedrich Rohmers Staatswissenschaft und Politik wird die Grundlage dieses Werkes sein, es ist also ein großer Schritt, den man wagt. Die Verleger sind Schultheß und Scheitlin.«

Es ist oft interessant, den Wirkungen nachzugehen, die der Gedanke eines Menschen auf das Leben anderer ausübt. Professor Bluntschli fasst den Plan, ein Werk herauszugeben, und dieser Gedanke des Münchner Professors hat die Wirkung, dass Frau Brater in eifriger Tätigkeit ist, ihren Nördlinger Haushalt aufzulösen; dieser Gedanke ist die Ursache, dass zwei kleine Mädchen von den Wiesen und Obstgärten abgerufen werden, um nie mehr diese goldene Freiheit zu genießen. Ja, wenn auf der Löpsinger oder Bopfinger Kirchweih irgend ein junger Bursch umsonst auf das Dienstmädchen von der Bleiche wartet, das zum Tanz kommen sollte, so ist an seinem vergeblichen Harren wieder der Gedanke des Münchner Professors schuld, der das Mädchen in die Residenz zieht. Der Abschied von Nördlingen galt zunächst nicht für einen definitiven, nur für die Dauer der geplanten Arbeit sollte der Aufenthaltsort gewechselt werden. Doch lag die Aussicht der Rückkehr in unbestimmter Ferne und das junge Ehepaar verließ nicht leichten Herzens den stillen Ort, in dem es vor fünf Jahren sein Nest gebaut hatte. Die erste Heimstätte, der Geburtsort der Kinder, behält für ein glückliches Paar seinen eigenen Reiz und auch die Bekannten der ersten Zeit haben ein besonderes Interesse für eine Familie, deren Entstehen sie mit erlebt haben. Dies galt vor allem von der Witwe des Buchhändlers Beck und von Ernst Rohmer und seinen Schwestern Lina Rohmer und Witwe Bruckmann. Mit diesen treuen Freunden wurde denn auch der Verkehr zu allen Lebenszeiten fortgesetzt und ein lebhafter sowohl geschäftlicher als auch freundschaftlicher Briefwechsel verband Brater und seine Frau mit Ernst Rohmer, der dem Beck'schen Verlag vorstand und einige Jahre später sich mit der Witwe Beck verheiratete.

Die Lust zur Übersiedelung nach München war nicht groß, denn schon bei dem ersten Aufenthalte hatte das junge Paar empfunden, dass mit knappen Geldmitteln und schwacher Gesundheit von den Vorzügen der großen Stadt nicht viel zu genießen ist. Aber ob gern oder ungern – es musste abgeschlossen werden mit allem, was man an Freude und Leid in dem traulichen Städtchen erlebt hatte, es galt jetzt die neue Heimat zu gründen.

Im Oktober 1855 finden wir die Familie Brater in München Augustenstraße Nr. 5. Diese, heutzutage längst ausgebaute und mitten im Verkehr stehende Straße war damals noch eine stille Vorstadtstraße, einzelne Gärten unterbrachen noch auf beiden Seiten die Häuserreihen, gestatteten den Ausblick in die Ferne und gewährten Pauline die Möglichkeit, den Lauf der Gestirne zu beobachten; Luft und Licht hatten überall Zutritt.

Die erste Sorge der Hausfrau musste sein, möglichst rasch das Studierzimmer des Mannes einzurichten, auf den schon dringende Arbeit wartete. War erst sein Schreibtisch gestellt und der große Lehnsessel davor – das einzige luxuriöse Stück der Ausstattung – waren Bücher, Papier und Kielfedern ausgepackt und war das Tintenzeug gefüllt, so mochte im übrigen noch chaotischer Zustand herrschen, er sah und hörte es nicht mehr. Das Staatswörterbuch brachte sofort und für lange Jahre eine Menge mühsamer und oft ärgerlicher redaktioneller Geschäfte, aber diejenigen Artikel, die er selbst dazu lieferte, waren eine Arbeit, die ihn freute. Von dem mächtigen inneren Drang getrieben, dem Vaterlande vorwärts zu helfen und auf die Einigung Deutschlands hinzuwirken, schrieb er mit Aufbietung all seiner Geistesgaben und das Bewusstsein, dass es ihm gegeben war, mit scharfem Blick und treffendem Wort etwas beizutragen zur Lösung der höchsten nationalen Aufgabe, erfüllte ihn mit tiefinnerer Befriedigung und ließ ihn auf äußere Anerkennung verzichten.

Neben seinem Studierzimmer lag das Wohnzimmer. An einem seiner Fenster war ein sogenannter »Tritt« angebracht, eine Erhöhung, auf der nur der Nähtisch und ein Stuhl Raum hatten. Von hier aus war die Straße zu überblicken und dieser Blick erwies sich bald als nützlich; denn als das Frühjahr kam, erschien es Frau Brater ganz unmöglich, ihre Kinder, die auf der Bleiche aufgewachsen waren, im Zimmer zu halten, ebenso wenig dachte sie daran, die Kleinen stundenlang täglich in die Anlagen zu schicken oder spazieren zu führen, sie hielt dies für einen unverantwortlichen Zeitaufwand. Also blieb nichts anderes übrig, als sie auf die Straße springen zu lassen. Anna war nun fünf Jahre, verständig, äußerst gewissenhaft und folgsam, warum sollte sie nicht mit der kleinen Schwester vor dem Hause spielen? Freilich, Kinder aus gebildeten Familien waren hier nicht zu treffen, es wurde kaum den Knaben, geschweige denn den Mädchen gestattet, auf der Straße zu spielen. So erregte es Aufsehen unter den besseren Familien der Augustenstraße, dass die Eltern dies erlaubten. Nun, der Vater hätte es vielleicht auch nicht so angeordnet, aber er mischte sich selten in die Einzelheiten der Erziehung; »das musst D u wissen« sagte er bei solchen Anlässen in vollem Vertrauen zu seiner Frau, und sie war nicht ängstlich. »Die Kinder sollen nur aufpassen lernen,« war ihre Meinung, wenn jemand auf die Gefahren der Straße aufmerksam machte. War aber von dem ungünstigen Einfluss die Rede, den die Sprache der Gassenkinder ausüben konnte, so schreckte sie auch das nicht ab. »Unten mögen sie reden wie die andern,« meinte sie, »oben werde ich mir's schon verbitten.« Sie brachte das auch zustande. Bald kam es vor, dass die Kleine einer Spielgenossin in die Dachwohnung hinauf rief: »Marie, kimm abi« und dann der Mutter, die es hörte, die Erklärung gab: »Weißt' das heißt: komm herunter!«

Die meisten Kinder, die sich in den Münchener Straßen aufhielten, waren katholisch. Von ihnen sah die kleine Agnes, dass sie den gelegentlich vorübergehenden Geistlichen die Hand küssten, und arglos folgte sie diesem Beispiel. Bei solchem Anlass fragte ein katholischer Geistlicher das Kind, an dessen Art ihm wohl irgend etwas auffallen mochte, wie es heiße und wem es gehöre. Der Name Brater war gerade in jener Zeit durch verschiedene Artikel viel genannt in den Zeitungen und bei den Ultramontanen verhasst wie kaum ein anderer. So mochte es dem geistlichen Herrn sehr merkwürdig vorkommen, dass das Kind dieses Mannes ihm den Handkuss gab, und er entließ es mit einem Gruß an ihren Vater. Gewissenhaft richtete die Kleine den Auftrag aus und die Eltern erfuhren auch, welchem Umstand sie den Gruß verdankten. Mit feinem, sarkastischen Lächeln sagte der Vater zu seinem Töchterchen nur: »Du brauchst künftig niemandem mehr die Hand zu küssen.«

Also durften die Braters Mädchen auf der Straße spielen und wurden von andern Kindern darum beneidet, vielleicht auch von manchen gering geschätzt. Aber sie achteten darauf nicht. Es lag sowohl an der außergewöhnlichen Lebensstellung des Mannes als auch in der natürlichen Anlage seiner Frau, dass die Frage: »Was sagen die Leute dazu?« gar nicht vorkam im Wörterschatz der Familie. Wer so gegen den Strom schwimmt, dass sein ganzes Leben zum Kampf wird, der horcht in kleinen Dingen nicht ängstlich nach der Meinung anderer.

Sehr bald wurden die Kinder auch zu Ausgängen verwendet, Anna war allerdings ein so praktisches Kind, dass man es wagen konnte. Um so unpraktischer war Agnes und bei ihr hatte die Mutter mehr von Glück zu sagen, dass doch immer alles gnädig ablief. So wurden der Kleinen einmal Druckbögen anvertraut, die sie in die Druckerei besorgen sollte. Diesen Gang hatte sie wohl schon oft mit der Schwester gemacht, aber sich immer ruhig deren Führung anvertraut und selbst nicht auf den Weg geachtet. Als sie nun zum ersten Mal allein auf den großen Platz gelangt war, in dessen Mitte der Obelisk steht und von dem nach allen Richtungen Straßen abgehen, wusste sie nicht, welche sie einzuschlagen hätte. So stand sie denn ratlos in der Mitte des Platzes, wusste sich nicht zu helfen und fing an zu weinen. Nach einer Weile bemerkte ein Vorübergehender die trostlose kleine Gestalt am Obelisk, fragte nach ihrem Kummer und erfuhr, dass sie den Weg in die Druckerei nicht fände. Nun wollte aber der Herr wissen in welche Druckerei? und darauf wusste das Kind nicht Bescheid, zu Hause hieß es eben schlechthin: Die Druckerei. Vertrauensvoll gab sie ihm das Manuskript zur Besichtigung, gab auch Antwort auf allerlei Fragen und wurde dann wirklich zur richtigen Druckerei geleitet. Es hätte freilich auch anders ausfallen können, damals, wo oft nur die Anonymität den Verfasser geharnischter Artikel vor Verfolgung schützte.

Einige Monate nach der Übersiedlung war Brater schon in so vielerlei Arbeit verwickelt, dass eine Rückkehr nach Nördlingen ganz undenkbar erschien. In dieser Zeit schrieb Pauline an ihre Freundin Lina Rohmer:

... »Die Erinnerung an Nördlingen liegt schon weit hinter mir, insofern ich nicht mehr wie anfangs Nördlingen als meine Heimat betrachte, wohin ich zurückzukehren strebe, sobald die Verhältnisse es gestatten. Ich sehe wohl, dass daraus nie mehr etwas werden kann, nicht um meinetwillen, sondern um Karls willen, denn den großen Unterschied für ihn sehe ich jetzt erst recht ein; also Nördlingen ist meiner Überzeugung nach abgemacht, mit schwerem Herzen sage ich dies und ich kann Dir versichern, dass mir oft die Tränen kommen, wenn ich die Kinder miteinander reden höre, wie sie sich vergnügen wollen, wenn sie wieder »heim« kommen; wie sie auf dem Gras springen und Obst aufklauben wollen u. s. f. Die armen Tropfen glauben immer noch, dass wir nächstens heimkehren werden.«

Derselbe Brief berichtet von geselligen Beziehungen und wieder tritt das Tischrücken auf, das damals eine merkwürdige Anziehungskraft sogar auf solche Männer ausübte, die ihre Zeit als kostbares Gut betrachteten. Frau Brater schreibt:

»Neulich war Dein Bruder Theodor bei uns, dann luden wir uns noch den Freund Bärmann mit Tochter und den Hausgenossen Herrn Maler Wiand, um das Experiment mit dem schreibenden Tischchen zu machen; der ganze Nachmittag wurde damit zugebracht, der Tisch schrieb was man nur wollte und ich konnte mich gar nicht genug über die Leichtgläubigkeit Deines Herrn Bruders und meines Gatten ärgern. Ernst hat Dir vielleicht erzählt, was für ein Wunder mit dem Tisch sich in Bärmanns Schreibstube zugetragen, mag das nun wahr oder nicht wahr sein, ich sehne mich darnach, den Theodor zu sehen, um ihm meinen Verdruss über seine Leichtgläubigkeit darzutun.«

Das Interesse für das Tischrücken war in jener Zeit erregt worden durch einen Artikel in der »Allgemeinen Zeitung«, der über wunderbare derartige Vorgänge in Amerika berichtete und in Deutschland in allen Kreisen zu Versuchen den Anlass gab. Die Meinungen waren geteilt und es wurde mit Erregung darüber gestritten, ob man es mit Einwirkung von übernatürlichen Kräften oder mit Elektrizität und Magnetismus zu tun habe oder ob alles nur auf Betrug und Selbstbetrug beruhe. Das letztere scheint Paulinens Ansicht gewesen zu sein.

Der Verkehr mit dem obenerwähnten Theodor Rohmer und seinem älteren Bruder, dem Philosophen Friedrich Rohmer, erweckte auch bei Pauline das Interesse für deren religiöse und philosophische Ansichten. Zwar die persönliche Freundschaft ihres Mannes, seine hingebende Verehrung für Friedrich Rohmer teilte sie nicht, oft sogar war ihr diese ein Stein des Anstoßes und so innig sie befreundet war mit den anderen Geschwistern Rohmer, in die selbstbewusste, anspruchsvolle Art Friedrichs konnte sie sich nicht finden. Es war ihr unfasslich, wie ihr Mann so hoch hinaufsehen konnte an einem anderen, dessen Charakterzüge seiner eigenen Natur ganz zuwiderliefen. Friedrich Rohmer sprach es frei als sein Prinzip aus: »Ich lasse mich gehen« und er handelte danach. Ihres Mannes Ideal dagegen war strenge Selbstbeherrschung, und er übte sie an sich, forderte sie von Frau und Kind. Widerwillig sah sie, wie ihr Mann, wie Bluntschli und andere bedeutende Geister, vor allem Friedrichs edler Bruder, Theodor, sich dessen Ansprüchen unterordneten. Die geistige Bedeutung dieses Mannes, seine selbstbewusste Eigenart übte eine unheimliche Macht aus. Er war, wie Bluntschli schreibt, »eine unglückselige Mischung von genialen Lichtgedanken und unheimlichen Leidenschaften«. Seine Freunde verziehen ihm alles, weil sie das Höchste von ihm erhofften, religiöse, politische und soziale Umgestaltung Deutschlands und demnach glaubten, diesen Geist nicht mit gewöhnlichem Maße messen zu dürfen. Aber tragisch ergreifend hat das Leben dieses Mannes gezeigt, wie die höchste geistige Begabung nur Unfrieden bringt, Harmonien zerstört und den Träger selbst unbefriedigt lässt, wenn sie nicht verbunden ist mit einem Charakter, der diese Gaben in Selbstzucht beherrscht.

Braters Freundschaft mit Friedrich Rohmer war ein Schatten im Haus, aber Pauline wurde sich dessen bewusst und sorgte, dass er sich nicht trennend zwischen sie und ihren Mann schob. Sie suchte ihre Abneigung gegen diesen Verkehr zu überwinden. Dabei kam ihr zu Hilfe, dass die Gedanken Friedrich Rohmers, über die sie ihren Mann und seine Freunde sprechen hörte, sie allmählich ergriffen, so dass sie die Rohmerschen Schriften las und nun auch mächtig durch dieselben bewegt wurde. Pauline gehörte zu den echt weiblichen Naturen, denen nur durch Vermittlung des Mannes ein neues Interesse erweckt, ein Verständnis aufgeschlossen wird.

Wie sie durch ihre Brüder gelernt hatte die Naturwissenschaften mit Liebe zu erfassen, so traten ihr durch Rohmer die religiös-philosophischen Fragen nahe und immer zunehmend in den folgenden Jahren die nationalen und politischen Interessen ihres Mannes. Nichts eignete sie sich etwa aus Lernbegier, aus absichtlichem Streben nach Weiterbildung an. So blieb sie z. B., trotzdem sie einen großen Teil ihres Lebens in der Kunststadt München zubrachte, der Kunst vollständig fremd, sah sie als einen Luxus an, ließ sie kaum als eine Lebensaufgabe, die auch ihren sittlichen Wert hat, gelten. Es trat eben kein Künstler in ihren Lebenskreis, der sie für seine Sache erwärmt hätte, und sie erfaßte nur, was ihr durch Persönlichkeiten nahe gebracht wurde, in denen es lebte, dann aber ergriff sie es mit solcher Wärme der Empfindung und Begeisterung, dass ihr Feuer sogleich wieder das der andern belebte, und da solches nie ein Strohfeuer war, sondern eine warme anhaltende Glut, so gewann sie im Laufe des Lebens immer mehr an innerem Reichtum und konnte viele anregen, erwärmen und begeistern.

An Lina Rohmer schreibt sie: »Gegenwärtig studiere ich Kritik des Gottesbegriffs (von Rohmer), was aber nur dazu beiträgt, meine Ungeduld nach dem Neuen Gottesbegriff zu vermehren; es wäre zu schade, wenn Friedrich nicht zu rechter Zeit sein Buch drein feuern könnte, besonders da ich immer glaube, dass er es dann überhaupt nicht mehr abfeuert, sondern eben auch da stecken bleibt, wo andere auch nicht hinüber kommen.« Diese Befürchtung sollte sich bewahrheiten. Noch im selben Sommer berichtet Brater in der Chronik: »Wir waren in den letzten Wochen in häufigem Verkehr mit Friedrich Rohmer gestanden, der eine lebhafte Zuneigung zu unserer kleinen Anna gewann, sich mit Pauline befreundete und mir ein offenes, unbedingtes Vertrauen erwies. Ich hatte in früheren Jahren den Eindruck seines Gemütes selten so rein und tief wie jetzt in den Gesprächen, die sich über unser persönliches Verhältnis, über das seinige zu Theodor und Bluntschli, über sein Bedürfnis eines neuen Familienlebens und über politische Zukunftspläne erstreckten. Zu derselben Zeit war seine geistige Produktion von solcher Größe und Fülle, dass Bluntschli, der diese Ideen aufzunehmen und sich anzueignen hatte, fast erlag.

Wir befanden uns seit kurzer Zeit (zum Landaufenthalt) in Aibling und erwarteten seinen Besuch, als die Nachricht seines Todes eintraf. Bluntschli schrieb am 11. Juni: »Gestern noch war er gesund, heiter, auch am Abend frei und ruhig. Heute morgen ging er ins Bad. Im Bad traf ihn der Nervenschlag, der ihn zum ewigen Lichte rief.«

Auch Theodor Rohmer, der seine ganze Kraft selbstlos im Dienste des Bruders, den er verehrte, aufgerieben hatte, starb bald darauf und Brater verlor an den beiden Brüdern die Jugendfreunde, die ihn mehr als alle anderen gefesselt und beeinflusst hatten. Um so näher fühlte er sich mit Bluntschli verbunden. Längst waren zu den geschäftlichen Beziehungen mit diesem auch freundschaftliche Familienbeziehungen getreten. Pauline fühlte sich besonders zu Bluntschlis ältester Tochter Luise hingezogen, deren gerade, offene Natur zu der ihrigen passte. Nach ihrer Verheiratung mit Prof. Dr. Hecker (später Obermedizinalrat) wandte die junge Frau ihr ganzes Vertrauen Frau Brater zu und eine treue Freundschaft verknüpfte die beiden. Als Bluntschli und seine Frau die silberne Hochzeit feierten, waren auch Braters mit einigen Freunden des Hauses, worunter Liebig und Kaulbach, dazu geladen. Dass dieses fröhliche Familienfest für lange Zeit ihr letzter Ausgang sein sollte, ahnte Frau Brater an diesem Abend noch nicht. Ein Schmerz im Knie, der sie schon manchmal belästigt hatte, trat plötzlich so heftig auf, dass sie nicht mehr gehen konnte. »Pauline ist genötigt, auf dem Sofa zu liegen,« berichtet ihr Mann und fügt hinzu: »es ist erstaunlich was dazu gehört, eine Familie von nur vier Köpfen imstande zu halten; keine Woche vergeht, dass es nicht da oder dort knarrt und eine Fuge aus dem Leime zu gehen droht.«

Der Zustand verschlimmerte sich, ein Gipsverband wurde angelegt und mehr als ein halbes Jahr verging, bis Pauline an Lina Rohmer schreiben konnte: »Der Gipsverband ist vor acht Tagen abgenommen worden. Die Möglichkeit des Gehenlernens scheint mir nun auch näher zu liegen als noch vor acht Wochen, auftreten kann ich freilich noch nicht, aber doch besser liegen. Du glaubst gar nicht, wie glücklich ich darüber bin, wohl ängstige ich mich und fürchte mich selbst vor meiner zuversichtlichen Hoffnung, aber nichts desto weniger habe ich sie .... Diesen Winter wird meine Mutter längere Zeit bei uns zubringen, was mich für sie und mich sehr freut, ich habe es eben überhaupt so gut auf dieser Welt, dass ich immer denke, so ein kleines Kreuz wie mein böses Knie sei mir eben nötig und ich fürchte deshalb oft, es wird mir schon noch bleiben.«

Im selben Briefe spricht sie der Freundin, die eine schwere Krankenpflege zu besorgen hat, Mut zu: »Halte nur Du Dich tapfer und lass Dich nicht übermannen, ich zweifle auch gar nicht daran, Du könntest mit Deinem Mut allen aushelfen, hast Du Dein Gesangbuch bei Dir, so lies das siebente Lied und denke, dass es mein Lieblingslied ist, denke besonders bei den drei letzten Versen an mich.« (Es ist das Gerhardtsche Lied: Sollt ich meinem Gott nicht singen, sollt ich ihm nicht fröhlich sein?)

Die Besserung des Knieleidens, an die Pauline nicht zu glauben wagte, hielt allerdings nicht stand und manchmal verlor sie die Geduld. Sie schreibt an Lina Rohmer: »Ich kann nur sagen, dass sich meine Geduld schon etwas gemindert hat, seit sich die erste Besserung eingestellt hat und eine zweite sich nicht recht einstellen will..... Überhaupt ist dies München ein heilloses Nest, ich habe es wohl geahnt, wir brauchen hier viel mehr und nehmen doch viel weniger ein, denn das Staatswörterbuch ist ein recht miserables Einkommen, das zeigt sich jetzt erst, ich habe eine große Wut, da ich ohnedies diesem Staatswörterbuch nie hold gewesen bin. Ich gehe mit dem Gedanken um, Hab und Gut zu verkaufen und einen Acker und eine Kuh anzuschaffen, meine Kinder hänge ich dann mit der Zeit einem Bauernburschen an und Karl erwirbt ein Heiratsgut für sie, dies ist die einzige Möglichkeit, ein anständiges Leben zu führen; ich warte nur noch, bis ich wieder gehen kann, damit ich den Stall selbst misten kann und wenn Du mich besuchst, so soll Dir meine Kuh einen Rahm in den Kaffee liefern, wie ich ihn hier nicht aufzutreiben imstande wäre und wenn ich 6000 fl. Besoldung hätte.«

Die Geduldsprobe sollte lange dauern. Die Entzündung am Knie war endlich gewichen, da zeigte sich dasselbe Leiden am anderen Knie. Pauline erzählte später manchmal, wie ihr Hausarzt bei dieser Mitteilung ihr den Rücken gewandt und ihre Verzweiflung teilend ausgerufen habe: »Nun holen Sie sich aber einen anderen Arzt!« Wieder musste sie liegen und viele Pein ausstehen. Ihren Kindern ist das Bild im Gedächtnis geblieben, wie die Mutter trotz dieser Hemmnisse fleißig war. Sie hatte sich ein schmales Brett zuschneiden lassen, das quer über dem Kanapee ruhen konnte, auf dem sie lag; sie benützte das als Bügelbrett und hat alle Stärkwäsche ihres Mannes Jahr und Tag auf diese Weise gebügelt.

Es dauerte volle zwei Jahre, bis ihr Mann in der Chronik berichten konnte: »Pauline hat heute ihren zweiten Gang ins Freie gemacht, in die Anlagen der Glyptothek, von denen sie, samt den Kindern, ganz begeistert ist .... Sie legt die Distanz von 600 Schritten allein gehend mit mäßiger Benützung des Stockes ohne allzu große Ermüdung und üble Nachwirkungen zurück.« Das waren schlimme Jahre, auch in pekuniärer Beziehung, denn Ärzte und Badereisen spielten eine unheimliche Rolle und die Einnahmen waren nicht im richtigen Verhältnis zu solchen Ausgaben. Unter diesen Umständen beschloß Brater, sich noch ein letztes Mal um eine Advokatur in Regensburg zu bewerben, obwohl ihm eine solche Stellung jetzt nicht mehr verlockend schien und die Annahme ein Opfer gewesen wäre, das er der Sicherstellung seiner Familie gebracht hätte. Den Bescheid, den er auf seine Eingabe erhielt, teilt er seiner Schwester Julie mit: »Nachdem Seine Majestät mein Gesuch gelesen hatte, befahl er es ad acta zu legen mit dem Beisatz: Advokaten sind so unabhängige Leute, man kann ihm eine solche Stellung nicht geben. Davon setzte mich der Kabinettsekretär in Kenntnis und meinte, eine abhängige Stellung sei vielleicht eher zu erlangen, ob ich nicht bei der Staatsanwaltschaft mein Glück versuchen wolle ....« Unter den gegebenen Verhältnissen erschien das Angebot einer Staatsanwaltschaft fast wie Hohn und Brater konnte daran nicht denken. Wie sollte er dem Staat als Anwalt dienen, so lange die Männer an der Spitze standen, deren reaktionäre und ultramontane Gesinnung er seit Jahren bekämpfte? Er musste auf das Angebot verzichten, um seiner Grundsätze willen.

Seine Mutter mag wohl mit schmerzlicher Teilnahme über diese neue Enttäuschung an ihn geschrieben haben, denn er sucht sie zu beruhigen. Nachdem er den Hergang erklärt hat, schreibt er: »Du musst außerdem bedenken, dass ich aus diesen Händeln mit erhöhtem Selbstgefühl hervorgehe, das keiner niedergeschlagenen Stimmung Raum gibt ... Wenn ein Mensch mit irgend einer Eigenschaft außerhalb des Zeitcharakters steht, auch wenn diese Eigenschaft eine Tugend ist, so wird er dafür büßen müssen, wie für ein Laster. So geht es mir mit meiner politischen Tugend und meiner Unfähigkeit, den Staat als eine Versorgungsanstalt anzusehen, in die man sich um den Preis der Menschenwürde einkauft.« Niemand würde sich wundern, wenn solch ein Brief abschlösse mit pessimistischen Bemerkungen über die schlechten Zustände und die Ungerechtigkeit der Menschen. Aber im Gegenteil: Brater lässt sich nicht erbittern und seinen Blick nicht trüben. Er schreibt: »Die heutige Armseligkeit ist noch immer ein Fortschritt gegen die tiefe Verderbnis der vorangegangenen Zeit und es geht mit dem öffentlichen Leben vorwärts.« Und an seine Schwester: »Einstweilen muss man an dem Gedanken festhalten, der das A und O meines politischen Glaubens ist: die politische Entwicklung geht vorwärts.«

Dieser beglückende Optimismus half den beiden durch diese Jahre. Sie lebten in der bisherigen fleißigen und sparsamen Weise weiter und trugen gemeinsam mancherlei Kreuz. Die Kinder machten durch gutes Gedeihen Freude und ein wackeres Dienstmädchen unterstützte die Frau, während diese durch das Knieleiden auf das Sopha gebannt war. Dieses Mädchen bewährte sich als ein treues, verständiges Glied der Familie. Sie wurde einst, während Brater verreist war, auf die Polizei berufen und dort über ihren Herrn ausgefragt. Man wollte wissen, ob er nach Berlin gereist sei und mit welchen Männern er verkehre. Denn je mehr seine nationale Gesinnung an den Tag trat, um so eifriger waren die Bemühungen, ihn zu verdächtigen, und eine Reise nach Berlin war in jener preußenfeindlichen Zeit schon bedenklich. Das also befragte Mädchen ließ sich keine andere Antwort herauslocken als die: man möchte doch ihren Herrn selbst fragen, der würde ihnen alles sagen. Mit diesem Bescheid musste man sie schließlich ziehen lassen. Man war damals noch mancher Polizeieinmischung ausgesetzt. So war in München noch das

Zigarrenrauchen auf der Straße als Zeichen einer verpönten Gesinnung nicht gestattet. Paulinens Bruder, Colomann, der auf einige Wochen bei ihr zu Besuch war, mochte von dieser Gewohnheit nicht lassen und ging täglich mit der brennenden Zigarre aus. So wurde er da und dort einmal in der Stadt von einem Polizeidiener angehalten und auf das Verbot aufmerksam gemacht, worauf er mit einem artigen: »Entschuldigen Sie, ich bin hier fremd« die Zigarre wegwarf. So trieb er's, bis einst ein Polizeidiener ihm ebenso artig entgegnete: »Ja, entschuldigen Sie, wie lang sind denn Sie noch fremd?« Von da an hielt es Colomann doch für geraten, das Rauchen auf der Straße aufzugeben.

Mit dem Jahr 1858 nahmen die Dinge allmählich eine bessere Wendung für die Familie Brater. Fehlte es an der Anerkennung von Seiten der Regierung, so drang Braters Bedeutung doch in immer weiteren Kreisen durch. Im Herbste wurde der Landtag, der soeben zusammengetreten war, anlässlich der Präsidentenwahl sofort wieder aufgelöst. Infolge dieses Ereignisses, das eine lebhafte politische Erregung hervorrief, schrieb Brater eine Flugschrift: »Regierung und Volksvertretung in Bayern.« Sie wurde zwar in Nördlingen gedruckt, doch erschien es rätlich, sie außerhalb Bayerns und anonym erscheinen und durch eine Leipziger Firma ausgeben zu lassen. Diese Flugschrift machte einen gewaltigen Eindruck, war augenblicklich vergriffen und musste in zweiter Auflage erscheinen. Der Name des Autors wurde bekannt und verschiedene Zeitungen wiesen darauf hin, dass der Verfasser einer solchen Schrift unbedingt in die Abgeordnetenkammer gehöre. So wurde Brater in verschiedenen Wahlbezirken als Kandidat aufgestellt. In Nürnberg schienen die Aussichten am günstigsten und es erging an ihn die Aufforderung, dort persönlich aufzutreten. An fortgesetzte Enttäuschungen gewöhnt, ging Brater ungern, weil mit geringen Hoffnungen auf Erfolg, einige Tage vor der Wahl nach Nürnberg. Er trennte sich von seiner Frau mit dem Versprechen, ihr, falls er wirklich gewählt würde, sofort zu telegrafieren.

Mit dem heißen Wunsche, dass ihm doch endlich der Erfolg beschieden sein möchte, begleiteten ihn ihre treuen Gedanken. Sie las in den Zeitungen von seinen Wahlreden, von den Anstrengungen der Gegner, sie teilte die Aufregung am Wahltage, sie berechnete die Stunde, in der das Telegramm ankommen konnte und war mit der ganzen Seele bei ihrem Mann. In solchen Stunden bekamen die Kinder, wenn sie sich mit ihrem Geplauder an die Mutter wandten, stets die Antwort: »Seid still, ich muss mich auf etwas besinnen.« An diesem Abend war mit der Mutter gar nichts anzufangen, sie musste sich immerfort besinnen, wohl darüber, wie sie ihre Wut über einen Misserfolg unterdrücken und ihrem Mann so viel Liebe zeigen könne, dass er alles andere darüber vergesse. Der Termin war eigentlich schon verstrichen, das Telegramm wurde immer unwahrscheinlicher, da traf es doch noch ein mit der Freudenbotschaft: Brater als Kandidat der konstitutionellen und der demokratischen Partei fast einstimmig gewählt. Die Verspätung des Telegramms hatte einen triftigen Grund gehabt. Als Brater in Nürnberg zum Telegrafenamt geeilt war, um der Gattin unverzüglich die frohe Kunde mitzuteilen, fand er den Schalter ganz umlagert und es war keine Aussicht, mit einem Privattelegramm zugelassen zu werden, ehe eine Menge amtlicher Telegramme aufgegeben waren. So konnte es noch lange währen und Brater wusste seine Bundesgenossin zu Hause brennend vor Ungeduld. Rasch entschlossen fuhr er mit einem eben abgehenden Zug nach dem nächsten Dorf hinaus, telegrafierte von dort aus und reiste mit dem nächsten Zuge wieder nach Nürnberg zurück, zu den Getreuen, die mit ihrem Abgeordneten den Sieg feiern wollten und sich vermutlich schon über sein geheimnisvolles Verschwinden gewundert hatten. An solch kleinen Zügen durfte Frau Brater oft erkennen, wie ihr Mann sie auch im ärgsten Getriebe nie vergaß und alles andere lieber als sie zurückstehen ließ; diese Erfahrung verleiht jeder Frau ein stolzes, beglückendes Gefühl der Sicherheit, denn es zeigt sich hierin die höchste Stufe der ehelichen Treue.

Der 14. Dezember 1858 war der Wahltag gewesen. Von da an bis zu seinem Tod ist Brater ununterbrochen Abgeordneter geblieben. Diese Wahl war die erste öffentliche Anerkennung und ein Wendepunkt für ihn. Nicht als ob die Feindschaft der Gegenpartei abgenommen hätte, aber die Freundschaft der Gleichgesinnten wagte sich nun heraus; er war nicht mehr der Verfemte, dessen Umgang der Kluge mied, offene Parteinahme für und gegen ihn in der Kammer und zunehmende Beachtung von Seiten der Gegner wurde ihm von da an zuteil und die alte Frau Pfaff behielt Recht mit ihrem Ausspruch: da Brater keine Schuld trifft, muss doch zuletzt alles gut werden.

Diese treue Mutter hatte inzwischen auch noch einen andern Freudentag erlebt; ihr Sohn Hans, der jetzt Professor der Mathematik an der Gewerbeschule in Erlangen war, durfte endlich nach elfjähriger stiller, treuer Liebe die Braut heimführen. Sie schreibt darüber: »Ihr Vater ist durch den Tod eines Sohnes milder gestimmt, gab ohne äußeren Anlass seine Einwilligung und lud Hans ein, zu kommen. Ich muss sagen, Hans hat sich treu gehalten und das ist doch die Hauptsache.«

Auch ihren jüngsten Sohn Fritz sah sie den eigenen Hausstand gründen, ebenfalls in Erlangen, wo er als Professor der Geologie und Mineralogie tätig war. Seine wissenschaftlichen Werke, seine populären Vorträge verfolgte Pauline jederzeit mit dem angeborenen Interesse und so oft sie diesem Bruder schrieb, immer hatte sie irgend welche naturwissenschaftliche Fragen, die sich ihr aufdrängten und um deren Beantwortung sie ihn bat. In einem seiner Briefe finden wir daher die scherzende Bemerkung: »Mehr als drei Fragen werden in einem Brief nicht beantwortet.«

Frau Pfaff wohnte von jetzt an in einem Haus am katholischen Kirchenplatz, das ihr Sohn Hans gekauft hatte, und ihr Tagewerk wäre nun vollbracht gewesen, allein es gab bald da, bald dort in den jungen Haushaltungen zu helfen, und ihres Lebens Inhalt blieb, was die Bibel köstlich nennt: Mühe und Arbeit.

Auch in der Familie Brater war sie gar oft zur Hilfe gekommen. In den ersten Jahren hatte Pauline die Hingabe der Mutter als etwas ganz Selbstverständliches hingenommen, wie das wohl die meisten jungen Frauen tun; aber je länger sie im eigenen Hause schaltete, um so mehr erkannte sie die Güte ihrer Mutter und sie spricht dies auch in einem Brief an dieselbe aus.

»Du glaubst gar nicht, liebe Mutter, wie ich mich diesmal auf Dich freue, Du bist nun so lange schon immer nur meine Pflegerin gewesen, aber jetzt hoffe ich doch, dass Du Dich auch einmal ein wenig mit mir erfreuen kannst; und sage mir nur nichts mehr vom entbehrlich sein, es ist wahr, Du hast allmählich Deine Kinder so weit gebracht, dass ihnen die Löcher geflickt werden, auch ohne dass Du Deine Nadel einfädelst, aber auch wenn sie alle noch so gut versorgt sind, so wissen sie doch stets, dass die Liebe und Teilnahme einer Mutter durch gar nichts anderes ersetzt werden könnte; ich glaube auch, je mehr Deine Kinder nach und nach zu Müttern und Vätern geworden sind, je mehr lernen sie schätzen, was Du ihnen bist, trotzdem dass ihnen die Suppe sogar von einer Magd gekocht wird. Von den Kindern kann ich Dir auch soweit Gutes berichten, sie sind viel ordentlicher und liebenswürdiger als Du sie von Erlangen her in Erinnerung hast, denn es ist wunderbar, wie so Kinder gleich übermütig werden, wenn sie zu Gast sind, wo man sie allenthalben verwöhnt. Es ist erstaunlich, was für dankbare Herzen diese beiden Kreaturen haben, und ihre Gewissenhaftigkeit kommt ihnen überall zustatten. Sie sind über Deine schöne Handschrift immer höchst erfreut: ›Der Großmutter Briefe die kann man doch lesen, nur manche Buchstaben hat sie ein bissel verlernt‹.«

Die Kinder waren nun Schulkinder geworden und besuchten die Volksschule. Fast wehmütig bemerkt die Mutter darüber, auch die Kleine sei schon so groß, dass sie zwar im Dämmerstündchen sich noch der Mutter auf den Schoß setze, aber selbst ein ganz verschämtes Gesichtchen dazu mache wegen der langen Beine, die da herabhingen. Solch zärtliches auf dem Schoß sitzen und dergleichen erlangte zwar »das kleine Schmeichelkätzchen« hie und da, im ganzen lag es aber nicht in der Mutter Natur und vertrug sich auch nicht mit ihren Grundsätzen. Wie sie die Kinder knapp hielt mit Speise und Kleidung, mit Vergnügungen und Geschenken, so auch mit Liebkosung und Zärtlichkeiten. Die Kinder sollten es nicht merken, wie teuer sie den Eltern waren, sondern sich vielmehr für »Unkräuter« halten und dankbar sein, dass man sie duldete. Die Bescheidenheit der Kinder den Erwachsenen gegenüber war in ihren Augen nicht nur eine unter den vielen Tugenden, die durch die Erziehung gepflegt werden sollten, sondern sie galt ihr als der eigentliche Boden, auf dem allein das richtige Verhältnis zwischen Kindern und Eltern entstehen konnte, sie betrachtete sie als den Ausdruck der Wahrheit: Kinder wissen, können, leisten noch nichts, also haben sie hinter dem fertigen Menschen zurückzustehen.

Die Sparsamkeit, die im Hause herrschte, begünstigte die Erziehung zur Bescheidenheit, denn diese Sparsamkeit wurde durchaus nicht als eine fatale Notwendigkeit betrachtet, die sich aus dem Mangel an Geld ergab, sondern als eine Lebenseinrichtung, entspringend aus der idealen Eigenschaft der Anspruchslosigkeit. Diese Anschauung war nicht aus pädagogischen Rücksichten künstlich gemacht, sie lag im Wesen der Hausfrau, nie empfand sie das Sparen als eine lästige Pflicht, sondern als eine Kunstfertigkeit, die auszuüben ihr Vergnügen machte. Es gab vielleicht nicht viele Häuser, in denen so gewissenhaft jede unnötige Ausgabe vermieden wurde, und es gab wohl kein einziges, in dem trotz dieser Sparsamkeit so wenig über Geld gesprochen wurde. Die Kinder hörten kaum davon reden; sie waren schon große Schulmädchen, als sie zufällig und zu ihrem Staunen entdeckten, dass das Dienstmädchen um Lohn und nicht, wie sie gemeint hatten, aus reiner Liebe ihre Dienste tat. Die Mutter hatte sie gern in dieser Unwissenheit erhalten, die ein bescheidenes, dankbares Benehmen dem Mädchen gegenüber zur Folge hatte.

Als die Kinder mehrmals zu dem nächsten Droschkenplatz geschickt wurden, um für den Vater eine Droschke zu holen, machten sie sich Bedenken, ob es nicht unbescheiden sei, so oft einen Kutscher zu bemühen, und wurden erst beruhigt, als man ihnen sagte, der Vater gebe auch dem Kutscher etwas zu seiner Freude. Beide Eltern kamen aus einem gewissen Idealismus zu diesem System und erreichten damit, dass die Kleinen dankbar waren, wenn sie irgendwo nicht nur geduldet, sondern sogar gern gesehen wurden, glücklich wenn ihnen von irgend einer Seite Gutes zufloss und vor allem tief befriedigt, wenn ein warmes Wort der Eltern ihnen die Liebe verriet, die ihnen um so köstlicher war, je seltener sie in zärtlichen Worten zum Ausdruck kam.

In dieser Weise knapp gehalten mit Liebesbeweisen, bemühten sich die Kinder um so mehr darum, und es ist einleuchtend, dass damit der beste Grund für die Erziehung gewonnen war, denn diese ist leicht von dem Augenblick an, wo die Kinder wollen, was die Eltern wollen. Wollen aber die Eltern nicht bald dies bald jenes, was ihnen behagt, sondern das Gute, so werden dadurch die Kinder ganz unvermerkt über die Autorität der Eltern hinaufgewiesen zu der höchsten Autorität und geleitet auf dem Wege zum höchsten Ziel: Wollen was gut ist, wollen was Gott will.

Äußerlich betrachtet trat nicht viel zutage von religiösem Leben in der Familie Brater. Doch kam die Mutter jeden Abend an der Kinder Bett und mit großer Ehrfurcht wurde das kleine Gebet gesprochen: Lieber Gott, mach mich fromm, dass ich zu dir in' Himmel komm. Bei dieser Gelegenheit sprach die Mutter oft ein mahnendes Wort, hingegen vermied sie es, die Kinder anzuregen, ihre äußeren Anliegen im Gebete vor den lieben Gott zu bringen; das Materielle sollte hier zurücktreten, mit dem Gedanken an Gott wollte sie nur Geistiges in Verbindung bringen, die Stimme des Gewissens wecken, das Streben, gut und wahr zu sein. Sie selbst war in jener Zeit weit entfernt von einem festen Glauben, aber sie fühlte den sittlichen Wert, den ein solcher verleiht und ersehnte ihn für ihre Kinder. Oft sprach sie es aus, dass sie heranwachsende Kinder ohne Hilfe der Religion nicht zu erziehen wüsste. Ihr Mann, von Friedrich Rohmer beeinflusst, stand nicht auf kirchlichem Boden, aber noch viel weniger sympathisch waren ihm materialistische Anschauungen. Das neue Testament schätzte er hoch und las jeden Morgen einen Abschnitt daraus vor. Die Mutter erwähnt diese Vorlesungen in den Notizen, die sie sich über die Kinder machte, es heißt da von Anna: »Alle Morgen wird ein Abschnitt aus der Bibel gelesen und Anna, die sehr zum Aufmerken ermahnt wird, merkt sich häufig einen Satz und sagt ihn dann. Agnes erklärte die ersten Male immer: »Das hab ich mir auch gemerkt«, fand es dann aber einfacher, ein für alle Male zu sagen: »Jetzt Mama, ich merk' mir eben immer das, was sich die Anna merkt.«

So sehr die Wahrhaftigkeit Grundzug in der Familie war, so wenig ließen sich die Eltern beunruhigen durch die lebhafte Fantasie der Kleinen und waren weit entfernt, mit dem ernsten Wort »Lüge« zu brandmarken, was kindlicher Unverstand war. Ebenso ruhig, wie die Mutter von der Großen erwähnt: »Anna ist von großer Wahrhaftigkeit«, berichtet sie von der Kleinen: »Sie hat eine so lebhafte Fantasie, dass sie beständig im Reden und Tun erfindet, deshalb auch weit entfernt ist, einen Begriff von Wahrheit zu haben.« Sie hatte die ruhige Zuversicht, dass in ihrem Haus die Unwahrhaftigkeit nicht groß wachsen würde.

Die beiden Mädchen blieben die einzigen Kinder ihrer Eltern, was Frau Brater oft bedauert hat, denn eine größere Geschwisterschar war nach ihrer eigenen Erfahrung ein köstlicher Schatz und überdies eine Erleichterung, um ihr Ideal der Anspruchslosigkeit zu erreichen; denn jedes einzelne unter einer großen Kinderzahl wird sich entbehrlicher vorkommen als so ein einziges Pärchen. Ihrer Schwiegermutter schreibt sie gelegentlich: »Wenn ich nur auch wieder ein kleines Kind hätte, überall ist Reichtum an diesem Artikel, nur bei mir nicht«; ein andermal: »vier Kinder wären mein Ideal« und die Sehnsucht nach einem Wickelkinde kommt wiederholt zum Ausdruck, trotzdem schon diese beiden Kinder manchmal schwere Sorgen verursachten.

Schon kurze Zeit nach dem Umzug nach München, das damals noch durch seine schlechten Wasserverhältnisse und häufige Typhuserkrankungen verrufen war, mussten auch sie ihren Tribut zahlen. Anna erkrankte an einem typhösen Fieber, Schleimfieber nannte es der Arzt. Frau Brater schreibt darüber an ihre Schwägerin Julie: »Der arme Tropf hatte eine schwere Zeit durchzumachen; die erste Woche vom eigentlichen Beginn der Krankheit war schrecklich für sie, heftiges Kopfweh und Fieber, glühende Hitze und auch nicht ein halbes Stündchen ruhigen Schlafes, dabei eine schreckliche Aufgeregtheit, die Augen funkelten nur so und wenn sie sich nur im Bett bewegte oder sich bewegen ließ, so klopft das Herzchen mit einer Gewalt, dass man glaubte, es könne es unmöglich überdauern.... Wunderbar war die Veränderung in der zweiten Woche, Fieber und Hitze unverändert, dagegen waren die glutroten Backen schneeweiß geworden, sie lag in fast immerwährendem Schlaf mit offenen Augen, in der dritten Woche ebenso. Unerhört war ihr Aussehen, vollkommen himmelblau und dunkle Schatten um die Augen, die einen überirdischen Ausdruck hatten, es war mir oft schauerlich bei Nacht. Aber nun denke, nach Verlauf der dritten Woche, das kommt gewiss auch nur bei Kindern vor, war die Krankheit sozusagen von einem Tag auf den andern gehoben ohne allmähliche Besserung, sie hatte einen übeln Tag, eine schlechte Nacht gehabt und hatte morgens unverändert hundertundzwanzig Pulsschläge. Abends saß sie im Bettchen, hatte einundneunzig Puls, war ganz heiter und teilnehmend und ich glaubte ein Wunder zu sehen; von diesem Tag an waren wir außer Sorge, es ging gottlob alles so gut, dass sie jetzt zwar lang und dünn, aber frisch und munter wieder am Tische sitzt, fast frischer als ich, die ich die verschiedenen nacheinander folgenden Strapazen in immerwährendem Kopfweh spüre.«

7. Kapitel. 1858–1862

Die ersten Münchner Jahre in der stillen Augustenstraße waren verhältnismäßig ruhig vorüber gegangen, aber es kam allmählich anders.

Als Abgeordneter stand Brater nicht mehr, wie früher, allein. Eine kleine Gruppe national gesinnter Männer fand sich in der Kammer zusammen und bald bildete sich zwischen diesen ein Freundschaftsverhältnis, das auch häuslichen Verkehr mit sich brachte. Oft war das Haus Brater der Mittelpunkt, in dem sich die kleine Truppe zusammen fand, die es unternahm, gegen den altbayrischen Fanatismus anzukämpfen und für den deutschen Bundesstaat unter Preußens Führung einzutreten.

Die erste praktische Folge der Beratungen dieser kleinen Partei war die Gründung einer Wochenschrift, deren Redaktion Brater übernahm. Einer der vorzüglichsten Mitarbeiter derselben war Professor Baumgarten, ein Braunschweiger, der damals mit seiner Familie in München lebte und mit dessen Frau sich auch Pauline bald herzlich befreundete, standen doch ihre Männer im gleichen Kampf, an dem beide Frauen mit ganzem Herzen Anteil nahmen. Bald zeigte sich's, dass eine Wochenschrift nicht genüge, und es trat an Brater die Lebensfrage heran, ob er die Redaktion einer großen politischen Tageszeitung übernehmen wolle. Professor Baumgarten hat diese Überlegungen in einem Aufsatz der Preußischen Jahrbücher geschildert und wir teilen sie in seinen Worten mit:

»Die schwache Stimme einer Wochenschrift konnte in dem Lärm jener Tage nicht weit dringen. Wir erkannten bald, dass, wenn der überaus rührigen Agitation im Süden, welche soeben um ein Haar Deutschland in einen verderblichen Krieg gestürzt hätte, wirksam entgegen gearbeitet werden sollte, eine tägliche Zeitung nicht entbehrt werden könnte. Nach langen Verhandlungen, vielen Mühen wurde es möglich, die Begründung eines solchen Blattes ernstlich ins Auge zu fassen. Und zwar in München, in dem eigentlichen Hauptquartier der Gegner. An die Ausführung eines so verwegenen Planes ließ sich aber nur denken, wenn ein Mann von hervorragender Fähigkeit, von bedeutender Autorität in dem Lande und von unantastbarem Charakter die Leitung übernahm. Denn dass das Auftreten einer gegen Preußen gerechten, der nationalen Sache aufrichtig ergebenen Zeitung in München mit den größten Schwierigkeiten verknüpft sein werde, deren nur ganz ungewöhnliche Leistungen Herr zu werden hoffen dürften, darüber konnte sich niemand täuschen. Alles hing daran, ob Brater sich entschließen mochte, der Redaktion seine Kraft, vielleicht seine Existenz zu widmen.

Ich erinnere mich genau der eingehenden Gespräche welche wir im Sommer über die Sache hatten. Wie immer erwog er alle Momente der Frage mit der Objektivität eines durch keine Umstände beeinflussten Richters; die hohe politische Wichtigkeit, ja Notwendigkeit des Unternehmens erkannte er vollkommen an, aber über seine Misslichkeit, über die fast unübersteiglichen Hindernisse, denen er begegnen werde, täuschte er sich ebenso wenig. Namentlich war ihm klar, dass für ihn persönlich ein fast zu großes Opfer damit verbunden sei. Nach langer, mühseliger, entbehrungsvoller Arbeit war er endlich dahin gelangt, sich in Bayern eine bedeutende Stellung zu erringen. Hielt er sich im Kreise der bayerischen Politik, so konnte ihm eine höchst befriedigende, d. h. für das öffentliche Interesse fruchtbare und seinen bescheidenen persönlichen Ansprüchen gerecht werdende Zukunft nicht entgehen. Betrat er dagegen den Boden der deutschen Politik mit einer in Bayern bei Regierung und Volk gleich verhassten Richtung, so durfte er für die Zukunft noch viel schwereren Kämpfen entgegensehen, als ihm die Vergangenheit gebracht hatte.

Er zählte damals vierzig Jahre; er war ohne Vermögen; nur angestrengte Tätigkeit und eine seltene Einfachheit des Lebens machte ihm möglich, mit der Feder zu erwerben, was die Bedürfnisse seiner Familie erforderten. Unter allen diesen Verhältnissen würden sehr wenige sich entschlossen haben, auf das Wagnis einzugehen. Brater unternahm es dennoch kraft jener Mischung geistiger Eigenschaften, der man in dieser Weise nur sehr selten begegnen wird. Er war ganz klare, scharfe Kritik und zugleich hingebende Begeisterung. Er besaß ganz die Nüchternheit des Verstandes, welche meistens zu klugem Egoismus führt und verband damit einen enthusiastischen Patriotismus, wie er meist nur in unklaren Köpfen wohnt ....

... Brater hatte sich nicht getäuscht. Als er am 1. Oktober 1859 die erste Nummer der »Süddeutschen Zeitung« herausgab, tobte es förmlich von allen Seiten gegen ihn. Man fand es geradezu unerträglich, dass sich in München ein »preußisches Blatt« ans Licht wage. Jede Verdächtigung in der kleinen Schmutzpresse der Stadt, jede persönliche Schikane wurde in Bewegung gesetzt, um Brater die Existenz in München unmöglich zu machen. Wer freilich die Blätter der jungen Zeitung las, der wurde von all diesen jede Stunde des Herausgebers verbitternden Widerwärtigkeiten nichts gewahr. ..... Der Grundgedanke, Deutschlands Führung durch Preußen, wurde den widerwilligen Gemütern der Süddeutschen mit nie aussetzender Konsequenz, aber zugleich mit jener schonenden Milde gepredigt, welche am besten geeignet ist, dauernde Überzeugungen zu begründen. Der deutsche Beruf Preußens hat niemals im Süden einen wirksameren Vorkämpfer gehabt als Braters Süddeutsche Zeitung. Anfangs mit einmütigem Hass empfangen, wurde sie in kurzer Zeit das Lieblingsblatt des gebildeten München.«

Dass eine solche Berufsergreifung auch das Familienleben stark beeinflusste, ist selbstverständlich. Sofort ergab sich das Bedürfnis, in den Mittelpunkt der Stadt zu ziehen. Frau Brater schreibt darüber an ihre Freundin Emilie von Breuls, geb. Kopp: »Ich bin eigentlich eine halbe Strohwitwe geworden; Du hast vollkommen Recht, wenn Du meinst, die Zeitung werde meinem Mann viel Arbeit machen, es ist mir fast zu arg, dazu muss er seine Geschäfte in der Nähe der Druckerei und Post vornehmen, so dass er sich mit seinen Redakteuren in der Stadt ein paar Zimmer mieten musste, wo er nun den ganzen Tag ist und ich ihn nur mittags ganz kurz sehe, im April ziehen wir nun ganz hinein und so sehr ich's bedauere, unsere schöne, freie sonnige Wohnung mit einer Stadtwohnung vertauschen zu müssen, so kann ich's nun doch kaum erwarten, bis der unbehagliche Zustand des Hin- und Herrennens auf einem halbstündigen Weg ein Ende nimmt; dass Du die Süddeutsche Zeitung liest, freut mich sehr; Du kennst nun dadurch unser ganzes Leben, denn ihr Inhalt und überhaupt was sich jetzt in der Welt zuträgt beschäftigt meinen Mann ausschließlich und somit auch mich, ich bin ganz und gar eine Politikerin geworden und von meiner Zeitung eingenommen wie von meinen Kindern.«

Im Frühjahr machte sich Frau Brater daran, eine für die veränderten Umstände passende Wohnung zu suchen, und mietete eine solche. Aber nach kurzer Zeit benachrichtigte sie der Vermieter, dass er sein Wort zurücknehmen müsse, – er hatte inzwischen erfahren, um wen es sich handle, und wagte es nicht, sich mit einem so staatsgefährlichen Mietsmann einzulassen. So musste Frau Brater ihre Wanderung aufs neue antreten und fand endlich eine entsprechende Wohnung in der Dienersgasse Nr. 23. Freilich war es ein altes, dunkles Haus, mitten im Lärm der Straßen und ihre geliebten Sterne waren ihr durch das gegenüberliegende Regierungsgebäude verdeckt. Auch das ganze Hauswesen bekam plötzlich einen anderen Anstrich. Das größte Zimmer wurde für die Redaktion eingeräumt, der eine oder andere Mitarbeiter wohnte auch im Stockwerk, geschäftig ging es den ganzen Tag aus und ein und ein Laufbursche musste angestellt werden. Dies alles gab einen gehörigen Zuwachs von Arbeit und das Familienleben gewann nicht an Gemütlichkeit durch diese Änderung, auch war es für Frau Brater peinlich mit anzusehen, dass ihr Mann eine allzugroße Arbeitslast übernommen hatte. Sie schreibt darüber an ihre Schwiegermutter:

»... Dass Ihr die Zeitung lest, ist eine herrliche Verbindung, Ihr seht ja daraus immer, was uns beschäftigt; an Neujahr soll sie nun etwas größer werden, freilich auch teuerer und wir sind nun begierig, ob die Maßregel nicht etwa ungünstig auf die Abonnentenzahl wirkt, die ohnedies langsam zunimmt. Bis dahin hoffen wir endlich auch einen brauchbaren Gehilfen für den einen unbrauchbaren gefunden zu haben und ebenso einen Referenten für den Landtag; Du wirst gesehen haben, dass der Landtag im Januar zusammentritt, ein großer achtmonatlicher Landtag! Wenn diese Zeit schon überstanden wäre! Karl hat nun alle seine übrigen Arbeiten abgegeben und wenn derselbige Referent tüchtig ist, so wird es eher leichter werden, aber die Einnahmen werden sich nicht splendid stellen.«

Dass sich tüchtige Hilfskräfte für solch eine Zeitung schwer fanden, ist selbstverständlich, und manche merkwürdige Figur tauchte im »Redaktionszimmer« auf, um bald wieder zu verschwinden. Doch fanden sich auch bedeutende Männer zu dieser politischen Arbeit ein, Leuthold, der Dichter, Vecchioni, der nachherige Leiter der Münchener Neuesten Nachrichten, und vor allem Adolf Wilbrandt, der spätere Schriftsteller und Direktor des Wiener Burgtheaters, damals ein schöner, geistig anregender junger Mann, nichts weniger als trockener Politiker. In seinen Artikeln für die Süddeutsche Zeitung zeigte sich schon seine hohe literarische Begabung. Er wohnte im Haus Brater und wurde hoch geschätzter Freund der Familie. Wilbrandt verkehrte viel in dem geselligen Kreise, dessen Mittelpunkt Paul Heyse war und in dem sich die Familien Bluntschli, Hecker und zuweilen auch Brater trafen. So sehr Frau Brater die große Geselligkeit mied, die sie meist mit Kopfweh büßen musste, auf die auch ihr bescheidener Haushalt nicht eingerichtet war, ganz konnte sie sich derselben doch nicht entziehen. So gab Bluntschlis Übersiedelung nach Heidelberg Anlass zu einer großen Abschiedsgesellschaft, über die sie an Ernst Rohmer berichtet:

»... Auch wir hatten diese Woche eine große Soiree wo es an Humor und sogar an Tränen nicht fehlte, es war eine stolze Gesellschaft beisammen, unsere Abgeordneten, Bluntschlis, Jollys, Heckers, die Redaktion, und ich wollte nur, Du hättest die Toaste mit anhören können, es überbot immer einer den andern, um ein Uhr ging man auseinander im Gefühl einer großen Freundschaft und Innigkeit.«

Pauline stellte bei solchen Gelegenheiten ihre Kinder zur Hilfe an, die nun als größere Schulmädchen wohl zu brauchen waren und fremder Bedienung vorzuziehen. Das Münchener Bier spielte keine kleine Rolle bei manchen der Geladenen; es wurde in großen Krügen geholt und die Kinder gingen von einem Gaste zum andern, um leere Gläser aufzufüllen. Am leistungsfähigsten war in diesem Stück der allgemein bekannte und beliebte Abgeordnete Völk, der urwüchsige, kräftige Mann vom Allgäu, ein Volksredner von prächtigen Gaben; diesen empfahl der Vater den kleinen Kellnerinnen zur besonderen Beachtung und mit Lust schenkten sie ihm immer wieder aufs neue ein, denn er wusste auch schon dieses k l e i n e Volk zu begeistern. Der Patriotismus, der ohnedies in diesen Räumen zu Haus war, schlug dann in hellen Flammen auf in den empfänglichen Kinderherzen. Der Hausfrau kam bei solchen Gelegenheiten ihr praktisches Talent zu statten, sie kochte vorzüglich und war die Mahlzeit aufgetragen, so kam noch als beste Würze ihr guter Humor in der Unterhaltung.

Das waren inhaltsreiche Jahre für die Frau, die an allem, was den Mann beschäftigte, ihren Anteil hatte. Wie oft kam er aus seinem Arbeitszimmer herüber, um ihr das Manuskript eines Artikels vorzulesen, ehe er ihn in die Druckerei schickte. »Du bist mein Publikum,« sagte er, »ich muss sehen, welchen Eindruck der Artikel auf die Leute machen wird.« Ihre gesunde Empfindung befähigte sie zu einem Urteil, das ihm viel wert war. Die Verschiedenheit der Temperamente machte sich zwar auch hier geltend. Wenn er die Zeitung nicht dazu benützen wollte, um die Verleumdungen zu widerlegen, die andere Blätter gegen ihn brachten, dann setzte sie ihm zu, wollte, dass er die Grobheiten gehörig heimgebe, und hätte ihm solche am liebsten in kräftigen Worten in die Feder diktiert. Aber er ließ sich nicht beirren: »Um die Sache handelt es sich, nicht um meine P e r s o n ,« erklärte er ihr immer wieder; »warum von dem kostbaren Raum der Zeitung etwas auf Widerlegung persönlicher Angriffe verwenden, Lass sie nur schimpfen, viel besser ist's, wir bleiben bei der Sache.« Im Grund ihres Herzens war sie dann doch stolz auf diese vornehme Kampfesweise und die heftigen Angriffe verstummten allmählich auch ohne Widerlegung. Oft half sie in dieser Zeit selbst mit, wenn es an Hilfskräften fehlte und sie dem mit Arbeit überladenen Manne Schreibereien abnehmen konnte. Auch die Kinder mussten, wenn der Laufbursche nicht zur Stelle war oder seine Sonntagsruhe genoss, oft genug Besorgungen für die Redaktion machen. Dazu war Anna zu gebrauchen, die, von Haus aus flink, noch ganz besonders zu rennen verstand, wenn ihr Patriotismus aufgerufen wurde. Gar oft lief über Mittag eine Depesche ein, wurde sie augenblicklich in die Druckerei gebracht, so kam sie eben noch recht für die im Druck befindliche Nummer. Dann ergriff Anna das Telegramm, rannte in der Schürze, ohne Hut, über den glühend heißen Odeonsplatz und die Drucker wussten schon, wenn sie so atemlos hereingeflogen kam: was dieser Eilbote brachte, das m u s s t e noch in die heutige Nummer. Heimwärts nahm sich das Kind dann wohl vor, nie mehr ohne Hut über den heißen Platz zu laufen, trat aber wieder derselbe Fall ein, so ging ihr doch wieder die Süddeutsche Zeitung über alle persönlichen Rücksichten.

War nun in diesem geschäftigen Betriebe die Hausfrau fast unentbehrlich, vergaß sie auch alle persönlichen Bedürfnisse über der großen Sache, der sie mit diente, so kam doch ein Ereignis, durch das sie sich plötzlich abrufen ließ aus ihrem Familienkreis, es kam die Nachricht von der schweren Erkrankung ihrer Mutter. Frau Pfaff war zu ihrer Tochter Luise Sartorius gereist, die in Bayreuth, ihrer damaligen Heimat, erkrankt war, und als Pflegerin der kranken Tochter hatte sie selbst sich eine Lungenentzündung zugezogen. Ihr Sohn Fritz war auf diese Nachricht nach Bayreuth gereist und er war es auch, der Pauline von der bedenklichen Erkrankung Mitteilung machte. Noch am selben Tage verließ sie München und reiste mit bangem Herzen zu der Mutter. Wie sie die Kranke fand, schildert sie selbst ihrem Manne:

»Ich habe Dir seit gestern schon oft und immer wieder mein Leid geklagt und wenn ich dies jetzt wirklich schreibe, so wird mir's doch nicht leichter ums Herz. Wenn ich so bei meiner guten Mutter sitze, so kann ich es nicht begreifen, dass dieses das Wiedersehen sein soll, auf das ich mich schon so lang freute, und dass es das letzte sein soll; wenn ich nur recht so wie ich möchte bei ihr bleiben und weinen dürfte, aber um Luisens willen und um meiner Augen willen muss ich so viel als eben möglich an mich halten. Ich will Dir erzählen, wie es ging: Auf meiner Herreise, nachdem ich mir immer und immer wiederholte, was im Brief und der Depesche von Fritz gestanden war, ward ich nach und nach beruhigt und glaubte zuversichtlich das Gute; als ich hier ankam, sah ich Fritz schon von weitem und sah auch gleich, dass ich mich getäuscht hatte, er hatte keine Hoffnung mehr und ich konnte es nicht glauben, nicht eher als bis ich wirklich die letzten Atemzüge gehört hatte.... Als ich ankam und sie begrüßte, konnte sie mir's nur dadurch erwidern, dass sie mich ansah, ebenso schlug sie die Augen auf, als ich ihr einen Gruß von den Kindern sagte. Ihr Anblick schmerzte mich, dass ich's nie vergessen werde, ich kannte sie kaum, so waren die Züge von Schmerz und Anstrengung entstellt...

Um zwei Uhr nachmittags zeigten sich die ersten Spuren des herannahenden Todes, sie lag regungslos und atmete in immer größeren Zwischenräumen, um halb fünf Uhr standen wir beide, Fritz hielt sie im Arm und horchten noch lange, ob es wirklich der letzte Atemzug gewesen sei; es war vorbei und der ruhige, friedliche Ausdruck, dem sogleich die Schmerzensmiene weichen musste, ist jetzt unser einziger Trost. Morgen um halb vier Uhr nachmittags wird sie begraben, das treueste, liebevollste Herz, das es auf dieser Welt nur geben kann.

Luise hat diesen Schlag weniger empfunden, als wir fürchteten, sie ist wohl noch zu sehr von ihrem eigenen Leiden (Typhus) hingenommen. Ihr Zustand ist bedenklich, sie ist jetzt nach neun Wochen noch nicht so weit, dass sie sich selber im Bett bewegen kann.... Dass die Mutter auf diese Weise sterben musste, darüber kann ich mich nicht leicht beruhigen, die Krankheit wurde selbst verschuldet.«

Über diesen Punkt sucht ihr Mann sie zu trösten und schreibt: »Sie ist in der Aufopferung für andere, der ihr ganzes Leben gewidmet war, auch gestorben. Darüber darfst Du nicht klagen, sie ist wirklich in ihrem Beruf gestorben, dem sie sich von niemand gewaltsam hätte entziehen lassen.«

Wenige Wochen nach der Mutter erlag auch die Tochter Luise der schweren Krankheit, ein harter Schlag für den Mann und die fünf Kinder, deren ältestes noch kaum erwachsen war, ein tiefschmerzlicher Verlust auch für Pauline, die der Schwester innig nahe gestanden war. An den verwitweten Schwager Sartorius schreibt sie:

»Ich lese Deine Briefe immer wieder sowie auch die Deiner Kinder und bin mit meinen Gedanken immer bei Euch; in solcher Zeit fühlt man die Trennung von denen, die die gleiche Trauer haben, sehr schwer, man möchte immer nur von den geliebten Heimgegangenen sprechen, da der Gedanke an sie das ganze Herz ausfüllt; hier fühle ich mich mit meiner Betrübnis ziemlich einsam, nicht als ob mein Mann nicht vollkommene Teilnahme mir erwiese, hat er doch beide sehr geliebt und erkannt, allein soll ich ihm, dem Vielgeplagten, immer meine Betrübnis zeigen, ihn in den kurzen Erholungsstunden immer in meine Trauer hereinziehen? Ich kann das nicht.«

In treuem, stillem Herzen bewegte sie das Schicksal der mutterlosen Kinder und in späteren Briefen finden wir einmal den Vorschlag, »den kleinen Hansel« zu sich zu nehmen, dann wieder die Tochter Elise mit den eigenen Töchtern zu erziehen. Es kam aber nicht dazu, hingegen erlebte Pauline in späteren Jahren die Freude, dass die mutterlose Schar aufs neue eine treue Mutter bekam. Lina Rohmer war es, ihre bewährte Freundin, die durch die Verheiratung mit Sartorius ihre Schwägerin und durch dieses doppelte Band besonders lieb und vertraut wurde.

Im Sommer 1861 gönnte sich Brater mit seiner Familie eine kleine Erholungszeit in Ammerland am Starnberger See. Das war ein köstliches Ausruhen nach anstrengender Arbeit in der Kammer und ihren Ausschüssen, nach dem aufreibenden

Getriebe in der Redaktion, es war auch für Pauline eine wohltuende Freude nach den schmerzlichen Trauerfällen, und eine Wonne für die Schulkinder. In einem Fischerhäuschen wohnten sie, bei freundlichen Leuten, brachten die Tage in dem nahen Wald und auf dem See zu, sich der schönen Natur, der Ruhe und vor allem des ungestörten Beisammenseins freuend. Gab es das ganze Jahr hindurch kaum eine andere Freude als die e i n e , allerdings tief beglückende, das Tagewerk gut vollbracht zu haben, so wurde nun der Naturgenuss, die freie Muße mit wohligem Behagen empfunden. Für drei Tage machten die Eltern allein einen Ausflug weiter hinein ins Gebirge und genossen das Glück, sich wieder einmal ganz anzugehören. Mit großem Vertrauen und beneidenswerter Sorglosigkeit ließen sie das zehn- und elfjährige Schwesternpaar im Fischerhäuschen zurück, wo die Kinder sich mit großem Stolze Frühstück und Abendbrot besorgten und mittags harmlos im Wirtsgarten aßen.

Ein längerer Landaufenthalt war freilich nicht möglich, denn die Arbeit drängte. Als Mitbegründer des deutschen Nationalvereins hatte Brater überdies viele Reisen zu machen, Besprechungen in Frankfurt, Eisenach, Koburg, Gotha nahmen seine Zeit und Kraft in Anspruch und immer schien solche Tätigkeit fürs Vaterland zu wichtig, um sie aus Rücksicht auf die eigene Person zu unterlassen, aber endlich versagte die Kraft.

Der Winter 62 auf 63 brachte noch besonders viel Arbeit, da die nötigen Hilfskräfte fehlten. In einem Neujahrsbrief an Lina Rohmer schreibt Pauline: »Diesem Jahr sehe ich mit Grausen entgegen; unser neuer Mitredakteur ist sehr kränklich und es fragt sich, wie lange er aushalten wird, er hat schon selbst seine Befürchtungen ausgesprochen und hätte sich gar nicht auf dieses Geschäft einlassen sollen« und eine Nachschrift dieses Briefes teilt mit: »Unser Redakteur liegt heute bereits im Bett, hat heute Nacht einen Blutsturz bekommen, doch sei es nicht gefährlich. – Ich bin in Verzweiflung.«

Selbstverständlich musste bei solch plötzlichem Versagen der Hilfskräfte immer Brater seine eigene schon aufs äußerste angespannte Kraft einsetzen, denn die Zeitung verlangte unerbittlich ihre tägliche Nahrung und wenn Frau Brater mit »Grausen« das neue Jahr angetreten hatte, wenn sie, so wenig ängstlich von Natur, sich Sorgen machte, so war das Unheil nahe im Anzug, ja es war schon da.

Gegen Ende des Winters schreibt sie an Ernst Rohmer: »Meinem Mann hat der fatale Winter schließlich doch auch noch einen recht hartnäckigen Husten angehängt, der mir oft Sorge macht, besonders da er ihn schon vorigen Herbst mehrere Monate lang nicht los brachte; vor einigen Tagen bekam er nun ganz plötzlich einen ziemlich starken Anfall von Beklemmungen auf der Brust und Atmungsbeschwerden, die noch nicht ganz vorüber sind, doch erklärte Lindwurm nach genauer Untersuchung, dass es nur rheumatisch und katarrhalisch sei, die Lunge sei ganz gesund. Dass er ihn nach Berlin reisen lässt, wundert mich trotzdem und ich würde es gewiss nicht gutwillig geschehen lassen, wenn ich nicht andererseits in der Unterbrechung seiner gewöhnlichen Anstrengung auch einen Vorteil sähe; wenn es nur ein mäßiges Wetter wird, ich bin eben doch in großer Sorge.«

Sechs Wochen später – und die beiden Ärzte Professor Lindwurm und der befreundete Professor Dr. Hecker vereinigen sich in dem Ausspruch, Brater müsse das überanstrengende Geschäft der Redaktion abgeben, müsse das raue Münchner Klima verlassen und müsse noch, ehe dies alles geordnet und ein dauernder Aufenthalt bestimmt sei, so bald wie möglich fort in mildere Gegend.

Schwer trafen diese drei harten »Muss« den Mann, der wohl wusste, dass die Süddeutsche Zeitung von seiner Persönlichkeit abhing, und seiner Frau war es zumute, als ob der Boden unter ihren Füßen wankte. In der Tat, war nicht alles erschüttert und bedroht? Die Heimat, die Lebensstellung, das Leben ihres Mannes und somit ihr Glück?

Noch ehe Brater einen Entschluss wegen der Zeitung fassen konnte, musste er München verlassen, um den rauen Frühlingsstürmen zu entgehen. Das war eine Trennung so bitter und schmerzlich wie keine vorher. Aber freundlich bot sich dem Erkrankten eine Stätte zur Erholung. Der Abgeordnete Buhl, ein treuer Gesinnungsgenosse und Freund, der in Deidesheim in der Pfalz einen herrlichen Wohnsitz hatte, lud ihn herzlich zu sich ein und so bald die nötigste Vertretung gefunden war, reiste er dorthin. Die Sorge für die Zeitung begleitete ihn. In Versammlungen national Gesinnter wurde beraten über die Fortführung der Zeitung. »Wir sahen«, schreibt Baumgarten, »wie die Zeitung jeden Tag mehr Herr des wichtigen Terrains wurde; noch eine kurze Frist und sie hätte alles dominiert. Aber auch jetzt noch war keine Kraft da, welche für Brater hätte eintreten können. Ohne ihn war das Blatt noch immer in München unmöglich.«

So blieb denn keine andere Möglichkeit als entweder die Süddeutsche Zeitung ganz eingehen zu lassen oder sie an einen Ort zu verlegen, an dem ihre Redaktion nicht mit so ungewöhnlichen Schwierigkeiten verbunden war wie in München und sich demnach leichter ein Redakteur finden ließe. Von Deidesheim aus schreibt darüber Brater an seine Frau: »Gestern sind Bluntschli und Baumgarten hier gewesen, die inzwischen in Heidelberg ... verhandelt haben. Das Resultat wäre, dass vom 1. Juli an die Süddeutsche Zeitung, herausgegeben von Brater und Lammers, in F r a n k f u r t erscheint. Die Redaktion würde mich nichts angehen, es handelt sich meinerseits (unter Fortdauer der bisherigen finanziellen Verhältnisse) nur um Leitartikel und zeitweilige Konferenzen mit der Redaktion. In einer politischen Versammlung (Mitte Mai in Frankfurt) soll die Sache auch noch öffentlich zur Sprache gebracht und sanktioniert werden. Ich glaube, dass wir mit diesem Schritt das Zweckmäßigste tun, was unter den obwaltenden Umständen geschehen kann und dass auch Du damit einverstanden sein wirst. Bis auf weiteres darf davon d u r c h a u s n i c h t s v e r l a u t e n, die

Redaktion darf die Sache nur durch mich erfahren, was in etwa acht Tagen geschehen wird.«

Zugleich mit diesem Plane, der auch zur Ausführung kam, wurde die Frage über den künftigen Aufenthalt der Familie beraten. Am Sitz der Redaktion selbst sollte Brater nicht wohnen, um nicht aufs neue zu sehr in das Getriebe hineingezogen zu werden, doch allzu weit sollte er auch nicht davon entfernt sein, eine Stadt in der Nähe von Frankfurt schien am günstigsten. Viele Briefe gingen zwischen Deidesheim und München hin und her, bis einer derselben den energischen Vorschlag brachte, Pauline solle zu ihrem Manne kommen, mündlich ließe sich das alles viel leichter beraten. Zur Beaufsichtigung der Kinder und des Haushaltes war die Schwester Julie Brater bereit und so folgte Pauline dem Ruf und reiste über Württemberg nach der Pfalz. Es waren schon einige Wochen seit Braters Abreise verflossen, seine Nachrichten hatten jedes Mal über fortgesetzte, wenn auch langsame Besserung berichtet, mit unendlicher Sehnsucht sah sie der Wiedervereinigung entgegen und wurde aufs liebevollste in dem gastlichen Hause Buhl aufgenommen. Aber die Wochen der Trennung mochten die Ursache sein, dass sie ihren Mann objektiver betrachtete und nun sah, wie krank er war. Wir lesen es zwischen den Zeilen in einem Brief an ihre Schwägerin Julie in München, wo es nach der Beschreibung der Reise heißt: »Was nun die Hauptsache ist, so konnte ich mich im ersten Augenblick des Wiedersehens kaum recht fassen ob meiner getäuschten Erwartungen, vielleicht hatte ich mir bei den fortwährenden Besserungsberichten zu viel Hoffnung gemacht.... So war ich gestern in recht trauriger Stimmung, die ich kaum zu verbergen wusste, Karl ist sehr heiter, und heute habe ich mich nun auch gefasst und schiebe alle eingehenden Gedanken auf die Seite. Es gibt so viel zu beraten und zu überlegen, dass wir noch gar nicht angefangen haben, was kann man auch am Ende für Entschließungen fassen, wo doch alles von Karls Besserung abhängt? Möchte es Gottes Wille sein, dass uns diese Bitte erhört wird!... Hier ist alles herrlich, die Natur und das Haus, aber trotzdem will Karl die Gastfreundschaft nicht zu lang in Anspruch nehmen und möchte eben gern bei den Seinen sein.«

8. Kapitel. 1862–1863

Fünf Jahre war die Familie Brater in München gewesen, hatte Verbindungen geschlossen, die ihr allmählich lieb geworden waren, und nun sollte sie wieder abbrechen und sich an einem gänzlich unbekannten Orte niederlassen. Dies ist an sich schon schwer und ist es doppelt, wenn eine traurige Ursache den Anlass zu solchem Wandern gibt. Brater ging von Deidesheim aus nach Frankfurt, um dort die nötigen Vorbereitungen für die Übergabe der Süddeutschen Zeitung zu treffen, und kehrte dann nach München zurück, um die Redaktion aufzulösen. Für den Sommer rieten die Ärzte zu einem Aufenthalt in Höhenluft und dem Gebrauch einer Molkenkur. Wieder war es ein Abgeordneter, der hier Rat wusste. Auf dem Grünten, einem Berg in den bayerischen Alpen, besaß der Abgeordnete Hirnbein ein Anwesen, in dem Molkenwirtschaft betrieben wurde und einige Zimmer für Fremde eingerichtet waren. Zwar hatte sich noch nie eine Familie länger dort aufgehalten, nur Passanten, die den Grünten um der schönen Aussicht willen bestiegen, pflegten dort zu übernachten, aber für die bescheidenen Ansprüche der Familie Brater konnten die Räume genügen und es wurde beschlossen, dort hinauf zu ziehen. Der Besitzer, der selbst nicht oben wohnte, empfahl seinen Leuten die Münchner Familie und so wurde diese mit freundlicher Zuvorkommenheit aufgenommen und fühlte sich da droben, wie wenn sie im eigenen Hause säße und der ganze Berg ihr untertan wäre. Nach den schweren Aufregungen der letzten Monate war das Zusammenleben in der stillen, gewaltigen Natur eine große Wohltat für die Familie, und Brater, der in der dünnen Bergluft leichter atmete, fühlte sich wohl genug, um den Aufenthalt zu genießen. So war es eine schöne Zeit, trotzdem die unsichere Zukunft einen leisen Schatten darüber warf. Pauline schreibt von dort aus an Ernst Rohmer:

Lieber Ernst!

Du wirst es ohne Zweifel sehr schnöde finden, dass wir so lange nichts von uns hören ließen, allein diesmal war es eine höhere Macht, die sich hemmend unserm Verkehr entgegenstellte. Vor acht Tagen übergab Karl vier Briefe der Post, die sich in Gestalt eines E s e l s von unserer Burg nach Sonthofen hinabschlängelt, allein drunten angekommen, konnte das wackere Tier die Briefe nicht weiter befördern, weil sie sämtlich verloren waren und trotz Bekanntmachung in der Kirche und der besten Versprechungen nimmer zum Vorschein kamen. Dass unter diesen Verlorenen gerade auch einer an Dich war, ein großer, langer, vielleicht seit Jahren der erste anständige, war uns besonders leid, war aber eben nicht zu ändern!

Lass Dir nun vor allem schönsten Dank sagen für Deine freundschaftlichen Anerbietungen in Deinem letzten Brief, Du hast vollkommen Recht, wenn Du sagst, »wir verstehen uns« und darfst auch überzeugt sein, dass wir uns nötigen Falles an niemand mit so leichtem Herzen wenden würden als an Euch. Gegenwärtig sind wir aber gut daran und hoffen, nicht so bald in die Brüche zu kommen, da wir einen sehr angenehmen Zuschuss zur Kur von Onkel Karl in Fiume erhalten haben.

Ich bin also heute vor acht Tagen mit Schwiegermutter, Schwägerin Julie und den Kindern glücklich hier oben angekommen und wir befinden uns aufs beste; da man die Bergpartie auf dem Roß mit aller Bequemlichkeit zurücklegt, so können wir Dir nichts Besseres raten, als auch noch auf einige Zeit zu uns zu kommen; für Dich und überhaupt für alle Nerven muss diese Luft herrlich sein, ich habe auch noch kein Kopfweh gehabt. Meinen Mann fand ich recht gut aussehend und vielleicht auch in der Hauptsache etwas besser, doch bilde ich mir ein, in einer b e s t ä n d i g warmen Luft wäre es vielleicht noch besser geworden.... Über unsere weiteren Pläne sind wir noch ganz im unklaren, mein Wunsch wäre, dass Karl diesen Monat hier oben und dann vielleicht noch zwei Monate irgendwo in der Wärme zubringt, etwa

Reichenhall oder noch besser Meran, aber das Jammerkind in Frankfurt gönnt einem ja keine ruhige Stunde...

Das »Jammerkind«, die Zeitung, gewöhnte sich schwer ein in Frankfurt und als der sechswöchentliche Aufenthalt auf dem Grünten vorüber war, reiste Brater nach Frankfurt, um in der Redaktion zu helfen. Es scheint, dass Frau Brater diese Trennung, verbunden mit der auf ihr lastenden Unsicherheit über die nächste Zukunft, schwer nahm; auch fürchtete sie wohl, dass der Erfolg der Kur wieder durch übermäßige Arbeit verloren ginge, und sie hat wohl ihren Unmut herzhaft in ihren Briefen ausgesprochen, denn der Gatte antwortet ihr: »Ein hübsches Quantum schlechter Laune hast Du in Deinem letzten Brief abgeladen. Aber ich gönne Dir die kleine Erleichterung, die einzige, zu der ich Dir behilflich sein kann. Lass Dir nur die Widerwärtigkeiten nicht über den Kopf wachsen: in einigen Wochen sind wir doch wieder beisammen. Freilich liegen dazwischen einige unersetzliche Tage!«

In dem folgenden Briefe teilt Brater den Seinigen mit, dass er nun in der nahen Stadt Aschaffenburg eine Wohnung gemietet habe, die sofort zu beziehen war, und eifrig begannen Frau und Töchter den Hausrat einzupacken, als ihnen ein weiterer Brief Halt gebot. Daran war wieder die Zeitung Schuld. Es gewann immer mehr den Anschein, dass sie sich nicht halten würde, und so schien es geratener, mit einem vollständigen Umzuge noch bis zum Frühjahr zu warten und für den Winter nur irgendwo in der Nähe Frankfurts in möblierter Wohnung einen provisorischen Aufenthalt zu nehmen. Brater schreibt: »Es kommt nun ein neues Projekt in Betracht. Ich bin darauf aufmerksam gemacht worden, dass Wiesbaden ein außerordentlich mildes Klima habe und deshalb zum Winteraufenthalt vorzüglich zu empfehlen, auch im Winter nicht teuer sei. Ich habe heute mit einem dortigen Freund gesprochen und ihn beauftragt, nach dem Preis einer möblierten Wohnung zu fragen ... Käme dieser Plan zur Ausführung, so müsste man das Mobiliar in München stehen lassen und gleich die Wohnung in Aschaffenburg kündigen.

Ich möchte, dass Du bald mit Lindwurm und Hecker sprichst, ob sie Wert auf eine solche Maßregel legen würden... Du siehst, dass ich darauf bedacht bin, Dir für Zerstreuung zu sorgen, armer Teufel!«

Dieses Projekt kam im Herbst 1862 zur Ausführung, die Familie zog nach Wiesbaden und mietete in einem Gasthause für den Winter einige möblierte Zimmer. Brater, vollauf beschäftigt mit Arbeiten, vermisste weniger die eigene Wirtschaft wie seine Frau. Nach dem ungewöhnlich bewegten Haushalt der Münchner Jahre sah sie sich nun vollständig zur Ruhe gesetzt, denn da sie keine Küche zur Verfügung hatte, konnte sie nicht selbst wirtschaften, das Essen wurde aufs Zimmer gebracht und es gehörte viel Elastizität dazu, sich plötzlich wieder in so ganz andere Verhältnisse zu finden, auf einige kleine Zimmer angewiesen zu sein und keinerlei Verkehr zu haben. »Ich bin's nun schon ganz gewöhnt,« schrieb sie nach den ersten Wochen, »dass, wenn bei uns angeklopft wird, niemand anders als das Stubenmädchen erscheint.« Den Kindern war das Neue an dieser Lebensart und dem anderen Wohnsitz interessant, die heißen Quellen vor allem, deren eine auch durch die Wohnung geleitet war und mit ihrem fast kochenden Wasser zu ihrer Verfügung stand, wenn sie das Frühstücksgeschirr abzuwaschen hatten. Sie besuchten ein Institut und fingen an, sich mit den Nassauischen Mädchen zu befreunden, als eine schlimme Sache dazwischen kam und den kaum begonnenen Unterricht unterbrach.

Anna, die schon acht oder vierzehn Tage über Kopfweh geklagt hatte, fragte eines Abends, als längst die Lampe brannte, warum man denn nicht endlich Licht mache, es sei doch so dunkel. Ein solches Wort muss wohl auch eine tapfere Mutter mit Schrecken erfüllen und so schnell als möglich wurde ein Augenarzt zu Rate gezogen. Er fand eine schwere Netzhautentzündung, welche die Sehkraft in höchste Gefahr brachte. In späteren Jahren sprachen verschiedene Augenärzte ihre Verwunderung darüber aus, dass die hochgradige

Erkrankung geheilt werden konnte, und es war dies offenbar dem energischen Eingreifen des vorzüglichen Augenarztes Pagenstecher zu verdanken. Er leitete sofort eine Behandlung mit künstlichen Blutegeln, Blasenpflastern und Fontanellen ein, die freilich sehr schmerzhaft war. Das arme Kind hatte viel zu leiden und die Mutter litt mit ihm; sie hatte stets tiefes Mitleid mit allen denen, die körperliche Schmerzen zu erdulden hatten, und es war rührend und für ihre Kinder unendlich tröstend, wie sie in solchen Fällen in einem zärtlich liebkosenden Tone mit ihnen sprach, der ihr sonst fremd war und um so tieferen Eindruck machte. Auch Schmerzensgeld und süßer Lohn für bewiesene Tapferkeit spendete sie da und diese seltenen verwöhnenden Liebeszeichen warfen einen hellen Schimmer in dunkle Krankheitszeiten und verbanden die Kinder aufs innigste mit ihrer Mutter.

Auch der Vater ließ sich in diesen Zeiten öfter herbei, sich mit der Patientin zu unterhalten, und da er bei Anna ein warmes patriotisches Interesse fand, gereichte es ihm selbst zur Freude. Während er sonst in Briefen die Kinder höchstens kurz erwähnt, findet sich in einem solchen aus Wiesbaden die Mitteilung eines Kindergespräches, das ihn selbst überraschte und das wir als Zeichen für die Atmosphäre, in der die Kinder aufwuchsen, hier anführen. Brater schreibt am Schluss eines geschäftlichen Briefes an Rohmer:

»Anna hat mich gestern an ihrem zwölften Geburtstag nicht wenig in Verwunderung gesetzt durch einen Vortrag über die deutsche Frage. Sie setzte nämlich auseinander, dass es mit den vielen Königen nichts sei, dass aber auch der Kaiser von Österreich und der König von Preußen als solche nicht über Deutschland gesetzt werden dürften, weil sie sich nur für ihre Hausmacht interessieren würden, dass man einen Kaiser brauche, der mit seinen Herzögen ganz Deutschland regiere und dass man eben suchen müsse, für dieses Programm eine Mehrheit zu gewinnen, die dann mit Waffengewalt die Minderheit zu Paaren treibe. Durch meine Zwischenfragen herausgeholt, kam das alles in kindischen Ausdrücken ganz rund und nett zum Vorschein.«

Das erkrankte Auge fing an, sich zu bessern; in der Hoffnung, auch von der schmerzhaften Behandlung bald befreit zu sein, sah die Patientin fröhlich dem nahen Weihnachtsfest entgegen, da warf sich die Krankheit auf das andere Auge und gerade am Vorabend des Festes minderte sich stündlich die Sehkraft des Auges. In großer Angst wurde der Augenarzt herbeigerufen; die Kinder und mit ihnen die Eltern bangten vor dem zu erwartenden Ausspruch, dass Anna liegen müsse und von einem Christbaum mit Lichterglanz keine Rede sein könne. Dr. Pagenstecher kam und untersuchte. Er fragte auch genau nach dem Kopfschmerz und allgemeinen Empfinden. Die Patientin gab darüber günstigen Bescheid, allein es lag für den Arzt nahe zu denken, dass die Furcht vor der schmerzhaften Behandlung, die sie schon kannte, ihre Aussagen beeinflussen möchte. Der Vater bemerkte dies Misstrauen und er, der vielleicht noch nie in Gegenwart des Kindes diesem ein Lob ausgestellt hatte, sagte nun ruhig und bestimmt: »Wir können uns absolut auf ihre Gewissenhaftigkeit verlassen.« Die Freude der kleinen Leidenden über dieses ehrenvolle Zeugnis konnte kaum noch erhöht werden durch die Genehmigung des Arztes, dass sie, mit blauer Brille bewaffnet, zur Bescherung aufstehen dürfe. Freilich hatte sie noch ihre schmerzhaften Blasenpflaster und sah noch die Dinge, die unter dem Christbaum lagen, in verkehrten Farben, aber daran war sie nun schon gewöhnt und die Freude war nach der ausgestandenen Angst doppelt groß.

Die fernen Verwandten, die an jenem Weihnachtsfest an die Familie Brater dachten, waren voll innigen Mitleids. Sie sagten sich: welch trauriges Fest in der Fremde, ohne jegliches Behagen, die Sorge wegen des Mannes Befinden, dazu das leidende Kind und die vermehrten Ausgaben. Dies war alles richtig und dennoch standen die Vier glücklich und dankbar unter dem Christbaum. In andern Familien waren vielleicht die Verhältnisse günstiger, aber ein einziger Misston konnte die Harmonie mehr stören als es hier alle äußeren Umstände zu Wege brachten. Man darf sich immer zum Trost sagen im Hinblick auf schwere Zeiten, die uns oder unsern Lieben das Leben bringt, dass es neben allem Unglück eine unerschöpfliche Möglichkeit des Glückes gibt: eine vorübergehende Besserung, eine abziehende Sorge, ein freieres Aufatmen kann dem Menschenherzen so wohl tun, dass es im Augenblicke nur diese Guttat empfindet und nicht so sehr zu bedauern ist, wie es sich die Fantasie ausmalt. Auch ist ja unserer Menschennatur eine große Fähigkeit der Gewöhnung mitgegeben, die bald erleichtert, was zuerst unerträglich schien.

Diese Gewöhnung war es, die in diesem und den folgenden Jahren auch der Familie Brater zu Hilfe kam. So war allmählich der Husten und das erschwerte Atmen bei Brater der normale Zustand geworden, an diesen gewöhnte man sich, war zufrieden, wenn nur keine Verschlimmerung eintrat, war glücklich und hoffnungsfroh, wenn sich zeitweise eine Besserung einstellte.

In einem Brief an ihre kranke Schwiegermutter, die nun mit den Töchtern in München lebte, schildert Pauline das Wiesbadener Leben:

Liebe Mutter!

Es geht mir noch immer ab, dass ich Dir diesmal keinen eigenhändigen Neujahrs- und Geburtstagsgruß schicken konnte, gerade heuer, wo wir so viele gemeinsame Wünsche und Gebete mit ins neue Jahr hinübernehmen.... Die Berichte über Dein Befinden, liebste Mutter, sind leider noch nicht so gut wie wir gehofft und so sehnlich gewünscht hatten, wie muss es Dir doch so schwer fallen, Dich immer so schonen zu müssen, und wie schwer fällt es besonders uns Entfernten, so gar nichts zu Deiner Erleichterung beitragen zu können, wir können nur eines tun, liebe Mutter, nämlich uns an Deiner oft erprobten und bewährten Geduld und Ergebung ein Beispiel nehmen, dann können wir auch getrosten Mutes wieder auf die besseren Tage hoffen.

Bei Anna geht es stets vorwärts, wenn wir gleich noch mitten in einer schwierigen Kur drin stecken; bei dieser Gelegenheit habe ich mich zum ersten Mal mit unserem hiesigen Aufenthalt ausgesöhnt, wo wir einen so ausgezeichneten Augenarzt bei der Hand haben; wäre das Übel nicht gleich richtig erkannt und behandelt worden, so hätte es schlimm gehen können; im übrigen aber wächst unsere Sehnsucht nach Euch Lieben von Tag zu Tag, auch die Kinder sprechen eigentlich von gar nichts anderem mehr; wenn alles gesund ist, dann kann man schon eine Weile im Exil leben und Umgang sowie jede häusliche Bequemlichkeit entbehren, wenn aber dann hier und dort nicht alles nach Wunsch geht, dann ist's einem oft, als müsste man geradewegs davonlaufen. So war es mir in den letzten Tagen zumute. Ich habe eine widerwärtige Geschichte mit einem sogenannten Ais oder Ast durchgemacht... und hatte doch keine Zeit zum Bettliegen, da es gerade zwei Kurtage für Anna waren; ich hatte ganz entsetzliche Schmerzen mit dieser Albernheit und lag dann schließlich doch noch zwei Tage, um Umschläge zu machen. Karl bedauerte nur, dass wir uns nicht mit unserer ganzen Umgebung fotografieren lassen konnten: Anna im Bett hinter einem großen Lichtschirm, ich im Bett mit Überschlägen beschäftigt, Karl über einem Trichter Dämpfe einatmend, dabei Agnes als Hausfrau und Pflegerin all dieser Patienten. Agnes hat sich übrigens wacker durchgeschlagen, schön langsam und umständlich ist ihr Losungswort, aber dabei ist sie doch sorgfältig und unverdrossen ...... Anna soll sich jeglicher Tätigkeit enthalten, ich darf ihr nicht einmal etwas auswendig lernen lassen, das ist schwer für ein Kind, das kein Talent zum Müßiggehen hat und auch nicht leicht für ihre Umgebung; trotzdem sind wir alle vergnügt und dankbar und ich freue mich besonders, bis Du Karl wiedersiehst, ich glaube, man kann ihn jetzt fast ganz gesund nennen.«

Freundlich bezeugte auch Wilbrandt der kleinen Patientin seine Teilnahme. Er war in diesem Winter als Mitglied des Nationalvereins in Frankfurt, kam von dort zu geschäftlicher Besprechung mit Brater nach Wiesbaden, traf Anna an ihrem zwölften Geburtstag in der peinlichen Kur ihrer Augen und beglückte sie, indem er auf eben diese Augen das folgende Gedichtchen machte:

Zum 12. Geburtstag.

Liebe, viel geprüfte Sterne
Lasst von diesem frohen Tage
Eure Herrin ohne Klage
In ein lieblich Leben sehen.
Leitet sie getreu und gerne
Über Täler, über Höhn!
Lehrt sie alle Näh' und Ferne
Und der Erde Herrlichkeiten
Und ihr Glück und ihre Leiden
Liebreich ohne Schmerz verstehn.

Im Februar kam aus Erlangen eine Nachricht, die Pauline schmerzlich ergriff und auf ihr ferneres Leben von großem Einfluss sein sollte: Ihr Bruder Hans hatte seine junge Gattin verloren. Elf Jahre hatten die Liebenden sich nach ihrer Verbindung gesehnt und kaum sechs Jahre des Zusammenlebens waren ihnen beschieden. Ganz fassungslos stand der Witwer mit vier kleinen Kindern da. Obwohl Anna noch der Pflege bedurfte, reiste Pauline doch nach Erlangen, um dem Bruder zu Hilfe zu kommen, dessen Nerven so erschüttert waren, dass er, von rasendem Kopfschmerz gepeinigt, von Halluzinationen heimgesucht, sich nicht zurechtfinden konnte in seiner traurigen Lage. Zu dem körperlichen und gemütlichen Schmerze kam noch das Gefühl, dass seine Kinder und sein Hauswesen so nicht weiter bestehen konnten. Schon während der Krankheit seiner Frau – Typhus war es gewesen – hatten die Dienstmädchen, denen das Hauswesen überlassen war, dieses schnöde vernachlässigt und es war ein trostloser Zustand, in dem Pauline das Haus und die vier mutterlosen Kleinen vorfand, deren ältestes erst vier Jahre zählte. Als sie im März notgedrungen wieder zu den Ihrigen zurückkehrte, verließ sie den der Verzweiflung nahen Bruder mit dem Trost, nach Schluss des Wiesbadener Aufenthalts, wenn die Ärzte es irgend erlauben würden, mit Mann und Kind zu ihm zu kommen und sein Hauswesen in geordneten Gang zu bringen. Brater, voll Teilnahme für den Schwager erklärte sich gern bereit dazu, und als im Frühjahr die Neuwahlen zum Landtag ihn nach Nürnberg riefen, wurde der Wiesbadener Haushalt abgebrochen und die Familie zog nach Erlangen. Dort war inzwischen alles drunter und drüber gegangen, durch schlechte Mägdewirtschaft war vieles veruntreut und verwahrlost worden, den Kindern fehlte alles, was sie brauchten, Pauline wusste kaum, wo sie zuerst anfangen sollte. Zunächst wurde die treulose Magd entlassen, von der die Nachbarschaft schon längst wusste, dass sie jeden Abend einen vollen Korb aus dem Haus getragen und einen leeren wieder zurückgebracht hatte. Und nun begann in dem Haus ein Räumen, das fast endlos schien. Es ist kaum zu glauben, wie in wenig Monaten ein Haushalt herunterkommen kann, wenn niemand da ist, der für die Ordnung sorgt. Unter die Schränke und Betten hatten die Mägde die Sachen geschoben, die ihnen im Wege lagen, alle Schlüssel der Möbel waren verloren, Zerbrochenes, Zerrissenes war in die Winkel geschoben oder in den Hof geworfen, und von den Weißzeugvorräten, welche die junge Frau als Aussteuer mitgebracht hatte, war nirgends mehr ein halbes Dutzend beisammen.

Die Bücher, die dem Mathematikprofessor von den Buchhandlungen zur Ansicht geschickt wurden, lagen packweise auf dem Stubenboden, wo Besen und Scheuerlumpen sie in einen solchen Zustand versetzt hatten, dass sie nimmer zurückgegeben werden konnten und hohe Buchhändlersrechnungen angewachsen waren.

Nach dem stillen Winter in den Wiesbadener Zimmern sah sich Frau Brater plötzlich in ein vom Keller bis zum Bodenraum ungeordnetes Haus mit Hof und Garten versetzt, hatte statt zweier Kinder sechs zu versorgen und sollte zwei Herren zugleich dienen. Aber das tiefe Mitleid mit dem körperlich und seelisch leidenden Bruder und die Liebe zu der kleinen mutterlosen Schar half ihr über alle Schwierigkeiten hinweg; die beiden Männer waren ja treue Freunde, einander von Jugend auf zugetan, und jeder nahm gerne Rücksicht auf den andern, die großen und die kleinen Kinder freuten sich aneinander, und wenn auch die Kraft der Hausfrau aufs äußerste in Anspruch genommen wurde, es ging doch und allmählich hatte sie die Befriedigung, einen menschenwürdigen Zustand im Hause geschaffen zu haben. Die Kleinen hingen bald mit Liebe an der Tante und ihr Vater erholte sich allmählich von dem Schlag, der ihn so tief erschüttert hatte.

In dieses Frühjahr fiel eine besonders lebhafte politische Tätigkeit für Brater. Er war oft zu längerem Aufenthalt in Nürnberg. Nicht nur um seine eigene Wiederwahl in den neuen Landtag handelte es sich dort, diese war bald gesichert, aber der kleine Kreis von Freunden, der sich im Laufe der letzten Jahre gesammelt hatte, fühlte sich jetzt stark genug, um eine eigene Partei zu gründen, und es galt nun, in allen Teilen Bayerns Gesinnungsgenossen aufzufordern und sie zu gewinnen für ein gemeinsames Programm, dessen Hauptgedanke war: ein einiges Deutschland unter der Führung Preußens. Wie rührig Brater an der Arbeit war, geht aus seinen Nürnberger Briefen hervor, denn auch im ärgsten Trubel ließ er doch seine Frau nicht ohne Nachricht und es ist rührend zu sehen, wie bei ihm jede persönliche Rücksicht, nur allein die auf seine Frau nicht zurückstehen musste hinter den Angelegenheiten des Vaterlandes. Er hatte sich in Nürnberg im Hotel Schultheß eingemietet und in seinem Hotelzimmer liefen alle Fäden zusammen, welche die Gründung der »Fortschrittspartei in Bayern« zur Folge hatten. Er schreibt von dort:

Liebster Schatz!

Mein Zimmer hat sich in ein Bureau verwandelt und unter dem Geplauder der Leute muss ich schreiben. ... Du musst Dir vorstellen, dass ich diesen Brief nach je drei Zeilen unterbreche, um über diesen oder jenen von den sechzig andern Briefen, die in der Stube expediert werden, Aufschluss zu geben. Bei der gestrigen Beratung ist die Wahlsache in Ordnung gekommen, Barth und Völk sind beigetreten. Das Programm hast Du bereits in der Zeitung gelesen. Den von Barth und mir zusammengewürfelten Aufruf, der erst noch weitere Unterschriften erhalten muss, lege ich Dir bei. Die Sache ist gut im Zug und ich m u s s h i e r b l e i b e n .... Die hiesige Partei ist fest für mich, aber ebenso fest die Gegenpartei, die den sehr vernünftigen Satz aufstellt, sie müsse einen Nürnberger haben.... Auf baldiges Wiedersehen! Von Herzen

Dein K.

Gelegentlich kommt auch eine Mitteilung über sein Befinden. »Varrentrapp (ein politischer Freund und zugleich Arzt) war zufrieden, hat sich aber für die Wiederholung der Dünne-Luft-Kur entschieden erklärt. Es fragt sich nur, ob dieses System nicht am Ende doch grundverkehrt ist, denn nachdem ich gestern sechs Stunden in der d i c k s t e n Luft, die zu haben ist, zugebracht hatte, blieb beim Niederlegen der Husten vollständig aus, so dass ich beinahe beunruhigt war. Doch hat er sich diesen Morgen, obwohl ohne alle Steigerung, wieder eingestellt. Lebe wohl, mein Schatz, und grüße die Kinder. Ein hiesiger Verehrer, Firma Forster, hat mir etliche Baseler Lebkuchen ins Zimmer gelegt, die ganz appetitlich aussehen und Euch schmecken werden.«

In einem anderen Brief äußerte Brater: Manches was notwendig geschehen sollte, geschähe nicht, wenn e r es nicht tue, aus dem einfachen Grunde, weil andere die Politik nur als Nebenbeschäftigung betrieben und deshalb zu wenig Zeit zur Verfügung hätten, er sei der einzige, der sie zum eigentlichen Lebensberuf habe. »Ich habe in den letzten vierzehn Tagen zehn Leitartikel für die Süddeutsche geschrieben« berichtet er.

Mitten in diesem Trubel erhielt er die telegrafische Nachricht von einer bedenklichen Verschlimmerung im Befinden seiner Mutter. Er war schwankend, ob er zu ihr eilen oder in der Arbeit bleiben solle und fragte wiederum telegrafisch bei den Schwestern an, ob die Mutter nach ihm verlange. Die Antwort muss wohl bejahend gelautet haben, denn er entschloss sich rasch zu einer Reise nach München und wenn er auch nur ganz kurz dort verweilen konnte, so war es ihm doch, wie er schreibt, eine Wohltat, ihr noch einmal ins Auge gesehen zu haben und den Eindruck ihrer gottergebenen Fassung und ihren mütterlichen Segen mit fort zu nehmen. Acht Tage später bekam er die Todesnachricht.

Die Wahlen gingen vorüber und der schöne Erfolg, dass mancher Gesinnungsgenosse in die Kammer kam, lohnte die großen Anstrengungen. Für sich persönlich hatte Brater in der Zukunft keinerlei Wahlagitation mehr nötig, denn als er einige Jahre später, schon schwer leidend, bei den Neuwahlen sich anschickte, wieder die gewohnten Wahlversammlungen in Nürnberg zu halten, erhielt er von dort den Bescheid: er möchte sich nicht bemühen, seine Wahl sei gesichert, ohne dass es auch nur eines Wortes bedürfe, ihren Brater ließen sich die Nürnberger nicht nehmen.

Der Sommer 1863 brachte ein ruhigeres Zusammenleben in Erlangen, in der Gartenlaube sitzend genoß die erweiterte Familie die warmen Sommerabende und Pauline wäre herzlich froh gewesen, hätte sie nun auch für länger den geordneten Zustand genießen dürfen, den sie geschaffen hatte. Aber unvermutet schnell wurde der neue Landtag einberufen, und ihren Mann allein nach München ziehen zu lassen, wie es ja allerdings das Los der meisten Abgeordneten war, das brachte sie nicht übers Herz, und es wäre ja auch für sie selbst ein stetes Entbehren gewesen. So hieß es denn wieder: abbrechen, einpacken. »Unstet und flüchtig muss ich sein und habe doch keinen Abel erschlagen,« schreibt sie an Bekannte und mit schwerem Herzen verließ sie den Bruder, die Kinderchen, die sich an sie schon wie an eine Mutter gewöhnt hatten und die auch ihrer großen Kinder Freude geworden waren. Da gar nicht vorauszusehen war, ob der Landtag Wochen oder Monate beisammen bleiben würde, so wurde einstweilen nur eine kleine möblierte Wohnung gemietet und die Kinder bei den Tanten Brater untergebracht. In solchem »einstweilen« liegt viel Unbehagen und Frau Brater seufzte in jener Zeit so manchmal: »Ich möchte nur einmal wieder mit all unserm Hab und Gut vereinigt sein.« Sie schreibt an Lina Sartorius geb. Rohmer:

»Wir sind inzwischen nach München übersiedelt, nachdem ich endlich noch für meines Bruders Haushalt eine zuverlässige Person gefunden habe; der Abschied von meinem Bruder, der in jeder Beziehung noch sehr leidend ist, wurde mir sehr schwer, auch kann ich nicht leugnen, dass ich das ewige Wandern auch genug hätte; jetzt wohnen wir hier in der Schommergasse, die Kinder sind bei meinen Schwägerinnen in Kost, Logis und Unterricht und auch wir essen dort zu Mittag; leider ist die Entfernung sehr groß, was mir wegen des Verkehrs mit den Kindern besonders unlieb ist.« Es war aber ein großes Glück für die beiden heranwachsenden Mädchen, dass diese Tanten bereit waren, jetzt und auch später wieder die Lücken im Unterricht auszufüllen, die sich bei solchem Wanderleben notgedrungen ergeben mussten.

Im Hochsommer durften sie mit ihren Tanten aufs Land und als Brater für ein paar Tage zu einer Abgeordnetenversammlung nach Frankfurt musste, benützte seine Frau diese Zeit zu einem Besuch in Egern, wo ihre Freundin Luise Hecker weilte, von dort schreibt sie: »Mir weckt dieser Aufenthalt hier Erinnerungen aus einer scheinbar l ä n g s t vergangenen Zeit, ich sah es nimmer dieses Egern, seit ich mit meiner sechswöchentlichen Agnes damals meinen Einzug als eine ganz junge, sorglose Frau gehalten hatte, und wohne zufällig auch jetzt wieder beim ›Gassenschuster‹ ... Wir führen hier ein rechtes Freundschaftsleben und sind vergnügt, obwohl ich mir immer einiges Heimweh nach Mann und Kindern vorbehalte, man wird in diesem Stück von Jahr zu Jahr ärger, und so oft ich mich noch von meinem Mann trennte, nahm ich mir fest vor, dass dieses gewiss das letzte Mal sei, wenigstens so weit es von mir abhängt.«

Oft genug hing es in den nächsten Jahren nicht von ihr ab und schon in diesem Herbst ergab sich eine längere Trennung. Sobald es der Schluss des Landtags ermöglichte, reiste Brater in Angelegenheiten der Süddeutschen Zeitung, sowie in Sachen des Nationalvereins nach Frankfurt, Eisenach, Göttingen und Leipzig und mündete dann nach Erlangen. Dort hatte Bruder Hans schon sehnlich die Wiederherstellung des gemeinsamen Haushalts erwartet und Pauline rüstete sich, den Münchner Hausstand aufzulösen, da wurde sie mitten im Packen von einer Krankheit ergriffen, die sich als eine Gehirnhautentzündung herausstellte. Von den Schwägerinnen Julie und Luise freundlich gepflegt, lag sie in großen Schmerzen und dabei in dem unbehaglichen Bewusstsein, dass sie in Erlangen schwer entbehrt wurde. Wochen vergingen, bis sie nur so weit war, den Kopf wieder frei heben zu können.

9. Kapitel. 1863–1866

Der Winter des Jahres 1863 nahte und brachte ein politisches Ereignis, das wieder auf das Leben der Familie einwirken sollte: den Tod des Königs von Dänemark, das Erlöschen seiner Linie und infolgedessen den Schleswig-Holsteinischen Krieg. Die deutsche Begeisterung flammte hoch auf für Befreiung der Herzogtümer vom dänischen Joch und für Anerkennung des Herzogs Friedrich von Augustenburg. Es wurden viele Versammlungen gehalten und für den Politiker von Fach war ein unruhiger Winter zu erwarten, vielleicht auch wieder ein mehrfacher Wechsel des Aufenthalts. Im Hinblick darauf machten die beiden Schwägerinnen, noch während Pauline bei ihnen krank lag, den Vorschlag, die Kinder über den Winter in München zu behalten, damit sie nicht wieder aus dem Studium der französischen Sprache, das ernstlich betrieben wurde, herausgerissen würden. Dankbar nahmen die Eltern das Anerbieten an.

Endlich war Frau Brater so weit hergestellt, um die Reise nach Erlangen wagen zu können, und kaum wieder bei Kräften, machte sie sich daran einzupacken – worin sie bereits eine große Fertigkeit hatte –, um endlich ihrem Manne nach Erlangen nachzukommen. Zum ersten Male ließ sie für längere Zeit die Kinder zurück und es fiel ihr, die sich noch geschwächt fühlte, der Abschied schwer. Aber in Erlangen war sie gar sehnlich erwartet worden von den beiden Männern, denen sie häusliches Behagen bringen sollte, auch die Haushälterin, der es nicht leicht fiel, mit dem Haushaltungsgeld auszukommen und mit der Erziehung der größeren Kinder fertig zu werden, hoffte auf ihre Unterstützung und die Kinder folgten ihr auf Schritt und Tritt, wenn sie ordnend und einrichtend durchs Haus ging. Während ihr Mann in politischen Geschäften vorübergehend nach Frankfurt reiste, richtete sie für ihn ein behagliches Arbeitszimmer ein und freute sich, ihm bei seiner Rückkehr, die für den heiligen Abend zu erwarten war, das veränderte und nun gemütlich aussehende Winterquartier zu zeigen. Er kam auch eben noch zur rechten Zeit, um mit ihr und der Familie Pfaff den heiligen Abend zu feiern, nur zeigte er nicht die eingehende Teilnahme für die Einrichtung, wie sie erwartet hatte, und war schweigsamer als sonst. Am nächsten Morgen sollte sie erfahren warum, er hatte nicht die Freude des Wiedersehens, die Feier des heiligen Abends verderben wollen, aber nun konnte er ihr nimmer verhehlen, dass ihre Hoffnung, den Winter in Erlangen zuzubringen, nicht in Erfüllung gehen sollte: zu Neujahr mussten sie übersiedeln nach Frankfurt.

Brater war zum geschäftsführenden Mitglied des Zentralausschusses für die schleswig-holsteinischen Angelegenheiten ernannt, der in Frankfurt seinen Sitz hatte. Es war ja begreiflich, dass man sich wieder an ihn, den Politiker von Fach, wandte, und es galt allen für selbstverständlich, dass er sich einer solch nationalen Sache nicht entziehen würde, allen, auch Frau Brater. Aber im ersten Augenblick erschien es ihr doch unmöglich, schon wieder abzubrechen! Und wie wenig Zeit blieb zur Beratung! Schon auf 31. Dezember war eine Versammlung von 500 Abgeordneten deutscher Ständeversammlungen nach Frankfurt einberufen und alle Gedanken ihres Mannes waren durch diese Angelegenheit in Anspruch genommen. Er reiste voraus, sie richtete in möglichster Eile alles, um ihm zu folgen, der schon ungeduldig schrieb: »Hätte ich Dich nur schon morgen hier zur gemeinschaftlichen Silvesterabend- und Silvesternacht-Feier. Am 2. könntest Du wohl reisen?« Und am 1. Januar schrieb er:

Liebster Schatz!

Die Silvesternacht habe ich in unserem neuen Hauptquartier zugebracht – freilich in tiefer Einsamkeit. Ich erwarte nun stündlich die Nachricht von Deinem baldigen Eintreffen und rechne darauf, dass Du nicht lange mehr zögern wirst. Du bekommst ein behagliches kleines Wohnzimmer, weniger bequem ist die Schlafgelegenheit bestellt. Das Bettzeug wirst Du mitbringen müssen. Eine vollständige, aber ratzekahle Küche steht zu Deiner Verfügung. Da es möglich ist – obwohl die preußische Regierung den Senat schon bedrängt hat, unserem Dasein ein Ende zu machen – dass wir manchen Monat hier zubringen, so solltest Du es Dich nicht gereuen lassen, nachträglich einige Kleinigkeiten einzupacken, die ein Zimmer beleben und verzieren, wenn sie auch nicht zu den Notwendigkeiten gehören. Nur von Schreibmaterialien bitte ich ja nichts hierher zu schleppen, da wir durch eine Kollekte bei den Schreibmaterialisten in diesem Fach reich ausgestattet sind.

Als sie auf diese Briefe hin in möglichster Eile alles zur Abreise gerichtet hatte, kam wieder ein Brief, der ihr Halt gebot.

»Heute traf die Einladung der holsteinischen Regierung zu einer Besprechung in Kiel ein.... Es ist ärgerlich genug, doch tröste ich mich einigermaßen damit, dass bis dahin für Deine Reise vielleicht besseres Wetter eingetreten ist. Schone Dich nur auf alle Art....

Für meine Verpackung ist gut gesorgt: ich bin mit einer vollständigen Pelzhose und Rock versehen. Gestern sind auch unsere finanziellen Angelegenheiten in Ordnung gebracht worden: vierteljährlich 500 Taler mit freier Wohnung, Heizung und Beleuchtung. Der Zeitungsausschuss weigert sich, mir meinen Gehaltsbezug einzustellen und überlässt es mir, dagegen nach Belieben Aktien zu nehmen. Jedenfalls ist auf diese Art anständig gesorgt.

Nimm dich zusammen, mein Schatz, und lasse Dich nicht von Deinen melancholischen Anwandlungen überwältigen; bringe auch, wenn Du Platz hast, ein Kopfkissen mit zur Ergänzung einer etwas unzulänglichen Bettdecke.... Auf endliches Wiedersehen

Dein Karl.«

(Nachschrift). »Die Beischaffung eines zweiten Bettes, das man ebenfalls gratis liefern wollte, macht, wie mir heute berichtet wird, unerwartete Schwierigkeiten. Da Du nun Muße hast zu packen, so wäre wohl das Zweckmäßigste, eines von unsern eigenen mitzubringen.... Von dem übrigen

Gepäck habe ich noch nichts und bin hinsichtlich der Wäsche nicht übel in Verlegenheit. Heute lasse ich noch am Bahnhof fragen.«

Diese hauswirtschaftlichen Bemerkungen werfen ein Licht auf die vielen kleinen Opfer, die ein solches Wanderleben mit sich brachte, und jede Hausfrau kann sich vorstellen, dass Pauline eine geringe Freude hatte, als sie nach möglichst beschleunigten Reisevorbereitungen den Termin wieder verändert sah und das verlangte Bett nachschicken musste. Sie schrieb in jenen Tagen an Lina Sartorius:

Liebe Lina!

Eigentlich wollte ich Dir erst aus Frankfurt schreiben, da aber meine Abreise dorthin unvermutet im letzten Augenblick noch um einige Tage verschoben wurde, so will ich den heutigen freien Sonntag doch noch schnell in dieser Weise verwenden und freue mich, endlich einmal wieder mit Dir ein wenig plaudern zu können, auch für Deinen letzten Brief schönen Dank zu sagen; ein teilnehmendes Wort war bei mir, seit ich hier bin, wirklich recht angewendet, es war mir eine schwere Zeit ohne meine Kinder, auch fast immer von meinem Mann getrennt, mit dem mühevollen Geschäft des Einrichtens und nach allen Seiten hin im Haus in Anspruch genommen, wo es eben wieder an allem und allem fehlte. Ich war wirklich bis Weihnachten stets in einer wahren Hetze, den Haushalt meines Bruders wieder aufs Laufende und unsere Einrichtung in Ordnung zu bringen, und wie hatte ich mich gefreut, dann endlich einmal in Ruhe und zu dem Gefühl einer Heimat und geordneten Häuslichkeit zu kommen, da brachte mir mein Mann am heiligen Weihnachtsabend aus Frankfurt die Nachricht mit, dass wir nun fürs erste dorthin übersiedeln müssen. Ich versichere Dir, es schien mir im ersten Augenblick fast unmöglich, mich wieder hier loszureißen und meinen Bruder abermals zu verlassen.«

Während sie so schrieb, war Brater auf der Reise nach Kiel und schrieb ihr von Altona: »In Erwartung einiger Personen, denen ich hier Rendezvous gegeben habe, finde ich Zeit, diesen Brief anzufangen, der morgen von Kiel an Dich abgehen soll.

Wir sind also hier auf schleswig-holsteinischem Boden, das kleine Hotel mit der Inschrift: »Deutsche Bundeskommission« und dem sogenannten Reichsadler befindet sich in nächster Nähe, die sächsischen und hannoverischen Exekutionssoldaten marschieren durch die Gassen und lösen ihre Wachtposten ab.

Die gestrige Reise von Frankfurt nach Hamburg verlief dank dem mildern Wetter und den trefflichen Pelzen Varrentrapps ganz gut. Von Harburg am linken Elbufer hat man noch anderthalb Stunden bis Hamburg in einem vollgestopften Omnibus zu fahren, der zweimal mit Dampffähre über zwei Elbarme gesetzt wird. Wenn aber das Treibeis zu stark geht, hört diese Verbindung ganz auf und man genießt das Vergnügen, tagelang auf günstigeres Wetter in Harburg zu warten.

Kiel, Freitag früh. Gestern Abend sind wir (ich spreche von Kolb und mir, Häusser, welcher der Dritte sein sollte, ist unwohl geworden) hier angekommen und haben von neun bis zwölf unsere erste Besprechung mit den Herrn S. und F. gehabt, die sich heute fortsetzen wird. Das Kurze und Lange ist, dass der Herzog geduldig still halten will bis beim Bundestag die Anerkennungsfrage erledigt wird, worüber voraussichtlich manche Woche verstreicht. Manches einzelne, was besonders Hans interessieren würde, könnte ich beisetzen, wenn die Zeit dazu wäre. Allein die fehlt gänzlich und es war nur darauf abgesehen, Dir aus dieser größeren Entfernung ein Lebenszeichen zu geben.«

Gleich nach der Rückkehr ihres Mannes fand sich auch Pauline in Frankfurt ein. Einige Briefe schildern uns das dortige Leben. Mitte Januar schreibt sie an Ernst Rohmer:

»In meiner Übersiedelung nach Frankfurt liegt der Grund meines verspäteten Schreibens und auch Karl hat hier so viel zu tun, dass er zu wenig Außergeschäftlichem kommen wird, Du weißt ja, was er für ein Wühler ist, und hier ist er ja noch dazu Wühler von Profession. Wie müsste Dir sesshaften Mann mit Deinen acht Kindern so ein Vagabundenleben vorkommen wie wir es führen! Mein Geschmack ist es indes auch nicht, besonders nicht wegen derer, die ich zurückließ; ich war in Verzweiflung, aber was half es! Hier führen wir nun wieder eine originelle Wirtschaft, wir bewohnen ein großmächtiges leer stehendes Haus (gratis), haben circa vierzig Zimmer zur Verfügung, Küchen, Keller, Böden etc. und können uns mit diesem Überfluss zu trösten suchen, für das was wir an innerer Einrichtung entbehren, ja wir können jedem Tisch und Stuhl ein eigenes Zimmer, und jedem Haferl und jedem Schüsserl seine eigene Küche anweisen, aber schließlich bleibt es doch nur so eine Zigeunerwirtschaft. Durch Wilbrandts Anwesenheit ist unser Aufenthalt hier bedeutend angenehmer geworden, und mir ist es schon ein wahrer Trost, noch eine befreundete Menschenseele im Hause zu wissen; übrigens wohnen wir hübsch und ganz Frankfurt gefällt mir, auch das Leben ist unter den jetzigen Umständen natürlich sehr interessant, möchte es nur zu einem guten Ziele führen.«

In dem großen stillen Gebäude, das zum Abbruch bestimmt und deshalb schon von den Mietsleuten verlassen war, vermisste Frau Brater oft schmerzlich die Kinder, aber sie schreibt ihnen: »Da dies alles dem Herzog zuliebe geschieht, so muss man eben zufrieden damit sein; der Vater ist auch schon recht gut Freund mit ihm geworden und hat erst in der vorigen Woche bei ihm zu Mittag gegessen, es waren mehrere geputzte in Frack und Uniform und Orden gekleidete Herren dabei und der Vater hatte nur einen alten Reiserock an, das muss recht schön ausgesehen haben.« – Es war der erste briefliche Verkehr mit ihren Kindern und doch schon ein kleiner Ersatz für den persönlichen, da die beiden Mädchen nun über das Alter der nichtssagenden Kinderbriefe hinaus waren und auch Worte fanden, um ihre Empfindungen auszusprechen. Die Mutter verstand es gut, durch ihre

Briefe die Kinder zum Aussprechen anzuregen und manches hervorzulocken, was sie vielleicht bei mündlichem Verkehr in Befangenheit unterdrückt hätten. An Anna schreibt sie zu deren dreizehnten Geburtstag:

L i e b e A n n a !

Dies ist also der erste Geburtstag, den wir nicht miteinander feiern, aber ich denke, Du wirst deshalb doch ebenso vergnügt sein und weißt auch, dass unsere guten Wünsche und unser treues Andenken sich durch so einige elende Bahnstunden nicht abhalten lassen, zu Dir zu kommen, sondern wir werden den Tag in Gedanken mit Dir feiern und wenn Ihr recht acht gebt, so ist mir's fast, als müsstet Ihr spüren, wie oft wir einen Besuch bei Euch, Ihr lieben Kinder, abstatten. Du wirst Dir für dieses neue Lebensjahr gewiss wieder manchen guten Vorsatz gefasst haben oder es wenigstens tun, wenn man Dich daran erinnert, denn man muss immer und unermüdlich wieder von neuem anfangen, an sich zu arbeiten, es ist gar schwer, sich etwas abzugewöhnen, besonders wenn man es nun einmal wie Du schon dreizehn Jahre mit sich herumgetragen hat; nicht wahr, Du hast es schon erfahren, wie man achtgeben muss, um seinen guten Vorsätzen nicht untreu zu werden? –

Ich bin gar begierig, liebe Kinder, wenn wir wieder beisammen sein werden, ob ich mich über Eure Fortschritte freuen kann.

Die Geschenke, die Du diesmal von uns erhältst, zeichnen sich mehr durch ihre Nützlichkeit als durch Schönheit aus, ein paar alte Röcke, ein paar Hemden etc. Indes ist der weiße Unterrock doch noch sehr schön und wenn er nicht aus meinem Besitz stammte, so hättest Du wohl kaum einen so schönen bekommen. Am Reifrock hast Du oben am Bund die Fältchen nach Bedarf noch fest zu nähe... Deine Geburtstagswünsche hast Du wohl bedacht a u ß e n auf den Brief geschrieben, wohl in der Meinung, dass, wenn die Eltern Dir dieselben nicht erfüllen, irgend ein Thurn- und Taxischer

Postbeamter Erbarmen haben solle, statt dessen hat Herr Wilbrandt Deinen Herzogswunsch beherzigt und schickt Dir nun die Fotografie (des Herzogs) mitsamt dem netten Rähmchen und vielen schönen Glückwünschen, ich habe ihm aber gesagt, es sei schrecklich, wie er meine Kinder verwöhne. Die kleine Broschüre, die Dir der Vater schickt, hat Herr W. im Auftrag vom Vater geschrieben, ich denke, Ihr werdet sie gut verstehen und dann die schleswig-holsteinische Sache erst recht gut begreifen; ich lege noch einige Exemplare bei, die Du den Bekannten bringen kannst, gegen Bezahlung natürlich, denn es geht ja in die schleswig-holsteinische Kasse. Es kostet dreieinhalb Kreuzer, man darf Dir aber auch sechs dafür geben. Von diesem Schriftchen sind nun bereits zwanzigtausend Exemplare auf Bestellung verschickt und ungefähr weitere zwanzigtausend bestellt. Wie viel das aber Mühe und Kopfzerbrechen gekostet hat, die Sache so zu verbreiten, das sieht ihr kein Mensch an, und viel Geld an Porto ist hineingesteckt worden, wenn nur dadurch die Herzen zum Guten gelenkt werden. Manche Tage geht es bei uns von früh bis abends geschäftig her, so dass kein Fertigwerden ist, und wenn Ihr hier wäret, müsstet Ihr wohl auch oft fest am Schreibtisch sitzen, nicht gerade zum Schreiben, aber z. B. es müssen so schnell als möglich eintausendfünfhundert Stück gedruckte Briefe je einzeln mit Kreuzband, Marke und Adresse versehen werden, wie lang meint Ihr, dass daran drei Menschen (der Schreiber, der Auslaufer und im Notfall ich) zu tun haben? Man braucht schon eine Zeit, nur um die Kreuzermarken zu schneiden. Derartige Arbeit hat uns die kleine Schrift viel gemacht und so geht es die ganze Zeit her, bald mit diesem, bald mit jenem.....«

Einen scherzhaften Glückwunsch, den Brater zum gleichen Geburtstag schrieb, möchten wir anführen, zum Zeichen wie weit entfernt im Jahre 1864 auch die Optimisten unter den Deutschen noch davon waren, die Einigung ihres Vaterlandes nahe zu wähnen. Brater schreibt seinen Glückwunsch auf ein gedrucktes Formular, das für Mitteilungen der geschäftsleitenden Kommission der schleswig-holsteinischen Sache bestimmt war, und redet als deren Geschäftsführer seine Tochter an. Nach feierlicher Einleitung kommt folgender Glückwunsch: »Mögen Sie wohlbehalten so viele Jahre erleben, als von heute an bis zu dem gesegneten Tag verstreichen werden, wo unser deutsches Vaterland unter einen Hut gebracht und seinem großen Elend ein Ende gemacht ist. Möge Ihnen die lange Zwischenzeit durch eine frohe und fromme Jugend und durch ein heiteres Alter verschönert werden. Mögen Sie Ihren würdigen Eltern und unvergleichlichen Tanten allezeit zur Ehre und Freude gereichen sowie auch durch einen friedfertigen und einträchtigen Verkehr mit jüngeren Geschwistern den letzten Wunsch erfüllen, welchen sich mit geziemender Hochachtung anzudeuten erlaubt haben.

Namens der geschäftsleitenden Kommission:

Der »Geschäftsführer« ahnte nicht, dass er damit der Geburtsträgerin nur noch sechs glückliche Jahre wünschte!

Für Brater ergaben sich mancherlei Geschäftsreisen in diesem Frühjahr und oft wurde es für die zurückbleibende Gattin fast unheimlich in dem verlassenen Haus. Sie erzählte später manchmal, dass sie mit einem gewissen Unbehagen an den vielen verschlossenen Türen vorbei die stillen Treppen hinaufgegangen sei. Unter diesen Umständen war es für sie eine doppelte Freude, als sich Wilbrandt bereit erklärte, nach Frankfurt zu kommen und sich an den Arbeiten zu beteiligen. Freilich beschäftigte ihn schon damals sein großer erster Roman und man sah es voraus, dass der Dichter in ihm bald den Juristen und Politiker in den Hintergrund drängen würde. Aber doch lieh er seine Kraft und seine gewandte Feder der Arbeit, die überdies nichts weniger als trocken politisch war, da sie mit Begeisterung aufgefasst wurde. Die gemeinsamen Münchner Erinnerungen und Beziehungen verbanden in dem ihnen fremden Frankfurt Wilbrandt noch näher mit der Familie Brater und der sich entwickelnde, mit seinem Talent ringende junge Dichter sprach sich vertrauensvoll aus gegenüber der zehn Jahre älteren Frau, ließ sich in düsteren

Stimmungen gern von ihr erheitern und brachte ihr dagegen in manche einsame Stunde geistige Anregung. – Aus dieser Frankfurter Zeit datiert auch die Freundschaft mit der Familie Nagel. Als Mitarbeiter an der Süddeutschen Zeitung und politischer Gesinnungsgenosse wurde Nagel von Brater hoch geschätzt und die Beziehungen zu diesem Mann gewannen in späteren Jahren Bedeutung für Frau Brater.

Bis in den Sommer hinein verlängerte sich der Frankfurter Aufenthalt. Frau Brater schreibt darüber an ihre Jugendfreundin Frau v. Breuls geb. Kopp: »Wir sind die erste Woche des Juli jedenfalls noch hier, aber dann hoffen wir, unser Ziel erreicht zu haben. Nicht als ob wir dächten, die schleswig-holsteinische Sache, die meinen Mann hierher gerufen hat, werde bis dorthin ihren gewünschten Abschluss gefunden haben, aber wir hoffen auf einen Ersatzmann in die hiesige Werkstatt und werden dann mit tausend Freuden der Heimat und unsern Kindern zueilen. Diese sind einstweilen mit meiner Schwägerin Luise schon in Erlangen, denn dass wir dorthin umgezogen sind, wirst Du wissen, nur führen wir immer ein so unruhiges Wanderleben, dass ein anderer nie recht wissen kann, w o wir eigentlich zu Hause sind. Wenn wir einmal dort recht festsitzen, müsst Ihr Schwestern uns besuchen, damit wir an Ort und Stelle der alten Zeit gedenken können, der Kindheit, dieser harmlos glücklichen Zeit, und unserer guten Mütter. Dieses Erlangen ist mir oft so öde und ausgestorben erschienen, von meinen früheren Freunden ist gar niemand mehr dort und auf den Straßen lauter fremde Gesichter, die mir wie Eindringlinge in mein Eigentum erscheinen, doch freut es mich, dass meine Kinder nun auch dort heimisch werden und in der Kirche auf den Bänkchen sitzen, wo ihre Mutter die Predigt hörte, wenn sie nicht gerade mit ihrer Nachbarin zu schwätzen hatte, übrigens sind meine Kinder viel aufmerksamer und eifriger im Lernen als ich war, ja sie sind so fleißig, dass ich oft gar nicht begreife, wie ich zu solchen Kindern gekommen bin, denn mir hatte jede Unterrichtsstunde nur den Zweck, möglichst viel Dummheiten zu machen, und die gelungenste war immer die, in der sich auch die Mitschülerinnen zu meinen Nichtsnutzigkeiten hatten verleiten lassen.

Wenn uns, was ich recht sehnlich hoffe, diesen Winter kein Landtag nach München ruft, so wird Anna im Frühjahr in unserer Kirche konfirmiert, auch Agnes kann mit konfirmiert werden, doch ist sie noch sehr jung und ich will es auf sie selbst ankommen lassen, ob sie nicht lieber noch einmal den Präparandenunterricht nehmen will.« ....

Die Frankfurter Zeit ging zu Ende. Brater schreibt an seine Schwester Julie:

»Von unserem Leben, das in seiner Art auch ein einsames ist, – soweit davon die Rede sein kann bei einem täglichen Verkehr mit halb Deutschland und bei zwei dreistündigen Sitzungen wöchentlich – hat Dir P. einiges berichtet. Die neueste Frucht meiner hiesigen Studien findest Du in der kleinen Druckschrift, die ich nebst einigem Zubehör unter Kreuzband mitgehen lasse«. (Zusammenstellung der Teilnehmer des Nationalvereins.) »Man sieht ihr nicht an, was es doch gekostet hat, diese 1300 Namen unter eine Haube zu bringen. Fragt man nach dem Erfolg solcher Anstrengungen, so erscheint jeder einzelne verschwindend klein und doch ist die Gesamtwirkung nicht zu verachten. Jedermann muss dies begreifen, wenn er sich fragt, was aus unserer Sache geworden wäre, wenn wir – das Volk – diese fünf Monate hindurch die Hände in den Schoß gelegt hätten. Nebenbei sind diese gemeinsamen Operationen eine gute Vorschule der politischen Einheit, der wir ja doch entgegen gehen.

Indes habe ich nun vorerst mein Teil getan und in sechs bis acht Wochen soll, wie Du weißt, unser hiesiges Zelt abgebrochen werden. Die Meinung ist allerdings, es dann wieder in Erlangen aufzuschlagen, nur rechne ich auf nichts mehr, nachdem ich mich so oft verrechnet habe. Eigentlich müsste jetzt mit aller Macht an einem neuen Lebensplan gearbeitet werden, denn wenn kein Wunder geschieht wird am letzten Juni die Süddeutsche Zeitung ihren Atem aushauchen. Da wir jedoch in einer wunderbaren Zeit leben, so bitte ich Dich, diese Neuigkeit einstweilen als ein Geheimnis zu behandeln. Jedenfalls bin ich so sehr daran gewöhnt, mir von der Vorsehung ohne viel eigenes Zutun meinen Platz anweisen zu lassen, dass ich mit sträflichem Leichtsinn die Zukunft erwarte, was sie mir etwa neues bescheren wird.«

In derselben Zeit schreibt er an Ernst Rohmer: »So viel ist mir jetzt vollends klar geworden, dass ich nur die Wahl habe, mich der Politik g a n z zu ergeben, oder mich g a n z von ihr zurückzuziehen. Wer den Mittelweg einhalten will, muss ein Amt oder ein Handwerk betreiben, auf das er sich beziehen kann, sobald man ihm mit zu weit reichenden Anforderungen kommt. In der letzten Zeit, nach dem Tod des Königs (Max II.), habe ich wohl daran gedacht, dass man mir jetzt die Zulassung zur Advokatur nicht mehr verweigern würde, aber ich fürchte mich vor dem Handwerk und die Bewerbung wäre der sauerste Entschluss meines Lebens.« Die Notwendigkeit, diesen Entschluss zu fassen, trat nie ein, es ergab sich immer Arbeit mehr als genug und es wäre wohl in jeder politisch bewegten Zeit von Wert, wenn hervorragende Kräfte »frei zum Dienste« bereit stünden.

Im Sommer wurde Frau Braters sehnlicher Wunsch, nach Erlangen und zu ihren Kindern zurückzukehren, erfüllt; mit Freude und Jubel wurden die Eltern nach fast dreivierteljähriger Trennung von den beiden Mädchen empfangen, die schon einige Monate vorher mit ihrer Tante Luise Brater dort eingetroffen waren und von dieser treuen Erzieherin auch noch weiter unterrichtet wurden.

In den nun folgenden Jahren ergab sich durch den Landtag und dessen Ausschüsse ein häufiger Wechsel des Aufenthaltes zwischen Erlangen und München, was nicht zur Annehmlichkeit des Lebens beitrug. Kam die Familie nach München, so war nie vorauszusehen ob für lange oder kurze Zeit. Deshalb wurden immer nur möblierte Zimmer genommen und um die Sache möglichst billig einzurichten, beschränkte man sich aufs äußerste, mietete z. B. oft nur drei

Betten und für die vierte Person, die jüngste, die sich eines sehr guten Schlafes erfreute, wurde aus diesem und jenem Bettstück auf dem Boden ein Lager bereitet.

So ergaben sich in den möblierten Wohnungen allerlei Nachteile. Einst hatte sich die Familie eben erst eingemietet, und zwar bei einer adeligen Dame, einer Gräfin, als morgens vor dem Haus ein Wagen hielt und der Gerichtsvollzieher mit einigen Dienstleuten kam, um die Möbel abzuholen, die, wie sich herausstellte, alle verpfändet waren. In theatralischer Weise fiel die Gräfin auf die Kniee vor ihrem Mietsmann und beschwor ihn, für sie einzutreten. Die Vorstellungen Braters, dass er als Landtagsabgeordneter unmöglich so kurzer Hand auf die Straße gesetzt werden könne, vermochten endlich den Gerichtsvollzieher wieder abzuziehen und die Angelegenheit wurde irgendwie geordnet, doch vergriff sich die Gräfin in ihrer Not noch an Hab und Gut der Mietsleute und es war nicht möglich, lange da zu verweilen.

In jenen Jahren wurde Frau Brater im Ausziehen und Einrichten so gewandt wie ein Packer von Fach und ihr Geschick, mit einem Mindestmaß von Besitz auszukommen und Behagen zu schaffen, erregte oft das Staunen solcher Abgeordneter, die nie den Luxus wagten, mit Frau und Kind zum Landtage zu kommen, trotzdem sie vielfach in besseren Verhältnissen waren. Es gehörte auch Frau Braters ganze Unbefangenheit dazu, mit ruhiger Selbstverständlichkeit Leute aus vornehmen und luxuriösen Kreisen in ihren einfachen Räumen zu empfangen. Buhl, den man den Pfälzer Nabob nannte, Baron von Stauffenberg von seinem Schloss kommend, sie und viele andere Gesinnungsgenossen fanden sich oft abends ein, da Brater seines Hustens wegen an den Klubbesprechungen nimmer teilnehmen konnte. Solchen Gästen gegenüber gab die Hausfrau wohl die Erklärung für die einfache Ausstattung, aber keine Entschuldigung, sie scherzte über die mangelhafte Einrichtung, sie verhüllte sie nicht. Wenn so die wandernde Familie immer wieder mit Beginn des Landtages erschien und den Verkehr mit den nächsten Freunden wieder aufnahm, so waren unter diesen auch solche, die etwas zur Eleganz von Braters Wohnung beitrugen. Die Tochter Bluntschlis, Frau Hecker, sandte für die Saison einige ihrer Bilder zum Wandschmuck und wäre jederzeit zu allen Opfern bereit gewesen, wenn die Freundin darauf eingegangen wäre.

Die pekuniären Verhältnisse waren in diesen Jahren oft ungünstig. Pauline äußerte einmal ihrer Schwägerin gegenüber, dass ihr Mann sich bei seinem zunehmenden Leiden darüber manchmal Sorge mache und sie fügte hinzu: »Ich aber gar nicht, denn wir k ö n n e n nicht mehr sparen.« Dies bezeichnet ihre Stellung zur Geldfrage: Das Möglichste tun, dann aber nicht sorgen.

Kehrte man nach monatelangem Aufenthalt aus den Münchener möblierten Wohnungen nach Erlangen zurück, so fand man dort zwar die eigenen Möbel, wurde auch vom Bruder Hans mit rührender Freude empfangen, aber immer größer wurde die Schwierigkeit, in die Haushaltung einzugreifen, die eine mehr und mehr empfindliche Haushälterin ohne Einmischung weiterführen wollte, und je älter die Kinder wurden, um so weniger war es möglich, auf den Ton einzugehen, mit dem die Wohlmeinende, aber nur Halbgebildete ihre Pflegebefohlenen leitete. Der Grundsatz, das Ideal ihrer Erziehung war: nur nach außen keinen Anstoß erregen, und das dritte Wort: »Was sagen die Leute!« Verfing das nicht mehr bei den Kindern, so suchte sie ihre Autorität zu stützen durch die Drohung: »Wartet nur, wenn die Tante kommt!« Auf diese Weise zerstörte sie, zwar nicht in schlechter Absicht, aber im Unverstande das Vertrauen der Kinder und da sich tatsächlich jedes Mal Missbräuche eingeschlichen hatten, die abgestellt werden mussten, so brauchte es immer längere Zeit, bis die Liebe der Kinder wieder gewonnen war. Dabei musste die immerhin unentbehrliche Haushälterin ihrer großen Empfindlichkeit wegen mit einer Schonung und Vorsicht behandelt werden, die einer so unmittelbaren Persönlichkeit wie Frau Brater von Natur nicht gegeben war.

Manchmal seufzte sie in jener Zeit: »Das schwerste Kunststück für den Menschen ist, mit den Menschen auszukommen!« Sie bemühte sich aber redlich, es zustande zu bringen, und ihres Bruders Dankbarkeit war ihr Lohn. Ihre zeitweilige Anwesenheit ermöglichte es ihm doch, in dieser Weise den Hausstand fortzuführen, und ihm war alles recht, was ihm den Gedanken an die Notwendigkeit einer zweiten Ehe fernhielt, denn sein ganzes Herz gehörte noch seiner ersten Liebe. In großer Selbstlosigkeit schickten sich die beiden Männer in die kleinen unvermeidlichen Nachteile, die der gemeinsame Haushalt mit sich brachte, auch die Kinder schlossen sich in geschwisterlichem Verhältnis zusammen, aber das Haus selbst, nördlich gelegen, war kein günstiger Aufenthalt für einen Brustleidenden, und Husten und Atemnot mehrten sich.

So wurde im Jahre 1866 für das Sommerhalbjahr ein Aufenthalt ausfindig gemacht, der klimatisch günstiger war und doch keine vollständige Trennung nötig machte. Eine halbe Stunde von der Stadtwohnung entfernt, auf dem Burgberge, lag das sogenannte Palmshäuschen, ein kleiner grauer Sandsteinbau mitten in großem Garten. Nur drei Zimmerchen waren als Sommerwohnung ausgebaut und die standen leer. In diesem Häuschen hatte sich der Nürnberger Buchhändler Palm verborgen gehalten, der im Jahre 1806 wegen der Verbreitung der Schrift: »Deutschland in seiner tiefen Erniedrigung« auf Befehl Napoleons standrechtlich erschossen wurde. Kaum hatte die Familie Brater dieses stille Landhäuschen bezogen, als – wegen des drohenden Krieges – im Frühjahr 1866 der Landtag einberufen wurde. So musste Brater auf unbestimmte Zeit nach München und Frau und Kinder im Palmshäuschen zurücklassen. Pauline schildert diesen Aufenthalt den Württemberger Verwandten:

... »Wir haben in unserm Gartenhäuschen anfangs vor allem andern den Ofen schätzen lernen, da wir noch am 23. Mai die prächtig grünen Bäume im dicken, dicken Schneegestöber sehen mussten. Übrigens ist der Schnee wenigstens nicht liegen geblieben und in unserem Garten erfroren auch erst in der letzten Nacht der kalten Zeit die Bohnen und einiges andere, was meiner Agnes besonders ein wahrer Schmerz war, denn sie beteiligt sich mit großer Vorliebe an der Gartenarbeit und sieht jedes Pflänzchen mit wahrer Mutterliebe wachsen und gedeihen. Wir waren schon sehr glücklich in unserer ländlichen Wirtschaft und Behausung, allein seit mein Mann fort ist, ist natürlich auch mir die Freude halb genommen, ja wenn ich nur gewiss wüsste, dass er in kurzer Zeit wiederkommt, so wollte ich mich ruhig in dies kleine Missgeschick fügen als in ein Bruchteil der allgemeinen Not. Allein wenn ich denke, der Landtag könnte sich in die Länge ziehen und der Sommer meinem Mann erneute Anstrengung statt Erholung bringen, dann wird's mir ganz verzweiflungsvoll zumute. Ich habe indes noch keinen Grund dies zu fürchten, mein Mann hielt es für möglich, dass der Landtag mit vier Wochen zu Ende gehen werde. – Während nun die Herren in München und in ganz Deutschland sich mit Kriegsgedanken und Rüstungen abgeben, sitzen wir hier in unserer kleinen Burg in einer Stille und Einsamkeit, dass man denken könnte, es gäbe gar keine wichtigeren Dinge auf der Welt, als Gemüse und Salat pflanzen. Für meinen Mann könnte ich mir kein passenderes Plätzchen wünschen, es ist so ruhig, alles grün um uns, der Wald ganz nahe, so dass sich sogar der Kuckuck schon auf unseren Bäumen hören und sehen ließ, der erste, den ich in meinem Leben sah, und Hasen sind uns ganz gewöhnliche Gäste. Auch mir tut diese Stille nach dem unruhigen Winter recht wohl und wie wird man den inneren Frieden erst wieder genießen, wenn er von außen her wieder befestigt ist! Ich halte noch immer an der Hoffnung, dass der Krieg vermieden wird...

Meinen Geschwistern geht es gut... Einen Abend in der Woche kommen die Brüder bei uns zusammen, wo es dann immer ziemlich lebhaft, in diesem Augenblick aber fast übermäßig lebhaft zugeht, denn Hans und Siegfried sind politisch verschiedener Richtung und da könnte jemand, der sich nicht auskennt, leicht meinen, sie möchten sich einander umbringen, aber es nimmt doch immer ein freundschaftliches Ende und meine Kinder freuen sich immer schon im voraus auf den Spektakel...«

Vierzehn Tage später (am 18. Juni) schreibt sie an ihre Schwägerin Emilie Schunck: »Inzwischen sind die Friedenshoffnungen nach und nach verschwunden, und bis der Brief zu Dir kommt, wird wohl der Krieg ausgebrochen sein! Das Empörendste an der Sache ist doch immer das, dass hier ein Krieg geführt wird, den auf beiden Seiten das ganze Volk nicht will, - was sind denn das für Einrichtungen und was für Menschen, die sich soweit treiben lassen zu tun, was sie verabscheuen? Und was kann man sich von ihnen dann noch weiter erwarten und zu was alles werden sie sich noch hergeben und verurteilen lassen? Wahrlich, in solchen Zeiten sind wir Frauen besser daran, die wir mit gutem Gewissen unsere Gedanken von diesen kläglichen Zuständen abwenden können, während die Männer, die das Ganze ausmachen, und j e d e r ein Teil desselben ist, Arbeit und Verantwortung auf sich haben. Leider sind diejenigen, die ihre Schuldigkeit tun, immer zugleich auch die, die das Elend am tiefsten empfinden... Aus der Zeitung hast Du vielleicht ersehen, dass der Landtag bei uns zu Ende geht, ja wenn nichts Besonderes dazwischen kommt, wird Karl in dieser Woche noch zurückkehren. Mit welcher Ungeduld ich diesen Zeitpunkt erwartet habe, kann ich Dir kaum sagen, Du weißt ja, dass wir hier auf dem Berg wohnen in einem herrlichen, ruhigen Nest, das für Karl gewiss ein recht wohltätiger Aufenthalt wird, ach, und er braucht den Sommer so notwendig zu seiner Erholung, so dass ich eigentlich in einer beständigen Aufregung war um jeden Tag, den er in München zubrachte, und ich bin nicht völlig ruhig, bis er wirklich und leibhaftig wieder hier ist. Er schreibt, dass sich sein Befinden in München wenigstens nicht verschlimmert habe, das ist viel, aber immerhin bessert es sich eben auch gar langsam und von unserem ohnedies kurzen Sommer sind nun schon viele Wochen ungenützt verstrichen...«

Als der Ersehnte endlich zurückkam, fand Pauline sein Befinden merklich verschlimmert und es erwies sich als eine große Wohltat, dass auch er nun in der stillen, ländlichen Wohnung Ruhe fand. Unten in der Stadt erreichte die Aufregung ihren Höhepunkt, als ein Gefecht in nächster Nähe erwartet wurde. Auch waren die österreichisch gesinnten Elemente der Bevölkerung aufgehetzt und Brater, der Bismarcks Bedeutung längst erkannt und offen hervorgehoben hatte, erfuhr, dass der Pöbel gewillt war, ihm »seine preußischen Fenster« einzuwerfen. Aber mit Eintritt des Waffenstillstandes verlief sich rasch die Erregung und das Jahr 1866 wurde in Beziehung auf die Feindseligkeiten gegen Brater ein Wendepunkt. Nachdem die Ereignisse ihm Recht gegeben, verlor die Feindschaft mehr und mehr ihren Stachel und immer weitere Kreise gingen vom engherzigen Partikularismus zu nationaler Gesinnung über.

10. Kapitel. 1866–1869

Im Herbste des Jahres 1866 tauchte der Plan auf, dass für Braters Gesundheit eine richtige Kur unternommen werden sollte, ein Winteraufenthalt im Süden wurde ihm geraten. Ein solcher machte aber eine Beurlaubung von der Ständekammer, ein Aussetzen seiner meisten Arbeiten nötig und davor bangte Pauline; von da an, meinte sie, wird er erst empfinden, dass er krank ist, bis jetzt ließ die Arbeit ihn nicht zu diesem Bewusstsein kommen und wie groß musste nach solchen Opfern seine Enttäuschung sein, wenn etwa der Erfolg doch ausblieb! So wurde hin und her beraten, bis Brater in seiner ruhigen, sachlichen Weise seinem Arzte, Prof. Herz in Erlangen, klare Fragen vorlegte, deren Beantwortung den Entscheid gaben. Er schreibt darüber an Ernst Rohmer:

»Herz hatte mir nun die Fragen zu beantworten:

1. Kann eine klimatische Kur insofern nachhaltig wirken, dass sie die weitere Entwicklung des Übels wesentlich aufhält?

Antwort: Ja.

2. Ist ohne eingreifende Gegenmittel eine fortwährende Steigerung des Übels zu erwarten?

Antwort: Ja.

3. Kann die Kur nicht ohne Bedenken auf ein späteres Jahr verschoben werden?

Antwort: Die Reaktionsfähigkeit des Organismus und folglich die Wahrscheinlichkeit, dass die Kur wirkt, nimmt mit jedem Jahr ab, und wenn man am Ende der Vierziger steht, ist es eben noch Zeit.« ...

Damit war für Brater die Frage entschieden, denn für die Möglichkeit der Ausführung hatten andere gesorgt. In ergreifender Weise waren dem Kranken, noch ehe der Plan zum Entschluss gereift war, die Mittel zur Kur angetragen worden. Nicht nur von seinem treuen Onkel Meynier, sondern auch von Freunden, deren Beweggrund war, ihre nationale Gesinnung auch dadurch zu betätigen, dass sie dem Manne beistanden, der für die nationale Sache seine Kraft und Gesundheit eingesetzt hatte. Dies war ein erhebendes Gefühl für Brater und seine Frau und ein Beweis, dass nicht nur das Böse immer wieder Böses, sondern auch das Edle wieder Edles erzeugt. Das »Zuviel« wurde abgelehnt, das Nötige dankbaren Herzens angenommen. Nun handelte es sich um die Wahl des Ortes, es wurden damals Cannes, Hyères, Palermo und Montreux genannt und Erkundigungen eingezogen. Der Entscheid fiel für Cannes, die südfranzösische Stadt an der Riviera. Eltern und Kinder bereiteten sich auf eine neue, lange Trennung vor, freundlich erklärten sich die Tanten Brater bereit, die Nichten für den Winter aufzunehmen, schon lag dieser Abschiedsschmerz schwer auf der Seele, da tat sich eine Möglichkeit auf, der Sparsamkeit und doch zugleich dem Herzenszug gerecht zu werden. Es wurde in Cannes eine möblierte Wohnung mit Küche ermittelt, in der die Familie eigene Wirtschaft führen und dadurch zu viert nicht wesentlich teurer leben würde, als zu zweit in einer Pension. Anna und Agnes, nun beide konfirmiert und der Schule entwachsen, sollten das Kochen besorgen und sich dadurch einigermaßen den interessanten Aufenthalt verdienen, der ohne eine solche Leistung nach den Grundsätzen der Eltern zu verwöhnend gewesen wäre. Die Freude der Kinder bei der Mitteilung, dass man sie auf solche Weise mit gutem Gewissen mitnehmen könne, war so überwältigend, dass dadurch diese ganze, aus trauriger Ursache unternommene Reise einen fröhlichen Charakter bekam.

Zunächst wurde noch ein vierwöchentlicher Kuraufenthalt in Stuttgart genommen, wo damals für Brustkranke eine Anstalt zum Gebrauche komprimierter Luft bestand. Ein Erfolg war wohl nicht zu verzeichnen, aber angenehm wurde der Aufenthalt durch den Verkehr mit dem Bruder, Professor Heinrich Kraz und seiner Familie, auch Colomann Pfaff lebte in Stuttgart als Professor der Mathematik und das Zusammensein mit diesen Brüdern war eine besondere Freude vor dem Antritt einer Reise, die so weit ab von allen Lieben führen sollte. Im November ging die Fahrt über Genf, Lyon, Marseille, Toulon nach Cannes.

Frau Brater, die bei diesem Unternehmen nur an ihren Mann und dessen Erholung gedacht und über allem, was vor der Reise zu besorgen war, sich selbst vergessen hatte, war von einem unerwarteten Glücksgefühl überrascht bei dem Anblick des Meeres und der herrlichen südlichen Landschaft, in der nun für einen ganzen Winter ihr Aufenthaltsort sein sollte. Es kam ihr zum Bewusstsein, dass ihnen ungesucht aus dem Traurigen eine Freude erwachsen war, und weit entfernt, sich dieser zu verschließen, genoss sie mit Wonne das Schöne, öffnete auch ihren Kindern die Augen dafür und beglückte dadurch ihren Mann, dem es schon oft schwer geworden war, dass durch sein Leiden ein Schatten in die Familie fiel.

Auch die häuslichen Verhältnisse gestalteten sich angenehm. Dicht an dem evangelischen Kirchlein stand das Haus, dessen unteren Stock sie bewohnten und das in allen Stockwerken für Fremde eingerichtet war. Franzosen, Spanier und Engländer waren die Mitbewohner, die nun manchmal neugierig und staunend an der Parterrewohnung vorübergingen und in die offene Küche einen Blick warfen, wo die deutsche Hausfrau und ihre Töchter an der Arbeit waren. Zuerst glaubten sie wohl nicht, dass es Leute ihres Bildungsstandes sein könnten, aber allmählich wurde ihnen bekannt, dass der Herr ein Gelehrter mit dem Doktortitel sei. (Brater war kurz vorher zum Ehrendoktor der Universität Heidelberg ernannt worden.) So lernten sie deutsche Art kennen und auch hoch schätzen. Und wie gerne wirtschafteten Mutter und Töchter zusammen, wie viel Neues war zu sehen, wenn sie ausgingen, um Küchenvorräte heimzuholen! Auf dem Markte standen die Metzger, um zahllose Hammelschlegel zu verkaufen, wunderliches Seegetier lag in Körben, die Gemüse waren auf dem Boden ausgebreitet. Stände mit Parfümeriewaren, Vanille und Porzellanknöpfen fehlten an keinem Markttage. Zwischen den Verkäufern trieben sich Kinder umher, bissen mit Lust in die ungeschälten Orangen, in die rohen Zwiebeln und begleiteten mit ausdrucksvollen Gebärden das Patois, das sie mit südlicher Lebhaftigkeit sprachen.

In den Kaufläden konnten die Fremden französische Höflichkeit kennen lernen. So einmal, als eines der jungen Mädchen, die sich noch gar nicht als Fräulein fühlten, in ein Geschäft trat und Sago zu kaufen verlangte. Man gab ihr Bescheid, dass Sago nicht in diesem Laden, jedoch in der Nähe zu haben sei, aber sie selbst durfte sich nicht bemühen, rasch wurde ein Junge danach geschickt, der »Mamichella« (Mademoiselle) einstweilen ein Stuhl – auf die Straße gestellt, da konnte sie Platz nehmen, bis das Gewünschte zu ihr kam!

Der Heimweg von solchem Ausgang führte eine Strecke weit am Meeresufer hin, das bei starkem Winde mächtig an den Steinwall brandete, der die Straße schützte. Am fernen Horizont war an solchen Tagen eine auffallende Erscheinung zu sehen: wie Berge, die aufstiegen und wieder abfielen – es waren die mächtigen Wogen der offenen See. »Bei uns ist's so schön und herrlich« schreibt Pauline, »dass ich jeden Tag meine Freude habe, ja wären wir Menschenkinder imstande, nur der Gegenwart zu leben, so würde mir kaum etwas zu wünschen übrig bleiben, aber wir können uns eben nicht enthalten, vorwärts zu blicken!«

In den ersten Wochen überwog die Freude an dem Schönen, als sich aber gegen Weihnachten noch keine Spur einer Besserung zeigen wollte, klang Leid und Sorge in jedem Brief und dieser Klang wäre vielleicht noch stärker hervorgetreten, hätte Pauline nicht die drückende Mutlosigkeit vor ihrem Manne verbergen wollen. Wie sehr sie in dieser Stimmung empfänglich war für treue, teilnehmende Worte aus der Heimat, geht aus dem nachstehenden Brief an E. Rohmer hervor.

Lieber Ernst!

Dein langer Brief, in der viel beschäftigten Weihnachtszeit geschrieben, ist mit voller Anerkennung und großer Freude empfangen worden, und da es bis zum letzten Augenblick den Anschein hatte, als sollte Euer Gruß der einzige Weihnachtsgruß aus der Heimat sein, entstand namentlich in der Fantasie meiner Kinder nach und nach eine förmliche Glorie um die Treue Deines Freundeshauptes, und als dann während der Bescherung noch zwei Briefe von den untreuen Erlangern einliefen, so wurde keine Absolution erteilt, denn es sei ein Leichtsinn, hieß es, so bis zum letzten Augenblick zu warten, und der Onkel Ernst sei eben immer der einzige Mensch, auf den man sich verlassen könne... Dass Dir unsere Briefe einen guten Eindruck betreffs der Gegend und des Klimas machen, ist ganz recht, wir schreiben natürlich ganz wahrheitsgetreu und hoffen nun auch, dass Du unserm Plan zustimmen und mit Deiner Gattin für den Monat April hierher kommen wirst. Dieser Plan ist nämlich bei uns bereits zum Beschluss erhoben, da wir überzeugt sind, dass Du gar nichts Gescheiteres tun kannst, der April ist bei Euch noch so recht der Monat für Zahnweh und Rheumatismen, während man hier Sommer haben wird; dazu ist die Reise an sich schon ein Vergnügen. Die Ausgabe ist nicht so groß, für 80 fl. à Person kommst Du bequem hierher, wir haben mit dritter Klasse u. dergl. à Person 54 fl. gebraucht. Hier finde ich Euch um diese Zeit gewiss ein erwünschtes Quartier und meine Mädchen haben bis dorthin sicher so viel Fortschritte in der Kochkunst gemacht, dass ich Euch mit gutem Gewissen an unsere Tafel laden kann. Also wenn Du in den nächsten Tagen Deinen Etat für das Jahr 67 machst, so hast Du ein paar hundert Gulden für eine Reise nach Cannes anzusetzen. Ein paar hübsche Ausflüge haben wir schon auf Euere Ankunft verschoben, nämlich eine Wasserfahrt nach der eine kleine Stunde entfernten Insel Marguerite, wo es wunderschön sein soll und wo seinerzeit der Mann mit der eisernen Maske residierte, und dann eine Fahrt zu Wagen auf das Kap Roux hinaus. Eine neue Zierde unserer Gegend haben wir inzwischen auf einer nahen Anhöhe entdeckt, nämlich eine ansehnliche Kette der schneebedeckten Seealpen, es sind mächtige Bergspitzen, die zum Teil 13000 Fuß erreichen. Also komm und siehe, denn Du kannst Dir eine solche Natur nicht vorstellen, die beständig im Sonntagsgewand einhergeht, und wenn ich zehn Jahre jünger und alles gesund wäre, ich glaube, ich würde den ganzen Tag nichts tun, als singen und Juhe schreien ...

Unsere Feiertage sind uns recht vergnüglich vergangen, etwas ruhiger als bei Euch, das ist gewiss, es wollte mir fast komisch erscheinen, als ich für meine zwei alten Kinder einen Baum bestellte, aber es rentierte sich doch, und sie freuten sich daran wie echte Kinder und waren sehr stolz über die Bewunderung, die er bei unsern Französinnen erregte... Was die Heilwirkung der hiesigen Luft betrifft, so können wir leider noch immer nicht viel Gutes sagen, es ist mir unfasslich, dass meines Mannes Husten nicht nachlässt, ich hatte gedacht, dass bei dieser Lebensweise in einem Zeitraum von etwa acht Wochen doch schon eine kleine Besserung eintreten würde, es ist bis jetzt aber noch nichts zu bemerken, indes hoffe ich um so zuversichtlicher, dass sich die Besserung vorbereitet und dann dauerhaft zum Vorschein kommt. Karls gutes Aussehen deutet gewiss eine solche Vorbereitung an.

Nun noch meine besten Grüße an Dein ganzes Haus ... in treuer Liebe Euere

Pauline.

Es findet sich von Braters Hand noch die Randbemerkung: »Gestern hat sich die Juchheschreierin über dem Schleppkleid einer kreolischen Hausgenossin, die bei ihr zum Besuch war, den Fuß vertreten und muss jetzt das Zimmer hüten!« Ein schönes Zeichen seines Optimismus bietet der Schluss seines eigenen Briefs, geschäftlichen und politischen Inhaltes: »Gott befohlen für das neue Jahr. Es geht in der Welt mit Ach und Krach, doch immer und immer vorwärts!«

Was Frau Brater von dem Aufenthalt in dem französischen, katholischen Luftkurort am wenigsten erwartet hätte, das wurde ihr und noch mehr ihren Kindern ganz ungesucht zuteil: eine religiöse Anregung. Die Hausbesitzerin, eine ältere Dame, und ihre nächsten Freunde gehörten der evangelischen Kirche, der »église libre« an. Sie kamen ihren protestantischen Mietsleuten als Glaubensgenossen freundlich entgegen und auf diesem Grund entstand bald eine wahre Freundschaft. Die kleine Gemeinde in Cannes hatte jenes warme Gefühl der Zusammengehörigkeit, das man immer dort trifft, wo es gilt, durch Einigkeit stark genug zu werden, um den von allen Seiten andrängenden Feindseligkeiten der übermächtigen Majoritätskirche zu widerstehen. Der sonntägliche Gottesdienst, dem jegliches Gepränge fehlte, hatte trotz oder wegen seiner Nüchternheit etwas ergreifend Ernstes und Wahres. Ohne Talar, im gewohnten schwarzen Rock, trat der Geistliche an den Tisch, der den Altar ersetzte und seiner klaren, schlichten Rede folgte jeder Zuhörer gespannt und aufmerksam. Nichts dröhnte salbungsvoll oder pathetisch über die Häupter hinweg, die Redeweise unterschied sich kaum von der des täglichen Verkehrs, es kam auch wohl vor, dass der Geistliche eine Zwischenbemerkung machte, wie etwa: »bitte die Türe zu schließen, es zieht,« dass er am Schluss der Predigt einige Bekannte aufforderte, mit ihm zu Mittag zu essen. So menschlich nahe war Frau Brater und ihren Kindern noch nie die Kirche getreten und so deutlich wie an den Gliedern der kleinen Gemeinde hatten sie nirgends sonst den vertiefenden Einfluss warmer, religiöser Überzeugung empfunden. Brater freute sich der Anregung, welche die Seinigen von diesen trefflichen Menschen empfingen, wenn ihm persönlich auch der Umgang mit ihnen durch seine geringere Kenntnis der französischen Sprache nicht möglich war. So weit ihn nicht die Kur in Anspruch nahm, führte er sein stilles Leben am Schreibtisch, versorgte aus der Ferne die politische Wochenschrift mit Beiträgen, die Redaktion des Staatswörterbuchs mit Korrekturen und lebte im Geist in seinem Vaterland.

So wäre alles recht, ja über Erwarten schön gewesen, wenn nur die Hauptsache, die Besserung des Leidens, der Erfolg der Kur nicht ausgeblieben wäre. Sechs Monate waren für den Aufenthalt in Aussicht genommen, nach Verlauf von vier Monaten schreibt Frau Brater an ihre Schwägerin:

Liebe Julie!

Wir haben einen raschen Entschluss gefasst und die Umstände bringen ihn zu rascher Ausführung: ich zeige Dir an, dass wir im Begriffe sind, Cannes zu verlassen und darnach trachten, in Gries bei Botzen ein Unterkommen zu finden. Die Besserung in Karls Befinden war nur eine scheinbare und es hat sich gleich darauf (ohne Veranlassung) eine dauernde Verschlimmerung eingestellt, die zwar nicht über die früheren Zustände hinausgeht, aber eben doch unerwünscht ist, so lässt mir die Befürchtung, dass für Karl ein Seeklima ungünstig ist, keine Ruhe mehr, ich habe Dir das ja schon früher einmal gesagt und Du bist am Ende über diese Neuigkeit des Übersiedelns weniger überrascht als wir selbst. Dazu kommt, dass der März hier wegen seiner Winde ein schlechter Monat ist und wenn es uns in Gries nach Wunsch gelingt, denken wir einen guten Tausch zu machen und hoffen, bei der jetzigen vorgerückten Jahreszeit keinesfalls zu verlieren. Ich habe unvermutet schnell die Wohnung angebracht und wir hoffen, die Sache mit unbedeutenden Opfern durchzubringen, doch sind wir Frauensleute alle in Tränen dagestanden, als wir den Kontrakt der Abmietung unterzeichneten. Mir tut das Herz weh den ganzen Tag und Anna hat immer die Augen voll Wasser. Das Leben hier hat uns viel Freude gebracht und wir verlassen treue Freunde, die wir wohl nie wieder sehen werden. Wir haben uns heimisch und wohl geborgen gefühlt und werden nun am Samstag schon aus unserem warmen Nest hinausgetrieben, ohne uns schon in Gedanken am zukünftigen erfreuen zu können... Wir haben eine schöne Reise vor uns, der Riviera entlang bis Genua, leider etwas teuer wegen der mangelnden Eisenbahn. Wie wir die Reise machen werden, wissen wir selbst noch nicht, ich habe die hübsche Mission, morgen nach Nice zu fahren, um wegen der verschiedenen Diligencen u. dergl. Erkundigungen einzuholen, ein gutes Stück Arbeit bei meiner Sprachfertigkeit, es ist mir nicht recht wohl bei dieser Angelegenheit.«

Die Verwandten und Freunde in der Heimat mochten es leicht verstehen, wenn Pauline nicht ohne Wehmut von der herrlichen Gegend, von dem Meere schied, das je wieder zu sehen sie kaum hoffte, aber dass der Abschied von solch neuen Bekannten, überdies französischer Nation, ihr und den Töchtern wirklich schwer wurde und überhaupt in Betracht kam, gegenüber dem Wiedersehen der alten, treuen Bekannten, dies konnten sie sich wohl schwer erklären, wenn sie nicht wussten, dass ein starker Einfluss ausgegangen war von den religiösen Naturen dieser kleinen Menschengruppe in Cannes und nicht selbst schon erfahren hatten, wie sehr der Mensch an diejenigen anhänglich ist, die sein Wesen irgendwie gefördert und bereichert haben. Schmerzlich war es unter allen Umständen, den Ort zu verlassen ohne jegliche günstige Wirkung der Kur. Aber in diesen Jahren bewährte sich das Wort: »Geteiltes Leid ist halbes Leid« gar sehr bei diesem Paar. Wollte einem von beiden der Mut sinken, so half das andere mit dem seinigen aus, und indem der Leidende jede Klage aus Liebe für die Mitleidende unterdrückte, hielt er sich selbst seine Trösterin frisch und anregend.

Die Reise in der kaiserlichen Messagerie, d. h. in vier-, streckenweise sechsspänniger Post auf der herrlichen, längs des Meerufers sich hinziehenden Straße über Mentone, Nizza, San Remo bis Genua war ein großer Genuss, wenn auch mit Anstrengung erkauft, denn die Fahrt ging auch bei Nacht ohne Unterbrechung weiter. Frau Brater schreibt von Bozen aus an Ernst Rohmer:

»... Unsere Reise war vom Wetter begünstigt, K. hat sie glücklich zurück gelegt und wir freuen uns alle von Herzen, wieder im deutschen Vaterland zu sein, obwohl es vorderhand nur Österreich ist..... Unser Weg war Nizza, Genua,

Mailand, Verona und dann vollends das Etschtal herauf; durch und durch interessant und schön, namentlich der erste Teil Nice–San Remo findet seinesgleichen selten, wir werden diese Herrlichkeit unser Lebtag nicht vergessen, das müsst Ihr sehen. – Nun sind wir in Bozen installiert und führen unsern Haushalt in einer großen, billigen Wohnung, mit aller Bequemlichkeit; dass wir vorderhand von unserm neuen Aufenthalt nicht sehr entzückt sind, ist kein Wunder, hier ist noch alles kahl, kaum einige blühende Bäume, und das Meer – wann werde ich das einmal wiedersehen, mir tut das Herz weh, wenn ich daran denke! Übrigens bin ich überzeugt, dass wir wohlgetan haben, und Karl fühlt sich hier behaglicher; Gott gebe, dass wir auch einmal von einer Besserung zu berichten haben!«

Die Überlegungen und den Entschluss, ob Cannes zu verlassen und Bozen zu wählen sei, hatte Brater in der Hauptsache seiner Frau überlassen. Er selbst war wenig medizinisch veranlagt und traute ihr in diesen Dingen mehr zu als sich, auch beobachtete und verglich sie sein Befinden genauer, als er selbst es tat. Seine Gewohnheit, nicht viel an die eigene Person zu denken, aber doch gewissenhaft zu befolgen, was ihm die Ärzte verordneten, machten ihn zu einem Patienten, wie man sie selten trifft. Er behandelte seine eigene Krankheit so objektiv wie die eines anderen Menschen. War alles befolgt, was die Kur ihm vorschrieb, so hatte er auch weiter keine Gedanken mehr für sein Leiden übrig, es mochte dann gehen wie es wollte, sein ganzes Interesse wandte sich der Arbeit zu.

Von Bozen aus unternahm Brater mit den Seinigen einmal einen Ausflug nach Meran. Auf dem dortigen Kirchhof war Braters Vater begraben. Als ein neunundvierzigjähriger Mann hatte er, lungenleidend, zu seiner Erholung ein bis zwei Jahre in Meran zugebracht und war dort seinem Leiden erlegen. In ernsten Gedanken stand nun der Sohn am Grabe des Vaters, fast im gleichen Alter, als dieser gewesen, an der gleichen Krankheit leidend, mit derselben Erfahrung, dass keine Kur das Übel aufhalten konnte. Es war ein ergreifender Gang! Aber mit großer Selbstbeherrschung wurde jede schmerzliche Erregung, jeder düstere Ausblick in die Zukunft unterdrückt; ergeben in sein Schicksal wandte er seine Schritte bald wieder weg von dem Orte der Trauer, der Stadt zu, deren großartige Naturschönheit er Frau und Kindern zeigen wollte.

Auf Mitte Mai war die Heimkehr angesetzt. Er schreibt an Ernst Rohmer, der ihn bald zu sehen verlangte: »Morgen soll nun nach München aufgebrochen werden, wo wir am Donnerstag einzutreffen gedenken, die drei Frostheiligen sind vorüber und es kann, wenn der gute Wille vorhanden ist, jetzt auch bei uns eine anständige Witterung eintreten. Der Kontrast gegen Bozen, wo wir seit einiger Zeit abends 10 Uhr 17° R zu haben pflegen, wird immerhin ziemlich stark sein; kämen wir direkt von Cannes, so wäre es noch stärker und schon deshalb war die hiesige Zwischenstation gewiss zweckmäßig. Im ganzen komme ich, wie schon bemerkt, ziemlich unverändert zurück und es wird sich nun fragen, wie mir die Münchner Lebensart zusagt...... In München dürfen wir also erwarten, Dich bald zu sehen. Ich kann Dir unsere Wohnung nicht angeben, weil sich noch keine gefunden hat und wir uns vermutlich vorerst mit einem Interim behelfen werden. Es ist die schwere Not: ich soll nicht zu kalt und nicht zu warm, nicht hoch und nicht abgelegen, nicht im vorstädtischen Staub und nicht im städtischen Spektakel leben – wie lässt sich das machen?..... Pauline muss von München nach Erlangen gehen, um dort Geschäfte abzutun, es wird also darauf zu sehen sein, dass Ihr Euch in M. nicht verfehlt.«

Auf der Heimreise über den Brenner, Mitte Mai, bekamen unsere Reisenden in diesem Jahre den ersten Schnee zu sehen. In München wurden sie von der Schwester Julie empfangen, die einstweilen für ein provisorisches Unterkommen gesorgt hatte. Die Ärzte, die nach langer Abwesenheit ihren Patienten wieder sahen und untersuchten, sprachen von einer wesentlichen Besserung, die sich eingestellt habe. Dem Kranken selber und den Seinigen kam davon allerdings nichts zum Bewusstsein, aber dieser ärztliche Ausspruch belebte dennoch die Hoffnung und erweckte neuen Lebensmut, so dass sich auch Brater sofort wieder in den Mittelpunkt der politischen Tätigkeit begab. In der Kammer sprach er nur noch selten, seine Stimme war schwach aber noch immer klar und wir lesen in einem Berichte jener Zeit: »Wenn er sprach, so lauschte die ganze Kammer.« Es war auch kein unnötiges Wort in seiner Rede, musste er doch mit jedem Atemzug haushalten. Wenn er mühsam Stufe für Stufe die Treppe des Ständehauses hinaufstieg, ging jeder still und achtungsvoll grüßend an dem Manne vorbei, von dem alle erkannten, dass er seine letzte Kraft einsetzte. Seine Haupttätigkeit war die im Gesetzgebungsausschuss und diese Arbeit hielt ihn in den folgenden zwei Jahren meist in München fest, wenn auch nötige Erholungspausen ihn zeitenweise aus der Stadt hinaus ins bayerische Gebirge, einmal auch auf die Retraite, einem stillen Landsitz bei Bayreuth, führten. Während dieses Aufenthalts erhielt Frau Brater die Nachricht von dem Tode ihres Bruders Siegfried. Sie schreibt darüber: »Wie oft hatte ich meinem schwer leidenden Bruder ein sanftes Ende gewünscht. Nun ist mein Wunsch erfüllt, sanft und schmerzlos durfte er aus dieser Welt scheiden, aber so sind wir Menschen – die Freude, dass nun dieser schwer Geprüfte von allen Leiden erlöst ist, empfinde ich kaum, ich fühle nur immer und immer wieder den Schmerz des Nimmerwiedersehens....... Mein Siegfried war mir immer ein liebevoller und freundlicher Bruder, so weit ich zurück denke, und wie liebenswürdig und gemütlich war er im Verkehr, es war ein wohltuendes und behagliches Gefühl, sowie er nur ins Zimmer trat; auch meinem Mann war er immer eine liebe Erscheinung. Dies ist nun alles vorbei ..... Wie lieb man seine Geschwister hat, das weißt Du ja aus Deinem eigenen Herzen, sie sind eben das eigene Fleisch und Blut, eins ist durch das andere und mit dem anderen das geworden, was es ist, sie sind ein Stück des eigenen Wesens, gemeinsam trägt man die Erinnerung an Jugend und Elternhaus, die auch dem späteren Leben noch Licht und Wärme verleiht und bei niemand baut man so sicher und rückhaltlos auf Treue und Verständnis als eben bei Geschwistern ....«

Nach der Rückkehr der Familie Brater vom Land ergab sich ein längerer Aufenthalt in München, den die Eltern der Ausbildung ihrer Töchter zugute kommen ließen. Diese sollten sich auf das Examen in der französischen Sprache vorbereiten, um später Unterricht erteilen zu können. Frau Brater selbst war zwar durchaus keine Freundin von der damals noch ganz neuen Einrichtung, dass Mädchen Examen machen und sich auf einen speziellen Beruf vorbereiten sollten. Aber sie fügte sich dem Rate der beiden Schwägerinnen, denen die Kinder ihre Ausbildung verdankten, und erkannte auch, dass es ihrem Mann eine Beruhigung war, seinen Töchtern eine weitere Existenzmöglichkeit mit ins Leben zu geben. Als Gegengewicht für diese Arbeit und den ohnedies bei dem zunehmenden Leiden des Vaters ernsten Lebenszuschnitt ließ sie die jungen Mädchen auch Tanzstunden nehmen und freute sich, wenn sie dadurch unter fröhliche Jugend kamen. Das französische Examen, das heutzutage fast eine Woche in Anspruch nimmt und zu dem sich in mehreren Städten Bayerns alljährlich weit über hundert Mädchen einfinden, wurde damals nur in München, und zwar am Palmsonntag Nachmittag abgehalten und außer unseren zwei Privatschülerinnen nahmen nur einige Mädchen aus dem bekannten Ascherschen Institut teil. Als die kleine Zahl um den Prüfungstisch saß, sahen die prüfenden Herren lächelnd auf die emsig schreibenden Mädchen und der eine sprach zum andern in dem Gefühl eines noch nicht da gewesenen Erlebnisses: »Welch ein Bild des neunzehnten Jahrhunderts!«

Nach einigen Wochen erhielten die Geprüften ihre Zeugnisse, und zwar hatte unseres Wissens jede der Beteiligten die Note I bekommen. Damals galt es noch, die Mädchen zu ermutigen, dass sie von der neuen Einrichtung Gebrauch machten, nicht sie zu sichten und zu sieben, um sich vor der Überzahl zu schützen.

Ein Brief von Frau Brater an Lina Rohmer lässt einen Einblick tun in ihr damaliges Münchner Leben: ».... Ich wollte Dir nur noch sagen, dass ich trotz der Massen von Bekannten und lieben Freunden doch niemand habe, der m e i n e Anliegen so mit mir teilen und tragen könnte wie Du (d. h. ich sehe ab von meiner Schwägerin, die mir wie eine Schwester ist). Die Menschen sind im Durchschnitt sehr egoistisch und ganz von ihren eigenen Angelegenheiten durchdrungen und manche, die eine Ausnahme machen, haben nicht so das Verständnis für andere. So bin ich hier die Vertraute und Ratgeberin für manche Freundinnen, weil ich selbst schon manches Schwere durchgemacht habe und mich in die Lage der andern versetzen kann, aber was mich auf dem Herzen drückt, das kommt da nie zur Sprache, ich dränge mich nicht auf und fühle mich viel wohler dabei, das, was mein Innerstes bewegt, nur wenigen mitzuteilen. So kommt es nun, dass mich das viel bewegte Leben in München ganz kalt lässt, denn Du weißt ja, wie ich ganz von meinem Mann und Kindern abhänge und nur in ihnen meine Freude habe und kannst Dir somit auch denken, dass mir eine Sorge um sie so nahe geht, dass ich nicht leicht davon sprechen kann. So ist mir meines Mannes Befinden ein steter Kummer, denn wir können uns nicht verhehlen, dass es von Jahr zu Jahr etwas schlimmer wird und zwar in einer Weise, die eben recht peinlich ist; die Atmungsbeschwerden sind recht lästig, es ist ihm jetzt schon e i n e Treppe eine Schwierigkeit, natürlich entbehrt er unter solchen Umständen alle Körperbewegung und das ist auch nicht gut und so ist er eben in allen Dingen ein Leidender und als Leidender zu pflegen und ohne Hoffnung für die Zukunft, an die wir uns aller Gedanken entschlagen müssen. Du darfst indessen nicht denken, dass es gerade in diesem Augenblick nicht gut gehe, im Gegenteil, mein Mann arbeitet sehr viel, ohne Nachteil, und ist heiter, ja seine gleichmäßige Stimmung und freundliche Teilnahme für alles und alles, was die Seinen angeht, ist mir oft auffallend und ich denke mir oft: am Ende nimmt er sich nur unserthalben so zusammen, damit nicht auch wir darunter leiden sollen, und am Ende leitet ihn auch manchmal der Gedanke, dass man sich Liebes und Gutes erzeigen soll, weil man nicht weiß, wie lange Zeit einem noch dazu vergönnt ist. So leben wir in unserem Hause friedlich und glücklich, die beiden Mädchen ahnungslos und voller Lebenslust und Freude; wer uns oft zusammen lachen und schwätzen hörte, der würde nicht glauben, wie oft ich dagegen im stillen weine; oft mache ich mir auch Vorwürfe über meine Traurigkeit, denn j e t z t steht ja noch alles gut, aber das hilft nichts, dass mein Mann krank ist, fühle ich zu jeder Stunde.«

Der Herbst 1869 führte die Familie wieder vorübergehend nach Erlangen und die beiden Töchter blieben auch dort zurück, als der Landtag einberufen wurde, über dessen Dauer man erst näheres erfahren musste, um zu bestimmen, ob es sich lohne, die eigenen Möbel mitzubringen. Während nun die Mädchen in Erlangen auf nähere Weisung wartend einige Wochen dort blieben, spielten sich in München eigentümliche Landtagssitzungen ab; die neue Kammer konnte sich nicht einigen über die Präsidentenwahl, es ergab sich die gleiche Stimmenzahl für den einen Vorgeschlagenen wie für den andern. Brater, unfähig zu Fuß zu gehen, fuhr täglich ins Ständehaus, wo er mühsam Atem holend die Treppe hinaufstieg, um bei der Präsidentenwahl seine Stimme abzugeben und dann sofort wieder heimzukommen mit der Nachricht: Gleiche Stimmenzahl. So wiederholte sich der Vorgang dreimal, worauf die Kammer als Beschlussunfähig aufgelöst und die Neuwahl angeordnet wurde. Die Kinder in Erlangen verfolgten diesen Hergang mit persönlichem Interesse. Ein freundliches Briefchen des Vaters vom 9. Oktober sagte ihnen, sie sollten die verlängerte Wartezeit benützen, um ein Kissen auf der Mutter Stuhl anzufertigen, zum Schmuck der eben gemieteten einfachen Wohnung in der Barerstraße. Zehn Tage später kam ihnen ein Telegramm der Mutter zu, das sie sofort nach München berief, da sich des Vaters Zustand verschlimmert habe. Unverzüglich reisten die Kinder ab, kamen in später Abendstunde an, und noch ehe der Morgen des 20. Oktober anbrach, hatten sie den Vater verloren.

Dritter Teil

Die Witwe

11. Kapitel. 1869–1870

Unter Frau Braters Papieren findet sich ein kleines Heft, welches ihre Aufzeichnungen über die letzten Lebenstage ihres Mannes enthält. Wir entnehmen daraus folgendes:

»Am Dienstag den 12. Oktober zogen wir in die mit vieler Mühe aufgefundene Wohnung; Karl freute sich daran, sein Zimmer war groß und hoch.

Am Sonntag den 17. sagte er nachmittags beim Kaffee: ›heute habe ich einen schlechten Tag, ich atme gar zu schwer‹, er sah matt aus. Abends war Julie da; als wir uns zu Tische setzten, sagte er: ›es wird besser sein, wenn ich nichts esse, ich bin zu sehr beengt.‹ Er nahm während des Abends Teil an der Unterhaltung wie immer, wenn er auch weniger sprach. Um zehn Uhr, wie gewöhnlich, lag er im Bett und ich sagte ihm wenigstens insofern sorglos g u t e Nacht, als ich nicht zweifelte, dass sie ihm mit Morphium zuteil werden würde. Ich lag im Zimmer daneben. Gegen Morgen rief er mir laut und deutlich: ›Pauline, zieh dich einmal ein wenig an‹, ich erschrak sehr, aber er hatte so sicher und ruhig gesprochen, dass ich nun doch nichts Schlimmes dachte. Als ich zu ihm hineinkam sagte er: ›es ist jetzt halb vier Uhr, ich habe schon z w e i Pulver genommen und habe keinen Augenblick geschlafen, hilf mir heraus in meinen Stuhl, vielleicht wird mir's da leichter‹ – sein Atem war unendlich kurz, die Stimme klanglos und in seinen Zügen sah ich, dass er im Todeskampfe war, – ich stand da unter heißen, strömenden Tränen, sagte ihm liebe Worte, aber helfen konnte ich ihm nimmer. Während ich ihn ankleidete, sagte er lächelnd: ›du hast ja immer gesagt, ich soll dich doch rufen, wenn ich etwas brauchen kann, ich habe dir jetzt nur einmal deinen Willen getan.‹

Als ich ihn in den Stuhl gebettet hatte, sagte er: ›so jetzt mach, dass du ins Bett kommst, – s c h l a f e und weine nicht in Deinem Bett.‹ Gott weiß, ich habe nicht geschlafen, denn ich wusste nun, dass mir das treueste Herz im Sterben lag, ich sah mein ganzes, unbegrenztes Glück zerbrochen, alles, alles vorbei. Dennoch kämpfte er noch zwei Tage gegen den andringenden Tod, der ihn in der Nacht vom 19. auf den 20. erlöste.«

Vom 25. Oktober ist ein Brief datiert, vielleicht der erste, den Frau Brater als Witwe schrieb, er ist an den treuesten Freund ihres Mannes, an Ernst Rohmer gerichtet; denn nicht zu den eigenen Angehörigen fühlt sich ein Trauernder vor allem hingezogen, vielmehr zu dem, der aus freier Freundschaftswahl dem teuren Verstorbenen nahe getreten war. Rohmer hatte nach der Beerdigung an Frau Brater geschrieben: »So ist es also vorüber und das treueste Herz deckt die Erde! Wenn ich daran denke, wie öde und verlassen Du Dich fühlen wirst nach so langer, tiefinnerster Lebensgemeinschaft, so blutet mir das Herz. Erscheint doch schon mir die Zukunft grau und farblos, weil nun ein Riss in mein Dasein erfolgt ist, der nicht mehr zu überbrücken ist! Ist dies persönlich so, so ist es noch viel mehr der Fall, wenn ich an unsere politischen Bestrebungen denke, deren Mittelpunkt und vornehmste Seele er war!.... Ich habe eben einen tief ergriffenen Brief von Stauffenberg erhalten. Er spricht es aus, dass Bayern seinen besten Bürger verloren hat, die Partei ihre Seele.« – Frau Brater antwortete dem Freund:

Lieber Ernst!

Viele teilnehmende Worte kommen mir von allen Seiten zu, aber vor allem gehen mir die Deinigen zu Herzen und ich weiß ja recht wohl warum, weil sie eben bei Dir am tiefsten aus dem Herzen kommen; so sehnte ich mich die ganze Zeit her darnach, mit Dir ein paar Worte zu sprechen, und jetzt, wo ich den ersten ruhigen Augenblick finde, ist mir's so hohl und ausgestorben zumute, so abgespannt vom vielen Sprechen und endlosen Wiederholen dessen, wobei einem das Herz blutet und das man zuletzt fast maschinenmäßig hersagt, so dass ich mich nun beinahe besinnen muss auf das, was ich bin und was ich war und was es ist, das mir nur halb begriffen das Herz zusammenschnürt; jeden Morgen stehe ich auf mit der Sehnsucht nach dem Abend, wo ich still und allein an seinem Bett stehen kann, die leeren Kissen im Arm haltend und den Platz mit Küssen bedeckend, wo seine Hände lagen.

Wie sehr ich auf diesen letzten Trennungsschmerz vorbereitet gewesen bin, erkenne ich erst jetzt... Wie oft, oft bin ich schon unter heißen Tränen im Bett gelegen, wenn ich dem Ruhelosen und Gequälten »Gute Nacht« gesagt hatte und doch so gut wusste, dass sie ihm nicht zuteil werden würde! Darum hat sich auch mir das Bild, das sonst der Inbegriff alles Schmerzes ist, das Bild des Toten im Sarge, das hat sich mir eingeprägt als Trost und Erlösung und wenn mich der Schmerz übermannen will, so vergegenwärtige ich mir dies Bild, wie er so ruhig l i e g e n konnte, zum ersten Mal wieder nach langen, schweren Monaten und wie die müde Brust ausruhte vom Kampf gegen den eindringenden Tod. Ja, s e i n e Ruhe ist mein einziger Trost und das Andenken an ihn meine einzige Freude; ich wusste, wie glücklich ich war, wir wussten es ja beide, wir haben es uns oft ausgesprochen, und eben darum werde ich ihn nie entbehren lernen, weil wir so ganz einig waren bis ins innerste Herz hinein.

Dass ihm der letzte Trennungsschmerz erspart war, mochte auch ich ihm wohl gönnen, aber mir fiel es gar zu schwer und doch mochte ich ihm meine Gedanken nicht offenbaren. Mit welch wunderbarer Kraft er die letzten schweren Tage durchgekämpft hat, wird Dir berichtet worden sein, diese Kraft des Geistes, die sich vom Körper nicht fesseln ließ, täuschte auch mich bis zum letzten Augenblick. Es war in dieser langen Leidenszeit keine Klage und bis zum letzten Atemzug kein Seufzer über seine Lippen gekommen und noch im letzten Augenblick, wo er husten musste und doch die Kraft nimmer da war, tröstete er mich, »es geht schon nach und nach«, dann sank er aufs Kissen zurück, richtete den Blick in die Höhe und ich sah, dass der Geist im Scheiden war – kaum konnte ich noch die armen Kinder herbeirufen.

Die Ankunft der Kinder hatte ihm noch das letzte Lächeln abgelockt und noch einmal blickten die Augen treu und seelenvoll. Ob er die Pein der letzten Stunden empfunden hat, weiß ich nicht, das Morphium verfehlte seine betäubende Wirkung nicht; als ich um zwölf Uhr einmal an seinem Bett stand, sagte er: »ich glaube ich habe geschlafen«, dann hieß er mich ins Bett gehen, weil er immer darum besorgt war, dass man sich keine Mühe um ihn mache, ich ging, verwendete aber kein Auge von ihm; um zwei Uhr war ich wieder an seinem Bett .... ich gab ihm noch warmen Wein (die letzte Flasche Steinwein von Dir) und bis zehn Minuten vor seinem Tode ahnten wir denselben nicht; er hatte noch nach der Uhr gefragt, sein Ende war ein langsames Aufhören der mühevollen Atemzüge, ich horchte noch lange und immer wieder, ob es der letzte gewesen sei, aber auch das Herz stand still, das in den letzten Tagen so stark und unruhig geklopft hatte.

Dass die kranke Lunge nicht die nächste Ursache des Todes war, hat sich bei der Sektion gezeigt, es war das miterkrankte Herz, Du wirst ja den Bericht erfahren haben; nun können wir uns »die Unruhe in der Brust« erklären, von der er so oft sprach, noch am letzten Abend legte er meine Hand auf seine Brust und sagte: »da fühle, wie es da klopft«.

... Man hat mir schon von mehreren Seiten freundliche Anerbietungen gemacht und ich weiß, dass mein Mann treue Freunde hat, die seine Frau nicht in Not kommen lassen würden, aber mein Mann hat selbst der Not vorgebeugt und es käme mir wie bitterer Undank vor, wenn ich mir nicht damit genügen lassen wollte ...... Nimmermehr möchte ich im Wohlstand leben, nachdem wir zusammen gesorgt und gespart und uns manches versagt haben, aber doch, ich kann es sagen, nie mit bekümmertem Herzen, es hat diese Sorge dem Glück unseres Lebens keinen Eintrag getan ...

Die Freunde ließen es sich dennoch nicht nehmen, ihre edle Gesinnung für den Verstorbenen seinen Kindern gegenüber zu betätigen. »Am Mittwoch übersiedle ich zu Julie in die Schommergasse« schreibt Frau Brater, »bis dahin steht der

Arbeitstisch meines Mannes unberührt, dann gibt's einen schweren Abschied!«

In einem Album, das Bilder all der Orte enthält, die für Frau Braters Leben bedeutungsvoll waren, ist auch ein Blatt, das den Münchener Kirchhof zeigt. Daneben steht der Vers:

In stiller Nacht ist er von Dir geschieden,
der Deine Liebe war, Dein Stolz, Dein Glück.
Du fragst: was kann das Leben mir noch bieten,
was soll ich noch, da er mich einsam ließ zurück?
Das hellste Licht zeigt auch den dunkeln Schatten,
dem größten Glück folgt tiefste Traurigkeit.
Wo zwei so innig sich verwachsen hatten,
da ist die Trennung schier ein unerträglich Leid.

Ja, schier unerträglich erschien ihr der Gedanke an eine Trennung für Lebenszeit. Wusste sie doch, wie schwer sie an jeder vorübergehenden Trennung getragen hatte, trotz der Aussicht auf baldiges Wiedersehen, und nun sollte dieser Zustand dauern, immerzu dauern, eine Trauer ohne Ende dünkte ihr das vor ihr liegende Leben. Sie hatte völlig verlernt, sich allein für etwas zu interessieren, sich ohne ihn zu freuen. Wenn teilnehmende Menschen sie auf die Kinder hinwiesen, die sie noch besaß, die mit ganzer Liebe an ihr hingen, so wies sie auch diesen Trost ab, auch die Freude an den Kindern schien ihr unmöglich, wenn sie nicht vom Gatten geteilt wurde. Wohl beherrschte sie äußerlich ihren Schmerz, aber innerlich beugte sie sich nicht unter ihn. Stille Ergebung lag nicht in ihrer Natur, vielmehr war sie gewöhnt, anzukämpfen gegen das Übel; in allen schweren Lebenslagen, in den knappen Verhältnissen, im Unbehagen des Wanderlebens, in den Krankheitszuständen ihres Mannes, immer war sie mit geschärften Geisteskräften und mit praktischer Tätigkeit auf Abhilfe, Verbesserung, Erleichterung bedacht gewesen, hatte sich um so tapferer gewehrt, je größer das Übel war. Aber hier kam ein Leid, dem nicht beizukommen war, es ließ sich nicht umbiegen, nicht wenden, dass eine gute Seite herauskäme, es lockte nicht ihren Tätigkeitstrieb, sondern hemmte ihn vielmehr, es reizte nicht ihre Widerstandskraft, nein es lähmte sie.

In dieser trostlosen Verfassung kam ihr ein Brief ihres Bruders Hans zu. Er, der ähnlichen Schmerz erfahren hatte, empfand die wärmste Teilnahme für sie und er wusste auch, dass seine Schwester nicht in Untätigkeit Trost finden würde. Er bat sie zu kommen, für immer die beiden halb verwaisten Haushaltungen zu vereinigen und ihn dadurch so glücklich zu machen, wie er es nie mehr gehofft hatte zu werden. Aber ihre Antwort war ein »Nein«, ein schmerzlicher Aufschrei »ich kann nicht, wenigstens jetzt noch nicht, gönne mir Zeit, mich zu fassen«. Es tat ihr weh, dem Bruder das zu schreiben, aber sie lag zu tief darnieder, um sich so schnell aufraffen zu können. Sie blieb den Winter in München bei ihrer Schwägerin Julie, die dort wohnte und die drei betrübten Gäste bei sich aufnahm. Sie führten gemeinsame Wirtschaft, die Mädchen besorgten die Küche und lernten noch weiter, die Tante gab französischen Unterricht und Frau Brater saß in ihrem kleinen Zimmer und durchlebte in den stillen Wintertagen und vielen schlaflosen Nächten die tiefste Trübsal. Nur das konnte ihr Interesse erwecken, was mit ihrem Manne zusammenhing, und bezeichnend ist für sie, wie sich in ihren Briefen die alte Frische und Tatkraft zeigte, wenn sie in ihres Mannes Geist und an seinem Werk arbeiten konnte. In den letzten Jahren war ihnen beiden ein früherer Mitarbeiter der Süddeutschen Zeitung persönlich näher getreten, Dr. Nagel, der ähnlich wie Brater keine feste Anstellung hatte und später als Verfasser eines tief durchdachten religiösen Buches bekannt geworden ist. Über diesen gemeinsamen Bekannten schreibt sie an Rohmer: »Ich lege Dir einen Brief von Nagel bei, wegen dessen was er über seine Angelegenheiten schreibt; mir scheint, es wäre jetzt vielleicht der Augenblick gekommen, wo man diese tüchtige Kraft für Bayern wieder gewinnen könnte; Du weißt, er hat weiland in der Süddeutschen Zeitung Artikel geschrieben, von denen Karl sagte, dass er sie ohne weiteres für seine eigenen erklären könnte, und Karl hat auch mehrfach geäußert, wie erwünscht es ihm schiene, wenn Nagel zu haben wäre. Aber welche Stellung und Aufgabe könnte man ihm denn zuweisen? Die Wochenschrift? oder wäre an der Süddeutschen Presse ein Wirkungskreis? – Überlege Dir's doch und schmiede das Eisen so lange es warm ist; Nagels religiöser Standpunkt ist gewiss kein Hindernis, war er's doch auch nicht bei Hofmann, und überhaupt, wenn die Bestrebungen einer Partei nicht die Probe der Religion Jesu aushalten, so sind sie gewiss irrig, wenigstens nach meinem schwachen weiblichen Urteil; an meines Mannes Reden und Handeln hat man diese Probe jederzeit anlegen können... Nagel hat immer ein schneidiges Wort geführt. Mich hat sein Brief in eine förmliche Aufregung versetzt, weil ich überzeugt bin, Karl würde Nagel festnehmen.«

Manches erhebende, tröstende Wort durfte die Witwe lesen, in Briefen, welche die Freunde des Verstorbenen an sie richteten, in Nekrologen, die nicht nur in Zeitungen Gleichgesinnter, sondern auch in Blättern erschienen, die seine Richtung immer bekämpft hatten und trotzdem seiner Person die Anerkennung nicht versagten. Hatte doch schon das ehrenvolle Trauergeleite zur letzten Ruhestätte gezeigt, wie sich dieser viel angefeindete Mann durchgerungen und zur Geltung gebracht hatte. Wer hätte zehn Jahre früher für möglich gehalten, dass die königlichen Staatsminister teilnehmen würden an seinem Leichenbegängnis! Er hatte seine Grundsätze nicht verleugnet und sich nicht gebeugt vor den Mächtigen, aber die gute Sache, der er mit Hingebung gedient hatte, die war es, die ihn mit in die Höhe gehoben hatte.

Worte wie die folgenden mussten der Witwe wohltun, wenngleich auch die Anerkennung nach dem Tode etwas unendlich Wehmütiges für die Hinterbliebenen hat.

Prof. Dr. Ad. Wagner schrieb ihr: »... Ihnen muss es Stolz und Freude sein zu sehen, wie allgemein der Verlust Ihres Gemahls als ein schwerer für die Partei, für das Vaterland empfunden wird. Möge auch über seinen Tod hinaus sein

Wirken von Einfluss bleiben und Früchte für Deutschland tragen, das wird ihm das schönste Denkmal sein...«

Nagel schrieb: »... Wohl wissen Alle, dass wir an ihm eine staatsmännische Intelligenz ersten Ranges, ein unersetzliches Führertalent an ihm verloren haben. Den meisten ist es nicht minder bekannt, dass in diesem schwächlichen Körper - zum leuchtenden Zeugnis für die Herrschaft des Willens, der moralischen Kraft über die Materie - ein stählerner Charakter, ein Mann im vollen und ganzen Sinne des Wortes, in der Tat und Wahrheit eine Römerseele gewohnt hat; aber nur wir, die wir das Glück seines persönlichen Umgangs genossen, haben auch seine allgemein menschliche Seite, das Edle, Zarte, Reine seines Wesens vollkommen schätzen und lieben lernen können. Auch das konnten nur die näheren Bekannten völlig erkennen, wie bei ihm die Sache Alles, das Persönliche Nichts war; wie der Gedanke an das Ganze, die Hingabe an Staat und Vaterland ihn so völlig beherrschte und erfüllte, dass es einfach nicht möglich war, irgend ein persönliches Interesse, sei es auch noch so feiner und versteckter Art, sei es auch nur ganz unbewusst im Hintergrunde des Denkens und Wollens liegend, bei ihm vorauszusetzen. Diese reine und unbedingte Sachlichkeit war unter allen seinen seltenen Eigenschaften vielleicht die seltenste ...«

Prof. H. Baumgarten: »... Ich verfolge nun seit mehr als zwanzig Jahren die schweren Kämpfe unseres Volkes, um ein gesundes Dasein wieder zu gewinnen, ich habe im Süden und Norden einen großen Teil der Männer kennen gelernt, welche an dieser Arbeit einen hervorragenden Anteil genommen haben. Wenn ich aber sagen sollte, wer von allen diesen Männern einer großen Sache am reinsten, uneigennützigsten, unverdrossensten mit schwachem Leib und in bewegten Verhältnissen gedient habe, so würde ich keinen Augenblick anstehen zu erklären: Karl Brater... Ein so edles Leben so lange mit so ganzer Hingebung begleitet und mit voller Liebe gestützt zu haben, wie Sie getan, das ist ein schönes, beneidenswertes Los, und wie groß Ihr Schmerz sein muss, dass Sie nun von einem so guten und lieben Menschen getrennt sind, Sie sind doch unendlich viel glücklicher als Millionen, die heiter ein inhaltsleeres Leben führen. Wer so vom Leben gebildet worden ist wie Sie, der wird nicht klagen...«

»Sie sind unendlich viel glücklicher als Millionen?« ... In den Tagen, da sie diesen Brief erhielt, konnte Frau Brater dies nicht fassen, nicht zugeben, ihr ganzes Herz widersprach dem: Nein, nein, unter Millionen ist keine so unglücklich wie ich! Dies war der Schrei ihres Herzens. Aber Baumgarten hatte doch recht und wusste, was er sagte. Nicht nur die Erinnerung an das schönste Lebensglück meinte er, die ja ein unverlierbarer Schatz ist, nicht nur an die Schar treuer Freunde dachte er, die ihr und ihren Kindern zur Seite standen; ihm schwebte die höchste Errungenschaft vor, die sie aus diesem Bunde mit dem edlen Manne in sich trug, die Verwandlung ihres eigenen Wesens, die Entwicklung ihrer Persönlichkeit. Hoch war sie durch ihn erhoben worden über alles Kleinliche, Selbstsüchtige, Unwahre, für das Große und Gute hatte er ihr Herz und Sinn erschlossen und dieses inneren Reichtums wegen war sie wohl glücklich zu preisen, auch jetzt, in der Stunde der Trauer. Und sie versank auch nicht in dem unendlichen Leid. Sie suchte nach dem, was sie darüber erheben konnte. In einem Brief an Rohmer preist sie alle diejenigen glücklich, die fest durchdrungen sind von dem Glauben an ein Wiedersehen im Jenseits und wünscht sehnlich, auch zu diesen zu gehören, da sie so viel Trost entbehre durch den Mangel an festem Glauben. »Aber ganz ohne Hoffnung bin ich nicht«, schließt sie diese Betrachtungen.

In dieser Stimmung kam ihr einer der Freunde zu Hilfe, der, selbst eine tiefreligiöse Natur und von lebendigem Glauben erfüllt, für Suchende und Schwankende einen Halt bieten konnte; es war Nagel. Gleich in seinem ersten Brief nach Braters Tod berührte er die Frage, welche, wie er ahnte, die Frau seines Freundes jetzt am tiefsten bewegen musste.

Er schrieb: »Ich weiß nicht, ob Sie geneigt sind, die einzigen echten und wahren Trostgründe, die einzigen, welche das Menschenherz wirklich versöhnen können mit den Leiden und Schrecken des Daseins, ja selbst mit der furchtbaren Tatsache des Todes – ob Sie diese Gründe gelten lassen, unsere Anschauungen hierüber gehen ja wohl auseinander, doch vielleicht sind auch Sie von dem endlichen Wiedersehen überzeugt – was auch alles die bettelstolze Schulweisheit unserer Tage vorbringen möge, um den Menschen auch um diese Hoffnung ärmer zu machen. Und doch können wir diese Hoffnung zu unzweifelhafter Gewissheit erheben – wenn wir nämlich w o l l e n .«

Diese Ansicht – wir k ö n n e n glauben, wenn wir w o l l e n –, der Einfluss des Willens auf die Überzeugung, auf Glauben oder Unglauben, war Nagels tiefe Überzeugung und stand auch im Mittelpunkte seines später erschienenen Buches: »Der christliche Glaube und die menschliche Freiheit«. Diesem von warmer Überzeugung beseelten Manne sprach Frau Brater alle ihre Zweifel und religiösen Kämpfe aus und seine Briefe, sowie später seine Schriften gewannen für ihr Leben Bedeutung und warfen ein Licht in die dunkle Trauerzeit dieses ersten Winters, den sie als Witwe erlebte. Nach verzweiflungsvollem Ringen mit ihrem tiefen Schmerz raffte sie ihre Kraft zusammen, um den Kampf mit dem Leben, der ihr an der Seite des geliebten Mannes so leicht geworden war, nun allein weiter zu führen. Sie schrieb an ihren Bruder, dass sie seinem Rufe folgen und im März zu ihm kommen wolle.

Bis zu diesem Zeitpunkt konnte sie noch zusammen mit der Schwägerin, die ihre Trauer teilte, und mit den Töchtern dem Andenken des Verstorbenen leben, und ergreifend ist es zu lesen, wie sie noch mit lebhafter Empfindung die politischen Kämpfe der Partei verfolgt, zu deren Führern Brater gehört hatte. Sie schreibt an Rohmer: »Dass die Adressdebatte nun zum Schluss gekommen, ist gar nicht mir zu wahrer Befriedigung ..... Mir scheint, unsere Leute haben da und dort den

Anstand verletzt und sind auf das Niveau der Gegner herabgestiegen, das sie doch so sehr verachteten; natürlich musste angegriffen, gestritten und das Herz an diesem Ort ausgeschüttet werden, aber kurz und bündig und ohne sich dann weiter in die Balgerei einzulassen, denn dass sie damit etwas erreichen würden, hat doch wohl keiner gedacht. Mir ist immer, als wäre es anders gegangen, wenn Karl noch als ›stiller Wächter‹ dabei gestanden wäre, die beiden Parteien müssen ja doch nebeneinander stehen, Karl hätte gewiss den möglichen Standpunkt erkannt und unwiderleglich bezeichnet für die beiden Parteien und die unwürdige Debatte wäre abgeschnitten worden ..... Ich habe den Eindruck, als ob über die Saat, die er ausgestreut hat, bereits ein böser Tau gefallen sei, und ich kann Dir gar nicht sagen, in welchem Maße mich dies schmerzt, es ist mir, als ob sein einziger geliebter Sohn ihm Unehre mache ..... Es wäre mir ein Trost, wenn Du oder andere die Angelegenheit nicht so schlimm aufgefasst hätten wie ich .....«

Allmählich findet sie sich darein, ihren Mann diesen Kämpfen entrückt zu sehen:

»Die gegenwärtige Kammertätigkeit steht im grellen Widerspruch mit dem friedlich stillen Bilde, das ich im Herzen trage, und wenn ich diesen Kampfplatz auch noch immer für unser eigenstes Revier halten möchte, so durchdringt mich doch mehr und mehr der Gedanke, dass diese reine Seele nun zu einem höheren und vollkommeneren Leben hindurchgedrungen ist.«

12. Kapitel. 1870–1875

Als Frau Brater im Frühjahr 1870 mit ihren beiden Töchtern nach Erlangen übersiedelte, stand sie im dreiundvierzigsten Lebensjahr. Ihre flinke, bewegliche Art ließ sie eher noch jünger erscheinen, so wie auch ihre frische Gesichtsfarbe auf kräftigere Gesundheit schließen ließ, als sie tatsächlich besaß. Die heitere Umgangsform, die ihr von Natur eigen und in den Jahren tief innerlichen Glückes zur Lebensgewohnheit geworden war, blieb ihr auch in der Trauerzeit treu und so konnte jeder oberflächliche Beobachter glauben, sie sei der Aufgabe, den Haushalt des Bruders zu übernehmen, in jeder Hinsicht gewachsen. Und doch war dem nicht so, vielmehr gingen ihr die mannigfaltigen Anforderungen körperlich und gemütlich oft über die Kraft, und ihre Aufgabe war in der Tat keine kleine. Wieder galt es, sich möglichst sparsam einzurichten. Die Haushälterin wurde entlassen und nur ein Dienstmädchen beibehalten. Anna, die tüchtig gewesen wäre, mit anzugreifen in der Haushaltung, wurde zunächst zur Unterstützung einer befreundeten Familie nach Weimar berufen, Agnes war bald durch französischen Unterricht in Anspruch genommen, den zu erteilen sich günstige Gelegenheit bot. So lag viel auf der Hausfrau. Ihre vier Pflegekinder, zwei Knaben und zwei Mädchen, standen nun im Alter von acht bis zwölf Jahren, und es galt vor allem, sie wieder an die neue Ordnung zu gewöhnen. So leicht sich nun einzelne Kinder einzugewöhnen pflegen, wenn sie aus ihrer Umgebung herausgenommen und in eine fremde versetzt werden, so schwer ist es, wenn so ein Trüppchen beisammen in den gewohnten Verhältnissen bleibt und doch plötzlich ein anderes Regiment über sie kommt. Wer kann es ihnen verargen, dass sie sich in der gewohnten Freiheit beschränkt, in allen Rechten verkürzt, im täglichen Leben beengt fühlen? Mit einem tiefen Seufzer klagte die kleine Julie eines Abends bei Agnes: »Es gibt eben jetzt so viel, ach so arg viel, was wir nimmer tun dürfen und was wir vorher gedurft haben.« Und wer kann es andererseits der gebildeten Frau verargen, wenn sie mit den Forderungen des Gehorsams, der Wahrhaftigkeit und der Ordnung herantritt an ihre Pflegebefohlenen? Musste sie es nicht tun, wenn ihr das Wohl dieser Kinder am Herzen lag, wie das ihrer eigenen? Aber eine Erziehung, die jahrelang gefehlt hat und dann plötzlich einsetzt, wird von Kindern schwerlich als Liebe empfunden. Traurig äußerte sie in jener Zeit: »Die Kinder, die mir so zugetan waren wie eigene, sind mir ganz entfremdet worden. Mit Furcht und Misstrauen stehen sie mir gegenüber und verheimlichen all ihr Tun vor mir.«

Das waren große Schwierigkeiten und nur einer im Hause blieb wunderbar unberührt davon, Bruder Hans. Er setzte in seine Schwester das größte Vertrauen und hatte für seine Kinder eine rührende Liebe. Von der Stunde an, wo er Schwester und Kinder beisammen wusste, fühlte er sich glücklich und war voll der besten Zuversicht. Nach seiner Überzeugung mussten die Kinder die Tante lieben, und diese würde an der Erziehung alles gut machen, was versäumt war, die finanziellen Angelegenheiten ruhten bei ihr in besten Händen, also war allem Elend abgeholfen und man ließ ihn künftig in Ruhe mit Heiratsprojekten. Leichteren Herzens als seit Jahren ging er in sein Kolleg, passte ihn doch die Haushälterin nimmer an der Treppe ab, um ihre Klagen über die Kinder und die Geldnot vor ihn zu bringen; fröhlich wanderte er durch Hof und Garten, die merkwürdig sauber aussahen, seitdem Pauline zwei Wagen voll Schutt hatte hinausschaffen lassen, zerbrochene Ofenteile, verdorbenen Hausrat, zersprungenes Geschirr, was alles in Jahren durch das Fenster in den Hof geflogen oder durch die Kinder in den Garten geraten war. Wenn er abends mit der Schwester im Garten saß, fühlte er sich glücklich und Pauline mochte ihn nicht behelligen mit Klagen über die mannigfaltigen Schwierigkeiten, gönnte sie es ihm doch so von Herzen, dass es ihm auch noch einmal gut ging im Leben. Hingegen schilderte sie in Briefen an Anna die unerfreulichen Zustände, die sie und Agnes im Hause vorgefunden hatten. Aber als sie aus Annas Briefen erkannte, dass diese infolgedessen sich gar nicht auf ihre bevorstehende Heimkehr von Weimar freuen konnte, suchte sie ihr wieder Lust und Mut zu machen und schrieb der Tochter:

..... »Du fragst, ob ich auch jetzt noch des Onkels Haus als unsern Aufenthalt wählen würde, und ich bin darüber keinen Augenblick zweifelhaft, so sehr sich auch oft das Herz abwendet von Verhältnissen, die mit den vergangenen so ganz im Widerspruch stehen.

Es würde uns wenig Erleichterung bringen, könnten wir auch die Form von ehedem noch mehr bewahren, wir würden dennoch jede Stunde inne werden, dass das Licht und die Sonne fehlt, die unser Leben bis hierher so glänzend erleuchtet haben. – Wenn ich manchmal hinuntergehe in des Vaters (früheres) Stübchen, wo sein Tisch und Stuhl steht, da wird es mir immer nur so untröstlich zumute, dass ich glaube, man kämpft sich leichter durch, wenn man sich entschließt, in Gottes Namen alles und alles dahinzugeben, da uns ja doch alles nur an den Verlust mahnt. Wenn wir des Vaters B e i s p i e l befolgen wollen, so können wir auch nicht zweifelhaft sein, dass wir hier am rechten Platze sind. Sei überzeugt: wenn ich den Vater hätte fragen können, so hätte er uns das geraten, was ich nun getan habe, hat denn nicht auch er sich immer an den Posten gestellt, wo die Arbeit notwendig und dringend war, ohne Rücksicht auf die eigene Bequemlichkeit; ja wenn wir in diesem Hause tun, was in unsern Kräften steht, so leben wir nach seinem Geist und Vorbild und werden darin unser Glück finden. Dass man aus einem arbeitsvollen Leben mehr Segen und Befriedigung zieht, als wenn man seiner Neigung und Bequemlichkeit folgen kann, das ist ja eine Wahrheit, die nicht ich erst erfunden, wohl aber in reichem Maße erprobt habe. Für euch beide glaube ich, dass es auch jetzt schon am besten h i e r ist, habt ihr doch im Umgang mit eurem Onkel immer eine Anregung, die ihr außerdem schwer entbehren würdet, und oft denke ich daran, wie vielen Grund zur Dankbarkeit wir haben, dass er uns seine treue Liebe so zuwendet. Als neulich Frau Professor Thiersch eine von euch engagieren wollte, sprach sich der Onkel mit aller Heftigkeit dagegen aus, zuletzt sagte er noch: ›ich kann's so nicht erwarten, bis die Anna wieder kommt, ich zähle jeden Tag.‹ Im ganzen sind wir doch auch schon ein wenig heimisch hier geworden und schwer ist nur die Kinderunruhe, die man eben den ganzen Tag hat und bei der man nicht zu Worte kommen kann, doch in Jahresfrist werden sie ein wenig wohlgezogen sein. Immerhin ist es aber gut, wenn Du Dir vergegenwärtigst, dass es hier zunächst einiges Entsagen gilt, Du wirst Dich dennoch da heimisch fühlen, wo ich bin .....«

Ganz allmählich besserte sich das Verhältnis zu den Kindern. Der älteste ihrer Pflegebefohlenen, Robert, ein sehr begabter Knabe, fühlte, dass ihm der Verkehr mit der Tante ganz ungewohnte geistige Anregung bot, und besprach sich gern mit ihr; bei dem jüngsten, dem kleinen Wilhelm, einem herzensguten Kind, hatte das Misstrauen nie feste Wurzel gefasst, er wandte sich bald wieder zutraulich an die Tante und diese Wandlung der Brüder blieb nicht ohne Einfluss auf die Schwestern. Doch wird sich bei Mädchen nie so leicht ein kindliches, vertrauensvolles Verhältnis bilden, weil sie viel zugänglicher sind für die Einreden törichter oder gewissenloser Leute, die in solch schwierigen Verhältnissen nie fehlen. Niemand hatte es je Frau Brater übel gedeutet, wenn sie die eigenen Kinder einfach hielt, aber bei Neffen und Nichten war das anders, und jedermann glaubte sich berechtigt, sich einzumischen. Derartige Schwierigkeiten lassen sich nicht in Wochen und Monaten überwinden, man muss da mit Jahren rechnen, ja es ist Lebensarbeit und wir sind alle unvollkommene Arbeiter. Frau Brater wäre die erste gewesen, das zuzugeben, nie war sie der Meinung, jederzeit den richtigen Ton getroffen zu haben. In späteren Jahren, aus der Ferne zurückblickend, glaubte sie manchen Fehler zu erkennen und war um so dankbarer dafür, dass schließlich alles gut geworden und sie in ihren alten Tagen die volle Liebe derer genießen durfte, denen sie Mutterstelle ersetzt hatte. In den Briefen aus der Zeit der größten Schwierigkeiten tut sie deren kaum Erwähnung, nur die Trauer, die unverändert in ihrem Herzen lebte, spricht sie manchmal ergreifend aus. So an Ernst Rohmer nach einem Besuch ihres gemeinsamen Freundes Nagel: »Ich habe Dich während Nagels Anwesenheit oftmals zu uns gewünscht ... Was mich vor allem mit wahrer Sympathie zu ihm hinführt, das ist die Ähnlichkeit, die er trotz aller Verschiedenheit im letzten Grunde mit meinem Mann hat, es ist dieses ernste, unermüdliche Wollen und dieses unbestechliche Anerkennen und Voranstellen der Wahrheit. Mich hat dieser tiefe moralische Ernst sehr bewegt, denn er hat mir das Beispiel meines lieben Mannes wieder lebhaft vor Augen geführt, ich sehe sein unermüdliches Arbeiten, auch wo es ihm schwer wurde, und so fühle ich mich veranlasst, auch auf meinem traurigen Wege nicht schwach die Hände sinken zu lassen. – Ach, man muss eben ein ganz anderer Mensch werden, wenn man einen solchen Verlust erlitten hat, und wie lange, wie lange wird das dauern! Noch habe ich so gar nichts zustande gebracht, noch hängt mein Herz so ganz und ausschließlich an ihm, dass ich mir noch gar nicht d e n k e n kann, dass es anders werden wird; es ist ja nicht, als ob ich mich der Gegenwart verschlösse und gewaltsam die Vergangenheit festhalten wollte, im Gegenteil, ich seufze oft förmlich nach Erleichterung dieses bitteren, bitteren Schmerzes.«

Dieser Brief ist vom 12. Juni datiert. Allen denen, die in jener Zeit im eigenen Leid versunken sich sehnten, darüber hinaus gehoben zu werden, kam eine mächtige Hilfe von außen: einen Monat später wurde der deutsch-französische Krieg erklärt. Es lässt sich denken, wie dieses Ereignis, das auch die schläfrigsten unter den Deutschen aufzurütteln vermochte, in der patriotischen Familie des Hauses Pfaff-Brater widerhallte! Entrüstet über die leichtfertige Kriegserklärung der Franzosen schreibt Frau Brater: »Könnte man doch den Groll der deutschen Frauen nutzbar machen fürs Vaterland!« Was aber sie, wie alle national gesinnten Deutschen zunächst am meisten bewegte, war die Frage, ob Süddeutschland einig mit Preußen gegen Frankreich ziehen würde. Wir können uns heutzutage kaum mehr vorstellen, welche feindselige Gesinnung gegen Preußen damals noch in breiten Schichten des bayerischen Volkes herrschte. In einem Artikel des Volksboten vom Oktober 1868 finden wir folgende Stelle: »Wir tragen kein unnötiges Verlangen, an der Seite Frankreichs gegen unsere einzigen Feinde, die Preußen, in den Krieg zu ziehen, solange Frankreich allein fertig werden kann mit unsern Quälgeistern; wir wollen nicht Knechte und Vasallen werden, weder der Franzosen noch der Preußen; aber das wird man nicht verwehren können, dass viele in den Franzosen ihre einzigen Schützer gegen preußische Vergewaltigung, ihre einzigen Helfer in der Not, ihre Retter von der Annexion 1866 und - wenn Gott es will - ihre dereinstigen Befreier von dem unerträglichen Joche des brutalen Preußentums sehen. Frankreich bedarf unserer Hilfe nicht, solange es allein imstande ist, den tönernen nordischen Koloss zu demütigen, wenn nicht zu zerschlagen.«

Wir begreifen, dass bei solcher Gesinnung ein Zusammengehen aller deutschen Stämme gegen den äußeren Feind keineswegs gesichert war, ja in Frankreich war bei der Kriegserklärung zuversichtlich auf die deutsche Uneinigkeit gebaut worden. Dass sich unsere Feinde darin verrechnet haben, dass das nationale Bewusstsein doch den Sieg davon trug ist gewiss zum Teil auch das Verdienst solch treuer Vorkämpfer wie Brater, die ihr ganzes Leben dem Erwecken der nationalen Gesinnung geopfert haben. Als die Kunde von dem einmütigen Vorgehen der Deutschen kam und bald darnach die ersten Siegesnachrichten einliefen, drang der Jubel und das Dankgefühl auch der trauernden Witwe ins Herz.

In heller Begeisterung schreibt Frau Brater nach dem ersten Sieg bei Weißenburg an Rohmer:

Erlangen, 5. August 1870.

Lieber Ernst!

Es lässt mir keine Ruhe, ich muss heute noch ein paar Worte an Dich richten, denn der erste Sieg, wenn er auch noch keinen Schluss auf den letzten gestattet, lässt uns dennoch die namenlose, unbegrenzte Freude ahnen, die wir empfinden würden, wenn auch der endliche Sieg auf unserer Seite wäre!

Ich habe heute lebhafter als je zuvor empfunden, dass man im Glück der Teilnahme noch dringender bedarf als im Schmerz; diesen trägt man leichter in der Stille, aber wenn das Herz vor Freude überwallt, dann verlangt es mit stürmischer Sehnsucht dahin, wo es volle Teilnahme und volles Verständnis gefunden hatte, wo das Glück im doppelten Empfinden noch erhöht wurde. Ich weiß, dass auch du in dieser Zeit oft seiner gedenkst, als des Freundes, der mit Dir im vollsten Einverständnis gestanden war und als der treueste Freund, den er auf dieser Welt besessen hat.

Dennoch habe ich meinen lieben Mann noch mit keinem Gedanken zurückgewünscht.... Das Gefühl, dass er hoch über den Leiden und Freuden dieser Welt steht, hat mich ganz durchdrungen und es ist mir eine stete Beruhigung, wenn ich mir sein stilles Bild vergegenwärtige; wem die letzten Atemzüge so ganz den Ausdruck der seligen Ruhe verleihen, der hinterlässt den Seinen ein trostbringendes Andenken, und ich möchte jedem sagen, tut eure Schuldigkeit so treu wie er, so kann's uns hier und dort nicht fehlen.

Dass mich unser Schicksal auf das mächtigste bewegt, wirst Du nicht bezweifeln, war es doch meines Mannes teuerste Herzenssache und noch habe ich auch nicht gelernt, mich an etwas zu erfreuen, was außer Zusammenhang mit ihm steht. In diesem Augenblick ist man nun in glücklicher Stimmung, aber dennoch bin ich mehr als sonst wohl dazu angetan, des Schmerzes zu gedenken, der nebenbei durch unser Vaterland zieht, wie viele heiße Tränen werden fließen um die, die uns mit ihrem Leben den Sieg erkaufen.

Hier war der Abschied unsres Bataillons, das viele Söhne hiesiger Bürger und Professoren mit sich nahm, ein sehr trauriger, so traurig, dass ich fast kleinmütig über unsre Soldaten wurde, aber ich glaube, es ist doch natürlich, dass in einem solchen Augenblick der Mensch stärker ist als der Soldat.

Wie wird sich unsre Sache entwickeln, das fragt man sich den Tag hundertmal; wenn die Zuversicht zum Sieg verhilft, so wird er auf unsrer Seite sein, dass er nicht auf unsrer Seite sein wird, das kann man sich nicht vorstellen und doch wird er schwer zu erringen sein, davon ist jeder überzeugt.

Es ist eine schreckliche Zeit und man bringt den Tag kaum herum, bis wieder eine Zeitung kommt; was mich indes bis jetzt am meisten in Aufregung setzte, ist die Beobachtung der auswärtigen Mächte und das Benehmen Englands (vielleicht deute ich es nicht ganz richtig), das empört mich in einem solchen Maße, dass ich vor Grimm und Verachtung zittere, wenn ich daran denke. O wenn es uns gelänge, unsre Sache rund und nett allein zum Siege zu bringen, denke nur daran, was das wäre! Was würde man denn da anfangen in seiner Freude, ich wüsste mir nicht zu helfen, kommt nur gleich und ohne Verzug hierher, sowie Ihr von einem großen Sieg hört. – Freust Du Dich nicht auch über die schöne Kriegspoesie, die schon entstanden ist, ein echt nationaler Krieg! Hast Du den Kladderadatsch? Er hatte das schönste Gedicht »An den Tyrannen«; wenn Ihr's nicht habt, so schicke ich's Euch.

Ein anderer Brief aus dieser Kriegszeit schließt mit den Worten: »Gottloserweise gab ich mich auch einer recht herzlichen Schadenfreude hin, vielleicht muss ich die Sünde einmal büßen, tut nichts, jetzt finde ich es gar zu schön, wenn wir den großmäuligen Franzosen so wackere Schläge geben.«

Sieg auf Sieg folgte in den nächsten Monaten, das Interesse des ganzen Hauses richtete sich auf ein und denselben Punkt, die Kinder wetteiferten, wer zuerst eine neue Siegesdepesche heimbrächte, und durch allgemeine Illumination der Stadt wurde der Tag von Sedan gefeiert, von dem man damals hoffte, dass er den Frieden unmittelbar im Gefolge haben würde.

Mitten in dieser Siegesstimmung jährte sich der Todestag Braters und seine Witwe, die da glaubte, der Name ihres Mannes sei vergessen über den Helden des Tages, durfte erfahren, dass dennoch treulich seiner gedacht wurde. In den Münchner Neuesten Nachrichten erschien ein Artikel, der an den Todestag Braters erinnerte und dem wir folgende Sätze entnehmen: »Wenn wir mit jubelnder Begeisterung die Heldentaten unsrer Söhne und Brüder feiern, wenn wir in stolzer Trauer des Muts und der Opfer der Gefallenen gedenken, so werden wir auch des stillen Denkers, des beredten Kämpfers, des treuen Beraters Deutschlands, unseres Brater, dankerfüllt uns erinnern, der mitgeholfen, die herrlichen Siege unsrer Tage vorzubereiten und der, wenn auch nicht auf blutigem Schlachtfelde, doch auf dem Felde der Ehre, mitten in seinem deutschen Berufe fiel. Wir aber, und mit uns gewiss alle treuen Anhänger des Fortschrittes, erneuern das Versprechen, den Kampf, dem er zu früh entrissen wurde, in seinem Geiste fortzusetzen, damit all das, wozu er, der Edelsten einer, für das Vaterland den Keim gelegt, zur schönsten Entfaltung gelange.«

Wie wohl tat an diesem Jahrestag der Witwe schon das eine Wort: »Unser Brater«, so fühlte sie sich nicht alleinstehend mit ihrem Schmerz, die Freunde teilten ihn. Auch der Dichter Leuthold, der vorübergehend an der Süddeutschen Zeitung mitgearbeitet hatte, schrieb ergreifende Verse, die später unter seinen Gedichten gedruckt erschienen:

Auf Karl Brater.

Dein gedenk ich heute beim Sieg der großen
deutschen Sache, der Dein charakterstrenger
hoher Freimut, Deine gedankenklare
Seele geweiht war.

Wenn ein Held im Taumel der Schlacht nach tapfern
Taten hinsinkt, schmückt ihn der blut'ge Lorbeer,
sein Gedächtnis feiert die Zeit und dankbar
nennt ihn die Nachwelt.

Doch es bleibt die stillere Größe jener,
die zum Wohl des Volks in Gedankenschlachten
tropfenweis verbluten ein reines Leben,
minder beachtet,

Ja, es bleicht anspülend die Flut bewegter
Zeit die besten Namen, und mancher Grabstein
übermoost, manch geistige Tat entfällt dem
Mund der Geschichte.

Denn es hat der Lebende recht, die Menge
liebt, was glänzt, und käufliche Lippen preisen
jene nur, die willig das Lob mit vollen
Händen belohnen.

Doch dem Dichter ziemt es im Angedenken
seines Volks, die Toten erstehn zu lassen
und die denkmallosen Gedankenhelden
würdig zu ehren.

Vier Wochen waren seit diesem traurigen Gedenktage verstrichen, November war es und in der nördlichen Wohnung kalt und dunkel, da fiel plötzlich ein Sonnenstrahl ins Haus, so warm und belebend, dass er auch Frau Brater ins innerste Herz drang und endlich wieder ein glückliches Strahlen auf ihrem Gesicht hervorrief: Ihre Tochter Anna wurde Braut. Der Bräutigam, Universitätsbibliothekar Dr. Dietr. Kerler, war ihr als ein vorzüglicher Charakter und als politischer Gesinnungsgenosse ihres Mannes längst bekannt, ohne Sorge konnte sie zu dieser Verbindung ihren Segen geben.

Auf welche Weise das Band zwischen dem jungen Paar entstanden war, das hat sie selbst, fünfundzwanzig Jahre später, bei Kerlers silberner Hochzeit in launigen Versen mitgeteilt.

Sie schildert die bescheidenen Verhältnisse, in denen die kleine Anna zur Welt kam und fährt fort:

Wie die Mutter dies ihr Kindlein
erstmals auf den Armen trägt,
eine Frage an das Schicksal
unwillkürlich sie bewegt:

Ob wohl dieses kleine Würmlein
unbewusst jetzt auf der Erde
seinem Ziel entgegen wachse,
auch einst eine Mutter werde?
Und ob schon vielleicht ein Bürschlein
irgendwo zur Schule müsse,
dass es seinerzeit zur Jungfrau
sichern Weg zu finden wisse?

Wie die Mutter also dachte,
war's noch frühe Morgenstunde,
Winter war's und kalt und finster,
keine Ahnung gab ihr Kunde,
dass fürwahr ein solcher Bursche
war im Deutschen Reich vorhanden
und in dieser frühen Stunde
schon in Ulm war aufgestanden.
Dietrich hieß der stramme Junge,
riss sich los aus Schlafes Armen,
nicht dem eignen Antrieb folgend,
nein, ein Wecker ohn' Erbarmen
geht durchs ganze Land der Schwaben
wo man nur ein Bürschlein kennt,
dass es zur Tortur sich rüste,
die man Landexamen nennt.
Denn in diesem biedern Lande
ist ein Knäblein kaum geboren,
wird's schon in der Wochenstube
für ein Kloster auserkoren.
Und so gähnt und lernt der Junge
schon in dieser düstern Stunde,
denn auch ihm gab keine Ahnung
von dem kleinen Sternlein Kunde,
das soeben aufgegangen
und bestimmt war seinem Leben,
was es nur an Liebe wünschte
seinerzeit vollauf zu geben.
Doch zu blicken in die Ferne
Hat er weder Zeit noch Ruh',

denn Examen und »pro locos«
gehen scheinbar endlos zu,
Griechen, Römer und Hebräer
trägt ausschließlich er im Herzen
und die deutschen Jungfrauen machen
ihm noch lange keine Schmerzen. –
Doch auch hier, wie allenthalben,
fliehn die Jahre pfeilgeschwind,
Klöster, Stift und alle Plagen
glücklich überstanden sind.
Auch das letzte der Examen
bringt er glänzend hinter sich
und ganz würdig auf der Kanzel
sieht man nun den Dieterich!
Doch wie kam's, dass er so kurz nur
auf dem schönen Posten stand
und auf einmal ostwärts schielte
nach dem fremden Bayernland?
Scheinbar war es die Geschichte,
die ihn fortgetrieben hat,
er erfasst sie und er wandert
ihrethalb von Stadt zu Stadt.
Schließlich kommt er in Erlangen,
diesem kleinen Städtchen an,
sonderbar dort bleibt er hangen
und wird dort ein Büchermann.
Aber wo ist denn das Mägdlein,
das damals geboren war?
Nun, es ist längst aus der Wiege,
geht zur Schule Jahr für Jahr
ist ein junger Backfisch worden,
fleißig rührig ohne Rast,
doch vor allem die Geschichte
hat mit Eifer sie erfasst;
einstmals kam man in Erlangen,
diesem kleinen Städtchen an,
und sie wünscht sich ein Geschichtsbuch,
geht deshalb zum Büchermann.

Dieser, freundlich wie er immer,
hat das Buch ihr anvertraut,
doch viel tiefer als es nötig
in die Augen ihr geschaut!
Sie, halb Kind noch, denkt sich gar nichts,
bald auch zog man wieder fort
und lebt nun drei volle Jahre
fern von diesem lieben Ort.
Doch es kommt die Zeit der Rückkehr
und man siedelt fest sich an
und an jene Augen denkend
schleicht ins Haus der Büchermann.
Ja nun ist es etwas andres,
sie die Jungfrau, er der Mann,
haben sich's nun gegenseitig
mit den Blicken angetan!
Und die Frage an das Schicksal,
die die Mutter einst gestellt,
überglücklich und bejahend
ist gelöst vor aller Welt.

Von der ersten Stunde an, da dieser Bund geschlossen wurde, war Frau Brater der festen Überzeugung, dass die Verbindung eine tief beglückende werden würde. Sie schrieb an ihre Freundin Emilie, geb. Kopp: »Dein Brief kam in ein freudevolles Haus, denn mein Brautpaar ist so glücklich, als ich es nur wünschen kann, so glücklich, dass es mir ist, als sähe ich mein eigenes schönes Leben wieder aufblühen, ich freue mich dieses Glückes aus ganzem Herzen, aber dennoch, dennoch nur unter viel heißen Tränen. Wenn ein Herz so lange in Sorge und Schmerz gestanden ist wie das meine, dann ruft jede Erregung, auch die freudigste, die zurückgedrängten Empfindungen aufs neue wach. – – Anna hat sich einen kostbaren Schatz erworben und ich wüsste kaum einen Mann, dem ich mein Kind mit solcher Freudigkeit und Zuversicht geben würde ..... und ich weiß, dass auch mein lieber Mann sich dieser Verbindung erfreuen würde; sie kannten sich noch und Kerler spricht mit großer Liebe von unserem teuren Geschiedenen.

Doch ich will ein Ende machen mit dieser Angelegenheit, Du siehst, dass sie unser Herz sehr bewegt, die Freude ist uns eben immer noch eine ungewohnte Empfindung; wir hatten hier in Erlangen schwere Tage, und das Eingewöhnen wollte nicht recht gehen; wenn einem das eigene Leben abgeschlossen, sein Zweck erfüllt scheint, dann dünkt es einem zuweilen fast unmöglich vorwärts zu steuern, v o r w ä r t s wo das Herz mit aller Macht nach rückwärts strebt, und ich habe in diesem unruhigen Haushalt hier kaum einen Augenblick Zeit, um das zu d e n k e n, was meinem Herzen lieb und teuer ist. Dennoch habe ich in diesem schmerzvollen Jahr gelernt allein zu sein, ich bin's gewöhnt mein Teuerstes für immer entbehren zu müssen ... aber eines ist mir auch klar geworden: ich weiß dass nichts, nichts mich von ihm trennen kann, je mehr die Zeit und die Verhältnisse mir ihn entfernen, je mehr erkenne ich, dass wir uns unlöslich verbunden sind, dass ich ihm einzig und allein angehöre, und oft, oft wenn ich nach der Unruhe des Tages in der Stille der Nacht mit meinen Gedanken allein bin, dann steht das geliebte Bild vor mir – es ist mir, als könnte ich seine Hand fassen ...«

Wenn nun auch die Trauer im Herzen oft die Oberhand gewann über die Freude, so war die Mutter doch weit entfernt, dadurch das bräutliche Glück der Tochter zu trüben. Ihr Brautpaar sollte nichts davon ahnen, dass sie beim Anblick ihres Liebesglücks mit Schmerzen daran dachte, wie auch sie einmal das bittere Leid der Trennung erfahren würden. Sie freute sich mit den Fröhlichen und drängte den Kummer ganz zurück bis sie allein mit ihm war in der Stille der Nacht. Und das ganze Haus stand unter dem Einfluss des glücklichen Brautpaars; der Schimmer des nahen Hochzeitsfestes verband auch die Kleinen mit den Großen in fröhlicher Vorfreude und Geschäftigkeit. Dazu kam im Januar die Freude, die allen Deutschen das Herz bewegte: der große Tag in Versailles, die Gründung des Deutschen Reiches als schönster

Erfolg des Krieges. Der 10. Mai brachte den lang ersehnten Frieden, der 28. Mai das schöne Familienfest, die Hochzeitsfeier.

Das junge Paar ließ sich in Erlangen nieder, so trübte kein Trennungsschmerz das fröhliche Fest, Frau Brater sah ihre Tochter als glückstrahlende junge Gattin dem geliebten Manne folgen. Sie blickte bei diesem Lebensabschnitt in die Zukunft ihres Kindes, sich selbst prüfend und erwägend, ob sie getan hatte was in ihrer Macht stand, um sie für das Leben auszubilden. Schon mancher Mutter ist es in solcher Stunde plötzlich klar geworden: Du hast Deine Tochter verwöhnt und sie dadurch im Egoismus heranwachsen lassen. Eine Egoistin kann aber den Mann nicht glücklich machen und kann sie nicht glücklich m a c h e n, so wird sie auch nicht glücklich s e i n. Solche Überlegungen lagen Frau Brater um so näher als sie durchdrungen davon war, dass es viel mehr in der Hand der Frau als in der des Mannes liege, eine Ehe glücklich zu gestalten, ja in ihrer starken Ausdrucksweise sagte sie: Für jede unglückliche Ehe mache ich die Frau verantwortlich. Vielleicht entsprang diese Ansicht aus dem unbewussten Gefühl, dass es ihr mit ihren glücklichen Gaben und der seltenen Mischung von Energie und Hingebung jedem Manne gegenüber gelungen wäre, zu verhüten, dass ein s c h l e c h t e s Verhältnis entstünde. Sie äußerte manchmal: »Es ist eigentlich noch wichtiger, dass die Frau gescheit ist, als der Mann«, und man versteht das, wenn sie der Frau zumutet und zutraut, die Ehe in ihrer ganzen Schönheit auszubauen.

Frau Brater konnte bei dem Rückblick auf ihr Erziehungswerk über den Hauptpunkt beruhigt sein: verwöhnt hatte sie die Kinder nicht, auch in der eigenen Ehe niemals das Beispiel des Egoismus gegeben, so konnte sie getrost auf das eheliche Glück des jungen Paares hoffen.

Bei der Hochzeitsfeier ließ sie sich nicht anmerken, wie unsäglich wehmütig und schmerzlich ihr zumute war, dass sie diesen Tag ohne den geliebten Mann begehen musste. Sie verschloss tief im Herzen die Trauer, wenn sie unter den Gästen saß und widmete sich diesen vollständig. So verlief das Fest freudig für alle, die daran teilnahmen. Bei solchen Anlässen kam Frau Brater das gesellige Talent zu Hilfe, das sie in hohem Grade besaß. Sie glaubte nicht den Geladenen genug zu tun, wenn sie für deren leibliche Verpflegung gesorgt hatte, sie hielt es für ebenso wichtig, dass Geist und Gemüt ihrer Gäste nicht leer ausgingen, und wie sie dieser geselligen Pflicht unzählige Male in ihrem Leben nachgekommen war trotz schmerzenden Kopfes und brennender Augen, so tat sie es nun mit wehem Herzen und verborgener Trauer, und gab den fröhlichen Ton an, der allen wohl tat.

Sie war immer anregend in Geselligkeit und doch führte sie nicht das große Wort wie manche hervorragend gesellige Talente tun, die zwar unsere Bewunderung erregen, uns prächtig unterhalten, aber doch das Gefühl hinterlassen, dass neben ihnen niemand zur Geltung kommen konnte. Sie ließ gerne die anderen zu Wort kommen und verstand es prächtig, die Rede auf das zu bringen was diese beschäftigte. »Sie versteht so ausgezeichnet die Kunst zuzuhören«, rühmte gelegentlich ein Freund ihres Mannes von ihr und mit dieser Kunst tat sie vielen wohl, denn sie antwortete auf das Gehörte liebenswürdig und treffend, nie in konventionellen Redensarten, sondern in Ausdrücken die ihr direkt aus dem Herzen kamen und denen ihr freundlicher Humor eine originelle Wendung gab.

Leistete sie so ihr Möglichstes in Geselligkeit, so war sie auch höchst entrüstet über Menschen, die sich nur unterhalten ließen, sich selbst aber ihrer geselligen Pflichten gar nicht bewusst waren. Ganz empört konnte sie sein über Frauen und Mädchen, die während des Gesprächs immer auf ihre Handarbeit sahen, ihre Stiche abzählten und nur mit halbem Ohr bei der Geselligkeit waren, und über Männer, die dasaßen, schwiegen und sich ganz bequem von andern unterhalten ließen. »Langweilig sein ist die größte Sünde« erklärte sie und war der Ansicht, es müsse jeder gebildete Mensch sein

Teil zur Unterhaltung beitragen oder er sollte sich lieber gar nicht in Gesellschaft blicken lassen.

Wer Frau Brater in solcher Entrüstung reden hörte, der glaubte schließlich selbst an die Sünde der Langeweile. Man konnte nicht so leicht dem widerstehen oder das vergessen, was sie mit ihrer ganzen Wärme und Energie als ihre Überzeugung vorgebracht hatte.

Im ersten Winter nach der Verheiratung ihrer Tochter schrieb sie an ihre Freundin, Frau Professor Hecker: »... Du kannst Dir kaum vorstellen wie viele Freude ich an meinem glücklichen Paar habe und wie sich das Freundschaftsverhältnis, das zwischen mir und meinen Kindern besteht, mit der verheirateten Tochter nun noch weiter und umfassender entwickelt hat; und ich möchte sagen, ebenso geht es mir mit Agnes; seit wir nun noch allein beisammen sind, ist unsere Anhänglichkeit aneinander so groß geworden, dass mir's oft ganz bange dabei wird; sie hängt ihr Herz gar zu sehr an mich, ich muss so oft der unvermeidlichen Trennung denken ...«

Während Frau Brater in solchen Worten andeutete, dass sie, die oft vor Müdigkeit fast der Arbeit erlag, sich selbst keine lange Lebensdauer zutraute, war es ihr bestimmt, alle ihre Geschwister zu überleben. Vor zwei Jahren war ihr Bruder Siegfried gestorben und nun trat deutlich und drohend bei ihrem Bruder Hans ein inneres Leiden zutage, das nach einem schweren Winter rasch eine tödliche Wendung nahm. An Pfingsten 1872, während in Erlangen die »Bergkirchweihe« gefeiert wurde und alles hinausgeströmt war, um sich zu ergötzen, kämpfte dieses Leben den letzten Kampf, und Frau Brater musste den geliebten Bruder scheiden sehen. Wehmütig schreibt sie: »Ein treues Herz, wie es kein treueres, liebenderes geben kann, habe ich auch jetzt wieder scheiden sehen müssen und habe ihm einen Teil meines eigenen Wesens mit ins Grab gegeben. Ich muss immer aufs neue daran denken, wie gern mein Bruder noch bei uns geblieben wäre.... Die Kinder behalte ich so lange ich nur immer kann.«

Die vier so früh verwaisten Geschwister konnten auf diese Weise im elterlichen Hause beisammenbleiben und wenn auch in der Folge das eine oder andere seiner Ausbildung wegen fortkam, so stand ihnen doch für die Ferien ein Heim offen, in dem sie mütterliche Liebe fanden, das bittere Gefühl des Verwaistseins blieb ihnen erspart.

Der Bruder des Verstorbenen, Professor Fritz Pfaff, wurde Vormund. Da er aber außerhalb der Stadt, in einem Landhaus auf dem Berg wohnte und überdies in jener Zeit viel leidend war, so blieb die Sorge für die vier Unmündigen auf Frau Brater liegen, auch das Geschäftliche wurde ihr übergeben. Gelegentlich einer Vorladung wurde ihr auf dem Gericht mitgeteilt, wie sie für die Waisen Buch zu führen und Rechnung abzulegen habe. Als sie von diesem umständlichen Verfahren hörte, sie, der jede pedantisch-bürokratische Maßregel in der Seele zuwider war, entgegnete sie sofort in ihrer überzeugenden Art, solch umständliche Rechnung könne sie unmöglich führen, die würde auch bei ihr gar nicht stimmen, sie wolle mit den Kindern so weiter wirtschaften wie zu ihres Vaters Lebzeiten, hoffe auch mit den vorhandenen Mitteln auszukommen, aber alles weitere sei ganz unnötig. Die beiden anwesenden Beamten sollen sich daraufhin etwas ratlos angesehen, aber die Sache »vorläufig« beigelegt haben. In der kleinen Stadt kannte man ja seine Leute, wusste dass hier alles in Ordnung und die Mündel aufs beste versorgt wären, und dass man froh sein musste, sie so gut untergebracht zu wissen. Bei der bewährten Sparsamkeit der Hausfrau gelang es auch, die Söhne studieren zu lassen, und in den Jahren, da die Kosten am bedeutendsten waren, wurde Frau Brater am wenigsten vom Gerichte behelligt, man war wohl auf dem Amte zufrieden, wenn s i e zufrieden war.

Eine sparsame Einrichtung setzt voraus, dass die Hausfrau selbst tüchtig mit angreift und so lag nun auch ein gut Teil Arbeit auf Frau Brater. Die Zimmer, die ihr Mann und ihr Bruder bewohnt hatten, vermietete sie, obgleich diese »Zimmerherrn« nicht unwesentlich die Arbeit vermehrten. Ein

Brief an ihre Tochter Agnes, die vorübergehend verreist war, gibt einen Einblick in den unruhigen Haushalt:

Liebe Agnes!

»Am Ende eines sehr, sehr stürmischen Tages setze ich mich und versuche einen Brief an Dich, denn es ist doch unter allen Umständen sehr angenehm, dass man beim Schreiben sitzen kann.

Heute war geradewegs der Teufel los, aber bekanntlich wird ein Gewürge gerade dann komisch, wenn man es unmöglich mehr beherrschen kann, sondern alles drunter und drüber gehen lässt.

Ich begann meinen Tageslauf mit der großen Bügelei, die mit allen Zimmerherrnvorhängen ziemlich umfangreich war, zu gleicher Zeit stellte sich der neue Gärtner ein und extra meinen Vorhängen zum Trotz der schon vor Wochen bestellte Zimmermann für den Gartenzaun, dann kam der Schlosser für das Tor, dann Herr Ebrard, dann Sophie Schnizlein, dann Anna mit der Kleinen, dann eine Ladung für den Nachmittag aufs Rentamt, dann Emma Schunck zu einer Schirtingsteilerei; Ricke stöberte und fegte unten und bekanntlich klingelt es dann alle Minute, schließlich klingelte dann auch noch Herr K. (ein Studierender, der bei Frau Brater einen Freitisch hatte) zu Klößen und Sauerbraten und sprach heute noch weniger als gar nichts... Schließlich hängen nun doch alle Vorhänge, die Betten sind gesonnt und überzogen, kein Stäubchen mehr ist im Zimmer und morgen kann der Zimmerherr seinen Einzug halten.... Schreibe Du nur bald wieder, denn wenn ich auch nicht viel Zeit habe, Dich zu vermissen, so vermisse ich Dich in kurzen Augenblicken um so ergiebiger und es ist mir, als sei'st Du schon 14 Tage weg!«

Wenn sich in diesen bewegten Jahren Frau Brater die Freude gönnte, ab und zu ein paar Stunden in dem glücklichen, friedlichen Heim der Familie Kerler zuzubringen, so wurde sie bei der Rückkehr meist schon an der Haustüre von Groß und Klein mit allerlei Anliegen überfallen und im Chor fragender, bittender oder auch streitender Stimmen die Treppe hinaufgeleitet. Das war im einzelnen Falle wohl ungemütlich, aber liegt nicht für jede Frau doch auch etwas Beglückendes in dieser Unentbehrlichkeit? Im Ganzen betrachtet war es doch ein Segen, dass sie noch ein so reiches Feld der Tätigkeit hatte, eines das sich noch erweiterte, als sie im Sommer 1872 Großmutter wurde.

Als sie ihr erstes Enkeltöchterchen in Empfang nahm, war sie erst Mitte der Vierzig, man sah ihr die Würde nicht an, wohl aber die Freude. »Ich mag es kaum eingestehen, welches Entzücken das liebe Geschöpf bereitet,« schreibt sie in Erinnerung daran, dass sie sich als junge Frau gehütet hatte, das Lob ihrer eignen Kinder zu singen. Bei dem Enkelkinde konnte sie diese Zurückhaltung nicht mehr über sich bringen, der Großmutterfreude ließ sie freien Lauf. Die Wonne über dies prächtig gedeihende Kind spricht aus allen Briefen der folgenden Jahre. Freilich, wenn die Eltern des Kindes dieses verwöhnt oder zu sehr in den Vordergrund gestellt hätten, so wäre ihre Freude an der Enkelin gleich getrübt worden, denn ihre Erziehungsgrundsätze waren ein Teil ihres Wesens; sie verleugnete dieselben auch nicht bei den Enkelkindern. Kam die Kleine zu Besuch in das großmütterliche Haus, so sorgte die Großmutter, dass ihr nicht von allen Seiten Beachtung, überschwängliche Begrüßung zuteil wurde oder die originellen Äußerungen des Kindes belacht und in seiner Gegenwart weitererzählt wurden. Sie hatte am liebsten, wenn das Kind für sich allein spielte, begünstigte das soviel sie konnte und sorgte, dass der Tätigkeitstrieb der Kleinen nicht zu sehr durch Rücksicht auf die Kleider beschränkt werden musste. Sie sah sie deshalb am liebsten in den von ihr selbst gestrickten Kittelchen mit bunten Röckchen, an denen nicht viel zu verderben war. Mit Vergnügen ließ sie dann das Kind »Salat waschen« d. h. mit Gras und Kraut im Wasser patschen, Seifenblasen machen und dergl. Wurde dann auch alles tropfnass, so war doch die Kleine seelenvergnügt dabei.

Vier Jahre später gesellte sich noch ein Brüderchen zu der kleinen Berta, und wenn allmählich wieder Glück und Lebenslust aus Frau Braters Worten und Briefen sprach, so waren es die Enkelkinder, die junge Familie Kerler, die solchen Ton anklingen ließen.

Übrigens fehlte es ihr auch sonst nicht an verwandtschaftlichen Beziehungen in dem alten Erlangen, wo außer den drei Familien Pfaff nun auch die Familie Sartorius lebte und manchen Sonntag zog eine große Schar von Abkömmlingen der guten Frau Pfaff hinaus nach den beliebten Örtchen der Umgegend, nach Bubenreuth, Rathsberg und Sieglitzhof, und die heranwachsende Jugend dieser kinderreichen Familien verkehrte fröhlich zusammen. Schwager Sartorius, Rektor am Gymnasium, und seine Frau Lina, geb. Rohmer waren wohl diejenigen, die zu jener Zeit am fleißigsten Frau Brater aufsuchten. Die Freundschaft mit ihr war ja die Brücke gewesen, die diese Beiden zusammengeführt hatte und immer standen sie im besten Einvernehmen mit ihr. In einem scherzhaften Gelegenheitsgedichte sagt Frau Brater von ihrem Schwager Sartorius: »Doch der Mann von Stahl und Eisen, lässt sich absolut nichts weisen.« Mit solch eisenfesten Ehemännern ist nicht immer leicht auszukommen, mögen ihre Grundsätze noch so vortrefflich sein. So kam denn nicht selten Frau Lina Sartorius zu der Schwägerin hinaus, um häusliche Nöte mit ihr zu besprechen, so z. B. wenn sie Fenstervorhänge anschaffen wollte und der gestrenge Eheherr erklärte, solange der Staat seine Beamten so schlecht besolde, dass es kaum zum Nötigen reiche, dürfe man sich keinen Luxus gestatten und es sei ganz recht, wenn jedermann auf den ersten Blick sehe, dass zu solchen Ausgaben der Gehalt nicht reiche. Die Ehefrau hingegen fand, dass bei solch schönen Grundsätzen ihre Zimmer nicht schön aussähen und wollte die Vorhänge durchsetzen.

Hatte sie dann bei einer Tasse Kaffee mit der Freundin diese und ähnliche Schwierigkeiten besprochen, so kam gegen Abend der Schwager, um seine Gattin abzuholen. Mit schlauem Lächeln trat er vor die Frauen, denn er dachte sich wohl, was sie verhandelt hatten. »Habt Ihr recht über mich losgezogen?« fragte er und sie antworteten lachend: »Jawohl, die ganze Zeit.«

Wie es mit den Vorhängen ausfiel, weiß niemand, wohl aber, dass das Ehepaar immer in schönster Harmonie von der Schwägerin nach Hause kehrte.

13. Kapitel. 1875–1883

Im Sommer 1875 hatte Frau Brater zum zweiten Mal eine Braut im Hause. Ein Jugendfreund Kerlers, wie dieser in Ulm aufgewachsen, suchte den ehemaligen Schulkameraden auf, traf ihn ganz unvermutet schon in einer netten Häuslichkeit mit einer lieben Frau und dachte bei sich: So gefiele mir's auch. Als nun der Zufall die Schwester der jungen Frau an den Kaffeetisch führte, gestaltete sich dieser allgemeine Wunsch zu einem bestimmten Plan. Der junge Mann wiederholte seinen Besuch und eines Tages erhielt Frau Brater aus dem württembergischen Städtchen Blaubeuren einen Brief in dem der damalige »Stadtschultheiß« (Bürgermeister) Sapper um die Hand ihrer zweiten Tochter anhielt. Im Juni wurde die Verlobung gefeiert.

Frau Brater beantwortete die Glückwünsche der treuen Nördlinger Freunde:

... »Ich weiß ja, dass Ihr mir und meinen Kindern gerne etwas Gutes gönnt, dass nun diese Verlobung etwas Gutes ist, kann ich nicht bezweifeln, wenn ich in Agnesens glückliche Augen sehe; ich selbst kenne den Bräutigam sehr wenig und wenn ich auch bei der kurzen Bekanntschaft rasch ein volles Zutrauen gefasst habe, so fühle ich doch jetzt bei der Trennung von ihm, dass wir uns noch ziemlich fremd sind, und der Gedanke, dass, wenn er nun wiederkommt, er mir mein einziges so sehr geliebtes Kind entführen wird, dieser Gedanke bewegt mich tief und rührt an manchen durchgekämpften Abschiedsschmerz.«

Schon nach drei Monaten kam der Bräutigam um die Braut heimzuholen. Wohl gab es wieder ein fröhliches Hochzeitsfest, diesmal aber musste eine Trennung folgen. Frau Brater fiel es schwer, das letzte Glied der eigensten Familie herzugeben. Auch die Braut trennte sich unter bitteren Tränen von der Mutter, mit der sie in den letzten Jahren besonders innig zusammen gewachsen war.

Man möchte sich oft wundern, wenn man sieht, wie ein junges Mädchen, das zuhause in warmer Liebe und schönster Harmonie mit den Ihrigen gelebt hat, überdies noch neben dem Berufe der Haustochter einen Lehrberuf hatte, dem sie mit Eifer nachging und der sie pekuniär selbstständig machte, wenn ein Mädchen ein solch befriedigendes, sorgenloses Dasein unbedenklich hingibt gegen ein ungewisses Los, in ganz fremden Verhältnissen, an der Seite eines Mannes, der ihr, wenn auch noch so lieb, doch vor Jahresfrist noch unbekannt war. Dabei hat sie nicht einmal das Gefühl einer mutigen Tat, eines großen Wagnisses, sie folgt unbedenklich einem inneren Triebe. Sie bringt es über sich, alles zu verlassen, um denselben Weg zu gehen, den einst die Mutter gegangen war. Und je glücklicher die Ehe war, aus der ein Kind entsprossen ist, um so zuversichtlicher wird es wieder von der Ehe alles Glück erwarten.

Der dritte Oktober war der Hochzeitstag und schon vom vierten ist der erste Brief datiert, den die Mutter der jungen Frau nach Koblenz sandte, wohin die Hochzeitsreise sie führen sollte.

»Liebes teures Kind!

Den ganzen Tag schon ist es mir Bedürfnis, ein Viertelstündchen zu finden, das ich ruhig mit Dir verbringen könnte, nicht gerade weil ich Dir etwas Besonderes zu sagen hätte, sondern nur weil ich eben noch immer der Meinung bin, dass ich Dir jeden Gedanken mitteilen könne, der mich bewegt, und wie sehr mein Herz nach Dir verlangt, würde ich Dir gar nicht sagen, wenn ich nicht zugleich die sichere Hoffnung in mir trüge, dass das Glück, das Ihr Euch gründen werdet, mir noch reichen Ersatz bringen wird für das Herzweh, das ich jetzt empfinde. Wenn erst einmal der briefliche Verkehr im Gange ist, wird es mir auch leichter werden und wenn das Stürmen und Regnen nachlässt, bei dem man seine Lieben so ungern auf der Reise weiß, dennoch sage ich mir, dass ja Euer Glück nicht vom schönen Wetter abhängig ist, Gottlob!

Ich will Dir erzählen, wie es seit gestern gegangen ist, Du kannst es Dir zwar an den Fingern abzählen, aber so lange man noch so bekannt ist im Hause wie Du jetzt, muss man's genau wissen: Nachdem Ihr fort wart, war große Stille im Hause, Mine ging mit halben und Vierteltorten bei Bekannten umher, so war ich herrlich allein und fing ganz still an aufzuräumen, das Geschäft ging aber langsam vonstatten, ich pausierte dazwischen ein wenig und weinte, auch trug ich in Gedanken manches Stück lang umher, bis ich es an den rechten Fleck legte, und schließlich waren der Objekte zum Aufräumen so viele, dass ich, wie gesagt, sehr lange keine Wirkung meiner Tätigkeit erblickte; gegen acht Uhr kamen die Hochzeitsgäste zurück, nachdem sogar Onkel Co noch getanzt und sich mit Tante Lina bei der Polonaise »das wildeste Tempo« erbeten hatte. Sie waren alle außerordentlich vergnügt gewesen; daheim schenkten sie dann dem »Ochsenfuß« noch einige Aufmerksamkeit und um neun Uhr gingen sie miteinander ins Wirtshaus; wir zu Hause gebliebenen überfielen mit rücksichtsloser Eile unsere Betten und endlich wurde auch bei mir der Schlaf Herr über das Kopfweh, das sich so allmählich zu schöner Höhe hinaufgearbeitet hatte. Somit kennst Du nun genau alle Stunden des Tages, der der wichtigste in Deinem Leben ist... Ich will Dir nun erzählen wie der heutige Tag verging; also heute morgen erwachte ich ohne Kopfweh, aber Dein Bett stand leer neben mir, ich wusste es schon genau ehe ich die Augen aufschlug, von da ab ging alles seinen gewohnten Gang, nur sah man nichts von Dir; um acht Uhr schon erschien Anna in gleicher Stimmung wie ich... Nachmittags ging man in den Prater, der Regen strömte ohne Aufhören, ich trank dort nur schnell Kaffee und verschwand dann in der Stille, um Deine Sachen zu ordnen; Johanne ging gar nicht mit, sie kämpft den ganzen Tag mit den Tränen, dazwischen geht sie ins Schlafzimmer und weint rückhaltlos. Im Prater war alles vergnügt, sie spielten... Jetzt ist es halb zehn Uhr und ich trachte nach dem Bett, um ein Restchen Kopfweh vollends zu verschlafen.

Und somit gute Nacht, mein liebes Kind, diesen Tageslauf kennst Du nun noch genau, nach und nach wird's anders werden, auch habe ich mich diesmal ausschließlich an Dich gewendet in der Vermutung, dass diese Details höchst uninteressant für Eduard sind. Wann Du diesen Brief erhältst weiß ich ja nicht, aber immerhin werden ja Deine Gedanken noch zu diesen Tagen zurückkehren. Einstweilen behüt' Euch Gott!«

5. Oktober.

Liebes Kind!

»Ich kann Dir nicht sagen, wie sehr ich mich Eures Glückes und Eurer Liebe freue, das Bild, das ich mir jetzt von Euch mache, drängt mehr und mehr die schmerzliche Empfindung des Abschiedes zurück und wenn ich Deine Briefe lese, so wird es mir getroster und freudiger zumute. Lass Dich nur nie abhalten etwas zu schreiben ... sei stets überzeugt, dass in Deinem Leben mir nichts fremd sein kann, ja dass im Gegenteil eine verheiratete Tochter noch in viel innigerem Verkehr mit ihrer Mutter steht als vordem, denn jetzt erst können sie sich gemeinsam freuen an den tiefsten und beseligendsten Empfindungen, die das Leben einem Menschen bringen kann, und dass das Glück, das uns der Liebesfrühling bringt, sich im Herzen nicht verwischt, auch in seinen kleinsten Regungen nicht, das wird Dir leicht glaublich sein und so halte fest an dem Bewusstsein, dass ich stets bei Dir bin.

Die Freude des Zusammenlebens entbehre ich freilich trotz allem noch immer schwer, unsere Plauderstündchen lassen sich brieflich nicht abmachen, da gibt ein Wort das andere; wie oft des Tages habe ich irgend eine Bemerkung auf der Zunge, die ich zurückhalte weil mir erst einfällt, dass ja niemand mehr da ist, der sie recht versteht, und welch ein unaussprechliches Glück es ist, recht verstanden zu werden, in den kleinsten Bewegungen sogar, das wirst Du ja jetzt beständig empfinden. Ich habe mir oft meine Gedanken gemacht, warum auch in den kleinsten Beziehungen das Glück des Einverständnisses ein so beseligendes ist.«

November.

Liebe Agnes!

»Gestern, als wir eben die Treppe hinunter ins Konzert gingen, erhielt ich Deinen Brief und legte ihn mit einiger Seelenüberwindung ganz unbesehen auf den Schreibtisch, dann segelten wir die bekannten Gassen entlang dem bekannten Ziele zu; als ich mich zum ersten Mal wieder unter den vielen bekannten Gesichtern sah und nur Du nicht dabei warst, da wurde mir's recht traurig ums Herz und Du musstest wohl eine Ahnung gehabt haben, dass Du mir diesmal sobald schriebst, denn der Gedanke, dass daheim auf dem Schreibtisch ein Brief von Dir lag, diente mir zur steten Aufheiterung. Als wir um 10 Uhr nach Hause kamen und nachdem die andern im Bette waren, ging ich endlich mit aller Muße an deinen Brief, der mich mit seinen vergnügten Nachrichten auch wieder ganz vergnügt machte, aber auf einen Punkt Deines Schreibens muss ich noch eingehen, denn er erregt meine Missbilligung. Du solltest nicht immer an meinen Besuch denken, man täuscht sich gar so leicht mit einer solchen Freude, die Trennung folgt ja so bald wieder darauf und wir müssen es nun eben lernen, uns als geschiedene Leute aufzufassen; es hat mich fast schon gereut, dass ich meinem Verlangen, Euch Lieben wiederzusehen, ein so nahes Ziel steckte (Februar); ich fühle es wenigstens meinerseits, dass ich mich eben nicht recht trennen mag und doch trennen muss; ach die liebe Gewohnheit des Zusammenlebens, des Einverständnisses in den hundert kleinen Dingen des täglichen Lebens, ich muss sie aufgeben, Du überträgst sie nach und nach. Dem Heimweh lässt sich mit keinem Mittel beikommen, aber ein sicheres Heilmittel ist die Zeit, man löst sich eben nicht so leicht aus Verhältnissen, mit und in denen man geworden ist, die ein Teil von einem selbst sind, aber von Tag zu Tag verwächst man mit den neuen

Verhältnissen und wenn einige Zeit herum ist, so sind einem d i e s e zur Lebensgewohnheit und lieb und teuer geworden.

Wenn ich so zurückblicke auf mein Leben mit dem Vater, so erscheinen mir die ersten Jahre immer als ein oberflächliches Glück im Vergleich zu den späteren, übrigens kam das nicht ganz von selbst, man muss sein Glück pflegen und behüten und das werdet Ihr ja auch tun.

Noch kann ich mir nicht recht denken, welcher Art der U n - f r i e d e n sein wird, der über kurz oder lang doch auch bei Euch einmal ausbrechen muss; wenn Ihr einmal recht Händel miteinander gehabt habt, so bitte ich mir aus, dass eins das andere bei mir verklagt, so lange ich nicht weiß, worüber Ihr streiten könnt, so lange habe ich noch kein erschöpfendes Bild, auch dürft Ihr nicht denken, dass ich Eure Zwietracht sehr hoch anschlage.

Das Staatswörterbuch ist hoffentlich angekommen. Es freut mich, diesen guten Freund und Lebensgenossen nun bei Euch zu wissen, Du weißt ja wie sehr die Erinnerung an des lieben Vaters Leben mit diesem Werk verknüpft ist, wie überall, wo wir auch waren, immer das erste Geschäft war, die Verbindung mit dem Verleger und den Autoren herzustellen, und wie uns die Korrekturbogen in alle Meeresflächen und auf Bergeshöhen verfolgten. Manches werdet ihr gerne gemeinsam lesen, lest auch einmal den Artikel »Gemeinde«, die Ideen oder die Auffassung, die darin niedergelegt sind, sind wohl heutzutage in aller Leute Bewusstsein, aber damals war es eben nicht so, vieles wird jetzt als selbstverständlich betrachtet und hingenommen, was noch vor zehn und zwanzig Jahren verfolgt und fast geächtet wurde...

Ich kann mir gar nicht vorstellen, wie ich es einrichten soll, um mein Haus zu verlassen, ich weiß wahrlich nicht wie ich an eine Reise denken soll. Der neue Zimmerherr ist mir ärgerlich weil er so viel braucht, er hat ein ewiges Geklingel bald um Feuer, bald um Wasser, auch der andere ist mir wieder ärgerlich wegen seiner Unpünktlichkeit, und ich sinne den ganzen Tag, wie ich die Zimmerherrnwirtschaft los kriegen könnte.«

Trotz allen Sinnens wurde kein Ausweg gefunden, denn das Haus musste zu möglichst großer Rente ausgenützt werden. Es waren mühsame und arbeitsvolle Jahre für Frau Brater und dennoch, da sie so viel leisten k o n n t e, war es gut, dass sie noch ein Feld der Tätigkeit hatte. Denn in den beiden jungen Familien war ihre Hilfe wohl zu Zeiten von unschätzbarem Wert, aber sie wusste doch, dass sie nicht immer nötig war, und vertrat jederzeit die Ansicht wenn es irgend tunlich sei, sollte eine Mutter nicht mit verheirateten Kindern gemeinsame Wirtschaft führen. Um so mehr freute sie sich, vorübergehend zu ihnen zu kommen, und genoss das Glück, mit Jubel und Wonne von Kindern und Enkeln empfangen zu werden. Treulich unternahm sie jedes Jahr die Reise nach Württemberg und brachte einige Wochen in Blaubeuren zu.

In dem früher erwähnten Album finden wir eine Fotografie dieses reizend gelegenen Städtchens und daneben einen Vers, der von Frau Brater sagt, dass sie dreimal dorthin berufen wird

»Und sie kriegt zum Lohn
jedes Mal, so bald sie kommt,
Einen Enkelsohn.«

So wusste sie es doch, wenn es not tat, immer möglich zu machen, von zu Hause abzukommen, obwohl ihre empfindlichen Augen ihr das Reisen oft zur Qual machten. Einmal schreibt sie nach der Heimreise von Blaubeuren, wo sie unterwegs bei Verwandten Halt gemacht hatte: »Sechs rauchende junge Vettern, die zu meiner Begrüßung geladen waren, haben meinen Augen vollends den Treff gegeben« und ein andermal:

L i e b e A g n e s !

»Gottlob wieder in Erlangen; Hätte ich ein Tagebuch, mit der allerschwärzesten Tinte würde ich diesen letzten Teil meiner

Vergnügungsreise darin verzeichnen! Meine Augen brachten mich an den Rand der Verzweiflung.... In Tübingen wurde es mit jeder Minute schlimmer. Mein Mittel hatte ich wohl dabei, konnte es aber nur noch abends anwenden, denn es schmerzte unsinnig. Ich überlegte immer, ob ich nicht mit dem ersten besten Zug nach Hause fahren sollte, aber ich mochte doch nicht so rasch abbrechen, wurde ja so herzlich empfangen!...«

Von den drei kleinen Enkelsöhnchen, die sie bei ihrem Erscheinen auf dieser Welt freundlich bewillkommt und in treue Pflege genommen hatte, blieb ihr nur das erstgeborene erhalten. Das zweite, von Anfang an ein zartes Pflänzchen, half sie liebevoll pflegen und als es trotz aller Fürsorge im zweiten Lebensjahre starb, stand sie unter dem Eindruck, dass hier ein Leben zu Ende ging, das vielleicht doch nur Leiden gewesen wäre, und ihr gesundes natürliches Gefühl ließ sie den Tod schwächlicher und leidender Menschen nie so schmerzlich beklagen. Als aber ein Jahr später das dritte Kind, ein prächtig gediehener fast zweijähriger Knabe ganz rasch von der Diphtheritis dahingerafft wurde, empfand sie dies als einen furchtbaren Schmerz. Sie erhielt die Todesnachricht während sie mit der Familie Kerler zum Landaufenthalt im Spessart war. Keine Naturschönheit vermag die Gedanken von solcher Trauer abzubringen, aber es kam das Mittel, das einzige was solchen Kummer in den Hintergrund drängen kann, die Sorge vor noch herberem Verlust; auch Karl, der älteste der drei kleinen Brüder erkrankte an der Diphtheritis und schwebte in Lebensgefahr. Der Gedanke, dass ihre Tochter auch das letzte Kind verlieren sollte, war ihr entsetzlich und lag ihr damals besonders nahe, denn es waren die Jahre, in denen diese Krankheit furchtbar um sich griff, viele Eltern in einer Woche kinderlos wurden, und alle für ihre Kinder bangten. Als die Nachricht von der Besserung und allmählichen Genesung des kleinen Karl eintraf, konnte sie doch wieder Glück und Dankbarkeit empfinden und sie schloss dieses Kind mit besonderer Liebe in ihr Herz und hatte später eine große Freude daran, dass zwei kleine Schwestern sich zu dem Vereinsamten gesellten.

Wenn sie von den Reisen zu ihrer Tochter nach Erlangen zurückkam, so hatte sie dort zwar kein Kleinkindergeschrei mehr um sich, aber doch auch Unruhe genug. Liest man ihre Briefe, in denen sie ihr Erlanger Leben schildert, so sieht man in eine belebte Stube, in der die vier Schulkinder sich umhertreiben mit viel Lärm und Zank, der aber mit Humor aufgefasst wird. So schreibt Frau Brater einmal der Tochter: »... Den ganzen Tag kam ich nicht ans Schreiben und als ich abends meinen Brief begann, erbat sich Wilhelm als besonderes Vergnügen, den geriebenen Kartoffelsalat machen zu dürfen, wobei er so viel interessante Erfahrungen machte, dass er immer meiner Teilnahme und meines Rates bedurfte, und nebenbei ging beständig der Zank mit den Schwestern, die die Behauptung aufstellten, Kartoffelsalat machen schicke sich nicht für Buben, während Wilhelm entgegnete, wenn er wolle könne er seine Hände so sauber waschen wie andere Leute etc.«

»Gestern war ich mit auf dem Eis, denn alle Viere drängen schon seit lange, dass ich einmal ihre Kunst bewundere, die Mädchen fahren hübsch, es sieht sehr anmutig aus, die Buben natürlich ohnedies, die tun sich ja in allen körperlichen Künsten hervor. Wilhelm klettert auf die höchsten Bäume und zerreißt alle Tage ein paar Hosen.«

Allmählich geben die Berichte ein anderes Bild: »Meine Vier sind ungewöhnlich lebhaft und laut, doch sind sie alle heiter und glücklich angelegt und ein fröhlicher Spektakel ist wenigstens leichter zu haben als ein widerwärtiger, überdies geht mir Julie schon tüchtig zur Hand und ist mir überhaupt eine liebe Tochter, wenn nun Johanne auch noch aus dem Institut ist, dann sehe ich den Zeitpunkt nahen, wo ich unverrückt auf dem Sopha sitzen bleiben kann, denn beide Mädchen sind sehr fleißig, übrigens tritt diesen Winter die Verpflichtung an mich heran, mich halbe Nächte lang auf Bällen herumzutreiben und tagelang mit Bügeln, Garnieren usw. beschäftigt zu sein, da meine Mädchen jedoch ziemlich anspruchslos und bescheiden sind, so tue ich es gerne.« Bald waren die Jahre vorbei, in denen sie einer Stellvertreterin bedurfte wenn sie verreiste, Julie und Johanne waren nun fleißige Haustöchter. Sie rühmt von ihnen: »Im Haus habe ich alles in schönster Ordnung getroffen, die Rechnung stimmt auf den Pfennig.«

So war der Familienstand durchaus erfreulich, aber unvermutet drohte eine große Veränderung. Frau Brater schreibt an Agnes: »Was wirst Du sagen, wenn Du hörst, dass es sich gegenwärtig um eine Versetzung Dietrichs nach Würzburg handelt? Dort winkt eine höhere Rangstelle, es ist dort ein sogenanntes Oberbibliothekariat, auch eine größere Bibliothek usw., h i e r ist andererseits weniger Arbeit und sind sehr angenehme Verhältnisse. Es geschieht jedenfalls das möglichste, um Dietrich hierzuhalten, aber über gewisse Grenzen können sie eben nicht hinaus. Die Sache steht auf der Schwebe, doch glaube ich eher an Erlangen als an Würzburg. Was für ein harter Schlag mir diese Trennung wäre, das kannst Du ermessen!«

Der Entscheid fiel für Würzburg und im Frühjahr 1878 übersiedelte die Familie Kerler dorthin, zum großen Schmerze für Frau Brater, die täglich im beglückenden Verkehr mit Tochter und Schwiegersohn und den beiden Enkelkindern gestanden hatte. »Ich empfinde die Trennung immerwährend sehr schmerzlich« schreibt sie an Anna »und es ist mir fast unbegreiflich, dass ich nun die lieben Kinderstimmen so lange nimmer hören und keinen Blick aus ihren hellen Augen empfangen soll. Dennoch sage ich mir beständig, dass ja doch niemand gestorben ist und dass wir uns in kurzer Zeit daran gewöhnen werden, über die kleine Wegstrecke hinweg uns des glücklichen Bewusstseins der Liebe und Zusammengehörigkeit zu erfreuen.« An Agnes: »Ich bin so froh, wenn ich die Handwerksleute, die in Haus und Hof zugleich sind, endlich los habe, es ist dies eine unleidliche Sache. Überdies haben alle Verbesserungen sowohl im Haus wie im Garten für mich den Reiz verloren, die Kinder sind nun erwachsen, die Buben gehen beide fort, die Mädchen werden auch nicht immer daheim bleiben, was soll mir nun das öde Haus? Wilhelm hatte recht, indem er bei Kerlers Berufung sagte: »unsere ganze Existenz ist untergraben!«

Die Zurückbleibenden existierten aber dennoch weiter und zwischen den herangewachsenen Kindern und ihrer Tante ergaben sich im Laufe der Jahre immer mehr gemeinsame Interessen, die das tägliche Leben besonders in den Ferienzeiten, wenn sich alle zusammenfanden, bereicherten. Auf den jüngsten Sohn hatte sich das naturwissenschaftliche Interesse der Pfaffs vererbt, zur großen Freude seiner Tante. Nach den Osterferien schreibt sie an Agnes: »Wilhelm ist diesen Abend auch wieder abgereist, es wird mir immer schwer, ihn wieder ziehen zu lassen, sein Wesen entwickelt sich so auffallend in der mir verwandten Pfaffschen Art und führt mir das Andenken an meine teuren Brüder in lebensfrischer Weise vor die Seele, ich unterhalte mich mit ihm gerade so, wie ich es in jungen Jahren mit diesen getan habe, oder wenigstens über dieselben Gegenstände. Seine Neigung zur Mathematik nimmt immer zu und erfüllt ihn ganz.« »Jetzt, nachdem ich wieder längere Zeit von den Kindern getrennt war, fällt mir wieder deren unendlich lebhaftes Wesen auf, es schwirrt mir den ganzen Tag der Kopf und ein Fremder, der unten am Haus vorbeiginge, würde nimmermehr glauben, dass all der Lärm von vier in Frieden lebenden Familiengliedern herrühre, und Du weißt wie sie sind, i c h muss in erster Linie alles anhören, stehle ich mich ein wenig in den Garten hinunter oder ins Besuchszimmer hinein, es dauert keine fünf Minuten, so ist die Gesellschaft auch da. Namentlich aber in den ersten Tagen der Ankunft bis das übervolle Herz ausgeschüttet ist, so nun Wilhelm, er begleitet mich auf Schritt und Tritt und während ich in der Küche Julie den Kochunterricht gebe, setzt er nicht aus, mir irgend ein physikalisches Gesetz oder ein geometrisches Problem zu erklären. Abgesehen von der Strapaze ist übrigens die Unterhaltung mit den Kindern jetzt anregend und macht mir oft Spaß, z. B.

gestern Abend kamen wir auf die Definition von Begriffen zu sprechen, da wechselte dann immer stilles tiefes Denken mit plötzlichem lauten Gebrüll ab, wenn jeder das beste sagen zu können glaubte, schließlich fragte ich: was ist ein Ofen? Das war uns nun unvermutet schwer und es war komisch zu sehen, wie die beiden Buben ihre Stühle drehten und den unschuldigen Ofen immer von oben bis unten so bedenklich betrachteten ... Wilhelm sieht gar zu schlecht aus, ich mag ihm die Ferien sehr gönnen, mit seinem Erscheinen ist auch sogleich Säge, Schaufel, Hammer usw. wieder in Bewegung gekommen, die abgefaulte Gartenbank ist gemacht, ein Baum umgehauen, Löcher für zwei andere sind gegraben und das geht alles mit einer Kraft und Geschicklichkeit, dass mich's freut. Bezeichnend ist, dass er mir ein Päckchen Nägel mitgebracht hat, weil sie ihm »so schön erschienen sind«.

Neben diesen heiteren Gesprächen kam in diesen und noch mehr in den folgenden Jahren ein ernstes Thema immer öfter zur Sprache: es war die Religion. Die jungen Leute brachten von draußen die materialistische Weltanschauung mit herein, die von der Tante mit Feuereifer bekämpft wurde. Da sie aber durchaus nie den Wunsch hatte, die Leute zum Schweigen zu bringen, sondern zu offener, rückhaltloser Aussprache, so wurde von beiden Seiten mit derselben Lebhaftigkeit disputiert, in der auch schon die vorige Generation von Pfaffschen Brüdern ihre Streitigkeiten ausgefochten hatten, und wie damals geschah es auch jetzt zuweilen, dass Vorübergehende unter den offenen Fenstern stehen blieben, horchten ob es Mord und Totschlag gäbe, aber dann beruhigt von dannen gingen, weil sie statt harter Reden nur Stichwörter vernahmen wie Strauß und Darwin, Seele und Gott.

Die religiösen Einflüsse, die das Leben ihr gebracht hatte, der des Freundes Nagel vor allem, hatten bei Frau Brater den Glauben an den lebendigen Gott zu tiefer Überzeugung gereift und wenn sie auch über einzelne dogmatische Schwierigkeiten nicht hinweg kam, so ließ sie diese als unwesentlich beiseite. Verhängnisvoll für jeden einzelnen und für ihr geliebtes deutsches Volk erschien ihr die materialistische Weltanschauung, die nach ihrer Überzeugung das Edelste und Beste im Menschen leugnet und dadurch verkommen lässt, die auch nie ideale Charaktere wie den ihres Mannes hervorbringen würde, und der Drang, sich und anderen die Unhaltbarkeit derselben immer klarer zu machen, trieb sie, manches ernste Werk zu lesen, und ließ sie jede Gelegenheit aufsuchen, durch schriftlichen oder mündlichen Verkehr einzudringen in diese Fragen, die ihr immer mehr Herzenssache wurden. Sie gewann dadurch nicht nur auf ihre Pflegekinder, sondern auch auf andere, die im Hause verkehrten, starken Einfluss und wurde im Laufe der Jahre für manchen jungen Menschen der Anlass, über religiöse Dinge nachzudenken, bot vielen die seltene Gelegenheit, Zweifel vorbringen, auch atheistische Anschauungen aussprechen zu dürfen, ohne deshalb verurteilt zu werden, und fand die warmen, klaren Worte, die Herz und Verstand zugleich für eine neue Anschauung erschließen können.

Neben all diesen Interessen wurden Frau Brater die sich mehrenden geselligen Beziehungen in Erlangen und die Arbeit, die das Haus mit sich brachte, oft zu viel; sie stand unter dem Eindruck einer Zersplitterung und eines Gehetzes, das ihr unsympathisch war. »Ich mache täglich an mir die Erfahrung«, schreibt sie an Frau Hecker, »dass es gar nichts übleres gibt, als in einem Gehetze zu leben, mit dem Bewusstsein, seine Sache unmöglich ganz gut machen zu können, auch kann man ohne eine gewisse Behaglichkeit keinen guten Humor haben und mit einem schlechten Humor verpfuscht man alles.« ... »In diesem unruhigen Frühjahr bewegte ich recht oft den Gedanken in meinem Herzen, von Erlangen wegzuziehen und das Haus zu vermieten, denn gerade das relativ weitläufige Haus mit Zimmerherrn und Garten macht doch recht viel Plage, ich sehe es immer wenn ich ein paar Wochen verreist war, es gibt dann endlose Rückstände. Übrigens spreche ich noch nicht von diesem stillen Plan, denn erstens merke ich, dass ich mich selbst sehr schwer vom Garten trennen würde, der nun so hübsch ist und mir viele Freude macht, und dann käme ich ja heuer keinesfalls mehr zur Ausführung des Planes, darum schweige ich noch. Aber in diesem Augenblick habe ich die hiesige Wirtschaft ein wenig satt und sehne mich unter den vielen Menschen nach meinen Kindern.«

Als sich späterhin Frau Brater entschloss ihren Neffen und Nichten den Vorschlag der Übersiedelung nach Würzburg zu machen, fand sie allgemeine Zustimmung, und da sie von Kindern und Enkeln in Würzburg herzlich willkommen geheißen wurde, so galt es nur noch, für Haus und Garten einen Mieter zu finden. Dies gelang über Erwarten bald und der Umzug wurde im Sommer 1880 bewerkstelligt. Das Loslösen aus dieser alten Heimat mit ihren vielen teueren Erinnerungen wurde ihr wohl schwer und die Trennung von den Verwandten ging ihr nahe, aber noch in letzter Stunde half ein freudiges Ereignis über den Abschied hinweg, es war die Verlobung ihrer Nichte Johanne, die nun zunächst noch als Braut mit übersiedelte nach Würzburg, das nach bewegtem Wanderleben Frau Braters letzte Heimstätte werden sollte. Ganz nahe bei der Familie Kerler wurde eine freundliche Wohnung gemietet und der tägliche Verkehr in diesem Hause war von nun an ihre Herzensfreude. Die Stadt selbst, am Main gelegen, von den umliegenden Höhen aus betrachtet ein schönes Bild bietend, war ihr indes lange Zeit nicht sympathisch. »Weinberge sind etwas Schreckliches,« schreibt sie, »hier ist's schattenlos und staubig, man kommt heim, wie wenn man im Mehl herumgestiegen wäre; wenn die Höhen ringsum nicht alle abgeholzt wären, hätten wir auch mehr Regen, aber der Wald ist weit weg und die Trockenheit groß.« Jedoch – ob Weinberg oder Wald – diese äußeren Verhältnisse sollten ihr bald recht nebensächlich erscheinen, denn die nächsten Jahre brachten ihr ungewöhnliche Aufregungen durch die Schicksale, die sie mit ihren Pflegekindern teilte. Diese standen ja ihrem Herzen nahe wie eigene Kinder und eine Mutter kann nicht aufhören, für ihre Kinder zu sorgen, auch nicht wenn diese herangewachsen sind, ja es kann ihr auch kein Gericht durch die Mündigkeitserklärung das Gefühl der Verantwortlichkeit abnehmen, denn der Einfluss, den sie bisher gehabt hat, hört nicht plötzlich auf, sie ist sich bewusst, ihn noch immer zu besitzen, und es sind die Schicksale erwachsener Kinder oft dadurch besonders aufregend für die Mutter, dass es in jedem einzelnen Fall eine Frage des Gewissens und des Taktes ist, wie weit sie ihren Einfluss noch geltend machen soll.

Der älteste Neffe, ein hochbegabter und liebenswürdiger junger Mann, der mit großer Liebe an seiner Tante und an den Geschwistern hing, hatte doch nicht die nötige Charakterstärke, sein kleines Vermögen zusammenzuhalten, als er es ausgehändigt bekam und es wurde ihm zum Unsegen. Er entzog sich dem Einfluss der Familie, verließ Würzburg und verlor dadurch den letzten Halt. Schmerzlich klingt aus allen Briefen Frau Braters in jener Zeit die Klage; »Wir wissen nicht, wo Robert ist« und oft genug stellt sie sich die Gewissensfrage: »Hätte ich ihn nicht halten können?« Jahr und Tag verflossen, bis der Vermisste zurückkam zu den Seinigen. Das Wiedersehen war unendlich traurig, denn was sollte nun aus ihm werden? In seinem juristischen Berufe konnte er nicht wieder ankommen, die Türen, die früher für ihn offen gestanden, waren nun geschlossen, umsonst wurde überall angeklopft, er fand keine Anstellung. In mancher schlaflosen Nacht quälte sich Frau Brater, um einen Ausweg zu finden, und diese Wochen gehörten zu den peinlichsten ihres Lebens. In dieser schwierigen Lage tat sich endlich eine Möglichkeit der Existenz auf. In Südamerika wurden deutsche Lehrkräfte gewünscht und von Barmen aus dorthin empfohlen. Dankbar wurde die Hand ergriffen, die sich zur Hilfe bot, um so mehr als der Aufenthalt im warmen Klima günstig für die angegriffene Gesundheit des jungen Mannes erschien. Er schiffte sich ein, erreichte glücklich das Ziel und die verheißene Anstellung. Mancher Brief, voll Liebe und Dankbarkeit gelangte aus weiter Ferne in Frau Braters Hände und gab ihr die beruhigende Überzeugung, dass unter diesen traurigen Umständen das Beste geschehen war. Nur die erschütterte Gesundheit wollte sich nicht wieder befestigen, immer bedenklicher lauteten in dieser Hinsicht die Nachrichten. Traurig schreibt sie über ihn: »Roberts Befinden scheint rasch abwärts zu gehen, es ist mir so unsäglich schmerzlich, den schwer Leidenden so einsam in der Fremde zu wissen! Wir haben ihm in letzter Zeit öfter geschrieben und es ist mir ein Trost, dass er sich wenigstens an diesen Briefen und Liebeszeichen erfreut.« Ein Jahr etwa, nachdem Frau Brater den ersten Brief aus Amerika erhalten hatte, traf der letzte ein und bald darnach die Todesanzeige.

»Es tut einem das Herz weh,« schreibt sie an ihre Tochter, »wenn man dieses so traurig zu Ende gegangene Leben überblickt, und die Wehmut wird nur vermehrt dadurch, dass man zuletzt noch seine Erkenntnis teilen durfte. Ich zweifle nicht, dass er den Weg zur ewigen Heimat gesucht und gefunden hat.«

14. Kapitel. 1883–1886

In derselben Zeit, da Frau Brater voll Schmerzen an den Neffen in der Ferne dachte, nahmen auch die Lebenspläne ihrer Nichte Julie sie vollauf in Anspruch. Das junge Mädchen wurde zur Frau begehrt von einem Deutschen in Südamerika, der früher in Erlangen gelebt hatte und ihr lieb war. Tief im Innern Argentiniens war er als Professor an einer höheren Lehranstalt angestellt und dort wollte sie dem Vereinsamten heimisches Glück bereiten. Die Frage, ob sie in diese weite Ferne ziehen, in unbekannten Verhältnissen einen Hausstand gründen sollte, war wiederum ein schwerer Entschluss. Freilich hatte diesen nicht eigentlich Frau Brater zu fassen, aber sie wusste doch, dass ihr Einfluss, ihr Rat schwer in die Wagschale fiel, und war bedrückt von dem Gefühl der Verantwortlichkeit.

Im Oktober 83 war Frau Brater zu neuen Großmutterpflichten nach Württemberg gereist, denn trotz aller Schwierigkeiten daheim brachte sie es nicht über sich, der Tochter in solcher Zeit ihre Hilfe zu versagen. Von dort zurückgekehrt schrieb sie an ihre Tochter Agnes: ... »Was mich betrifft, so bin ich hier in einen Strudel gekommen, in dem ich mich fast nimmer aufrecht halten konnte. Juliens Angelegenheiten haben sich soweit vorgeschoben, dass man nimmer gut zögern konnte, und doch zeigen sich Schwierigkeiten und unmäßige Ausgaben. Ich habe mich zermartert, um einen Ausweg zu finden, oder die Sache zu verzögern, bis S. Aussicht hätte, in einen Ort zu kommen, der nicht fast unerreichbar ist; aber wir können ihm ja nimmer zuverlässig schreiben, bis er den Brief erhält, ist er ja vielleicht schon auf der Reise, ihr entgegen, und w e n n er schon auf der Reise ist, so müssen Juliens Sachen längstens bis Samstag unterwegs sein!

Wir sind also in stürmischer Eile, um eine Sache zu bewerkstelligen, die ich in meiner gegenwärtigen Stimmung für ein Unglück halte; ich war kaum zwei Stunden hier, so schrieb ich schon an Krazers nach Stuttgart um eiserne Bettstellen.

Ich bestellte Kisten, Matratzen, Betten usw. und noch weiß ich nicht sicher, ob unsere Sachen noch angenommen werden. Ich war in den ersten Tagen hier nahezu verzweiflungsvoll, denn ich fühle mich verantwortlich und hätte zu rechter Zeit Julie gut bestimmen können, noch ein Jahr zu warten, aber indem man immer »für alle Fälle« Zurüstungen traf, übersah man den Punkt, von wo aus der Rückweg abgeschnitten war. Soeben habe ich einen Sattel gekauft für 140 Mark, Julie hat von der Endstation bis zu ihrem Ziel drei Tage zu reiten! Wenn diese Woche mit ihren aufregenden Zurüstungen vollends überstanden ist, dann beruhige ich mich auch wieder und unwillkürlich werden dann mehr die Lichtseiten in den Vordergrund kommen, die Julie als hell leuchtend erkennt.«

Die großen Kisten mit dem nötigen Hausrat gelangten glücklich auf das Segelschiff und während sie auf dem Ozean schwammen, beging die Familie noch mit wehmütiger Freude das Weihnachtsfest. Fehlte doch der älteste Bruder und musste man nicht annehmen, dass auch die drei Geschwister das Fest zum letzten Mal gemeinsam feiern würden? Gleich nach Weihnachten wurde der Platz auf dem Schiffe, das in Marseille abgehen sollte, bestellt und der Koffer gepackt, der das Nötigste für die sechs Wochen lange Seereise enthielt und das Hochzeitskleid der Braut. Am 8. Januar früh morgens, noch ehe es Tag war, geleiteten die Tante und die Schwester das tapfere Mädchen an die Bahn.

Noch am selben Tag und auch am folgenden sandte Frau Brater der Reisenden die ersten Grüße nach, die sie in Basel und in Marseille erhielt. Es drängte sie, noch einmal ihre ganze Liebe der entschwindenden Pflegetochter auszusprechen. In einem langen Briefe blickt sie zurück auf die Zeit, in der sie die kleinen Mutterlosen übernahm, und erzählt: »In der letzten Nacht, die Deine liebe Mutter erlebte, sagte sie mehrmals zu Eurem Vater: ›sorgt für eine treue Person für meine Kinder‹ und welches Mutterherz könnte diese Bitte nicht nachempfinden und würde sie nicht erfüllen, wenn es ihm möglich wäre? Als ich in jener traurigen Zeit zu Euch kam, da ward Ihr ja noch klein und kummerlos, aber jede Nacht, wenn ich vor dem Schlafengehen noch nach den vier kleinen Schläfern schaute, hatte ich das Gefühl, dass auch Euer Mütterlein sanft ruhen könne, wenn eine liebende Hand ihre Kinder zudeckt; als dann auch Euer Vater uns verließ, da stand ich oft, oft vor den Bildern Eurer lieben Eltern und fragte mich prüfend: ›Bist Du auch gewiss diese treue Person? und kannst Du einst bestehen vor ihnen mit all Deinem Tun?‹ – So glaubt mir nun eben, Ihr lieben Kinder, und vor allem D u , mein liebes Kind, das nun aus dem Nest geflogen ist, meine A b s i c h t war gut und wo ich gefehlt habe, da werdet Ihr mir's nicht nachtragen, der Verzeihung und Nachsicht bedürfen wir alle, wir schwachen Menschen.«

Am 11. Januar schreibt Frau Brater nach Nördlingen: »Wieder habe ich ein teures Kind in die Ferne ziehen lassen ohne das beglückende Wort: ›auf Wiedersehen!‹ Dennoch fühlen wir uns alle erleichtert, denn die letzte Zeit war unendlich aufregend und unruhig. Der Abschied war natürlich unsäglich schmerzvoll, aber trotz aller bitteren Tränen stand Julie doch bis zum letzten Augenblick getrost und freudig da, so dass ich mich selbst an ihrer Freudigkeit aufrichten konnte und mir dieselbe immer wieder vergegenwärtige, wenn ich mit Tränen nach der Himmelsrichtung blicke, in der sie uns in raschem Flug enteilt. Heute reist sie aus Basel und Montag aus Marseille ab. Wie und warum ich mich in den letzten Monaten so entsetzlich gesorgt und gequält habe, könnte man nur verstehen, wenn ich die ganze Entwicklungsgeschichte erzählte, ich glaube ich wäre noch melancholisch geworden, hätte ich nicht endlich all mein Sorgen als nutzlos erkannt und aus vollem Herzen mein gutes Kind unter Gottes Schutz allein gestellt mit dem innigen Gebet, dass er auch alle unsere Irrtümer und Fehler zum Guten wenden möge. – Ich freue mich sehr, nun bald, so Gott will, einige Musse und Zeit für mich zu haben, seit Monaten waren Kopf und Hände ausschließlich mit Julie beschäftigt, nun bin ich geradewegs ü b e r a l l mit Briefen und Besuchen im Rückstand, die

Kommode mit der Flickwäsche will platzen, Kleider haben wir auch keine zum Anziehen und das ganze Haus ist in unordentlichem Zustand.«

Es sollte noch nicht so schnell Ruhe eintreten, denn von der jungen Reisenden traf die Nachricht ein, dass ihr großer Koffer vermißt werde, der Koffer, der alles enthielt, was sie für die Seereise bedurfte und noch mehr: die Papiere, die für die Trauung erforderlich waren, das Hochzeitskleid und alles, was sie an Silber oder Schmuck besaß. Das waren aufregende Nachrichten für die Zurückgebliebenen. Frau Brater schreibt an Agnes: »Es wäre wahrlich ein Unglück zu nennen, wenn wirklich der Koffer nicht auf dem Schiff wäre, und die Sache ängstigt mich sehr. In ihrem Handkoffer hat Julie nur das Nachtzeug, auf dem Leib hat sie natürlich ein Winterkleid und Filzhut und sie wird schon jetzt in der Hitze sein! Aber auch wenn man den verzweiflungsvollen Zustand auf dem Schiff in Kauf nehmen wollte, was soll sie denn in Buenos Aires beginnen ohne ihren Koffer? Wir sind ganz wütend über diese Angelegenheit; ich habe sogleich an den Agenten geschrieben.«

2. Februar. »Der Koffer kam also wirklich erst nach Abgang des Schiffes in Marseille an! Ich kann dies Missgeschick nicht eher verschmerzen, als bis ich weiß, dass auch Julie sich über diese Sache getröstet hat, d. h. bis ich annehmen kann, sie hat es nun hinter sich, ihren Willkomm und Eintritt in die fremde Welt arm, fast wie ein Bettelmädchen zu halten.«

Am 25. März konnte Frau Brater nach Nördlingen berichten: »Ich muss Euch doch mitteilen, dass wir von unserer Auswandererin gute Berichte haben. Die Seekrankheit hat sie zwar nie verloren, hingegen ist sie in der Familie Krauß wie in einem Elternhaus aufgenommen. Die Liebe und Treue, die sich in fernen Landen die deutschen Landsleute erweisen, hat für mich etwas ganz Ergreifendes. In welchem Maße durfte sie auch Robert erfahren! Aber ich muss dabei auch all der Sehnsucht, all des Heimwehs gedenken, die solche Treue wohl in sich schließt! Mein gutes Kind befindet sich nun im

Stadium mächtigen Heimwehs, so dass ich immer mit Tränen an sie denken muss ...«

Das Heimweh war leicht begreiflich, denn es kam vieles zusammen, das bräutliche Glück zu trüben. Wohl war die Braut in Buenos Aires einstweilen aufs beste geborgen, wohl machte der Bräutigam die weite Reise aus dem Innern des Landes, um sie heimzuholen, aber Hindernisse der verschiedensten Art stellten sich der Verbindung entgegen, so dass diese zunächst auf spätere Zeit verschoben, dann aber, nach harten inneren Kämpfen ganz aufgegeben wurde.

Als nach langer Pause im Briefwechsel diese Nachricht eintraf, war Frau Brater tief bewegt in dem Gedanken an all die Trübsal, die dieses geliebte Kind in der Fremde durchzumachen hatte, und Briefe, in denen die wärmste Mutterliebe und die dankbarste Kindesliebe sich aussprachen, wurden mit jedem Schiff ausgetauscht und halfen dem jungen Mädchen über das Gefühl der völligen Vereinsamung hinweg. Sie beschloss, nicht sofort wieder in die alten Verhältnisse zurückzukehren, vielmehr sich dort einen Beruf zu suchen, was ihr auch durch die Hilfe des Rektors an der deutschen Schule in Buenos Aires bald gelang, so dass Frau Brater wieder ruhiger an sie denken und von ihr berichten konnte: »Meine Julie ist in einer guten Stelle und wenn das Eingewöhnen auch nicht ohne erneutes Heimweh ging, so ist sie doch glücklich und stolz, dass sie etwas leisten kann, und diese Erfahrungen haben sie und mich um ein gutes Stück vorwärts gebracht, aber sie wurden auch teuer erkauft. Wann und wie werde ich sie wohl wiedersehen? Ich bin mir des Zusammenhangs mit ihr lebhaft bewusst.«

Nach mehrjährigem Aufenthalt in Amerika kehrte die geliebte Pflegetochter in die Heimat zurück und verwertete ihre Lebenserfahrungen als treue Gehilfin in deutschen Familien.

In diesen innerlich und äußerlich durch die Schicksale ihrer Pflegekinder bewegten Jahren ergab es sich einmal, dass Frau Brater zehn Tage ganz allein war. Aus dieser völlig ungewohnten Stille heraus schreibt sie an Lina Sartorius: »Bei mir ist's wie ausgestorben.... Ich möchte ja nicht *immer* so allein sein und gewiss ist es auch dem Menschen besser, wenn er mit andern lebt und sich mit dem Wesen und den Eigenheiten anderer zurechtfinden muss, aber so zehn Tage einmal ganz seinem Egoismus, ganz den eigenen Neigungen leben können ist wahrlich schön und ich will schon trachten, dass mir dadurch nicht gleich der ganze Charakter verdorben wird.«

Allmählich wurde zur Regel, was vorher nur Ausnahmszustand gewesen war: die Stille und Einsamkeit. Noch ein Jahr oder zwei lebte die Nichte Johanne mit Frau Brater traulich zusammen, auch ihr Bräutigam, Assistent am Gymnasium, wurde ihr ein liebes Familienglied, aber als er im Jahre 1885 eine Anstellung in der Pfalz erhielt, verließ auch Johanne als letztes ihrer Pflegekinder das Haus, um dem jungen Gatten zu folgen, und nachdem sich die Unruhe gelegt hatte, die eine Hochzeit im eigenen Hause mit sich bringt, fand sich Frau Brater zum ersten Mal ohne Familie.

Sie hatte anfangs bei diesem dauernden Ferienzustande kein gutes Gewissen und doch war ihr, der bald Sechzigjährigen, nach solch bewegtem Leben der Ruhestand wohl zu gönnen. Sie schreibt an Agnes: »Ich habe manche herrliche Stunde des Morgens mit einem interessanten Buch in den Glacis-Anlagen; ich gebe mich dem Genuss mit vollem Herzen hin und bin sehr dankbar, dass es meine Augen gerade recht liberal gestatten; außerdem ist bis auf einen kleinen Rest von Flickerei alles aufgearbeitet und das Haus in musterhafter Ordnung; nun kommen mir aber die Bedenken, ob es auch recht und erlaubt ist, ein so behagliches Leben der Selbstpflege zu führen? Ich habe noch Kräfte, um mehr zu leisten, und doch – was soll ich tun? Wieder ein paar Wickelkinder übernehmen – dazu fehlt mir doch der Mut und ich habe ein Haar darin gefunden – also warte ich nun einmal, ob sich etwas ergibt....« Oft genug ergab sich etwas; bald half sie der Tochter in Württemberg bei der Pflege eines am Scharlach schwer erkrankten Enkels, bald saß sie am Bette der zeitenweise leidenden Tochter Anna, verkürzte ihr die langen Stunden durch Vorlesen und freute sich an diesen Lesestunden, da die Tochter vollständig ihr Interesse für naturwissenschaftliche und religiös-theologische Bücher sowie für Reisebeschreibungen teilte. Der treue Freund, Ernst Rohmer, sandte aus seiner Buchhandlung alles, was die Freundin interessieren konnte, und sie hatte nur immer zu danken und abzuwehren. »Aber Ernst, aber Ernst!« beginnt einer ihrer Briefe, zankend verbittet sie sich die häufigen Sendungen und ist doch gerührt und beglückt durch dieselben. So schreibt sie einmal: »Die beiden Afrika-Bücher sind nicht nur von mir, sondern von der ganzen Familie freudig empfangen worden und Alt und Jung wird sich darein vertiefen, Afrika ist gegenwärtig unser gemeinsamer Sparren und sowie Ihr Euch zur Auswanderung entschlossen habt, kannst Du ungefragt auch für uns die Billette mitlösen; neulich wo unserem kleinen Otto ein Gemüse nicht recht schmecken wollte, sagte Anna zu ihm: ›ja wie kannst Du denn nach Afrika, wenn Du so genäschig bist?‹ Darauf die bescheidene Antwort: ›ja, ich will ja gar nicht nach Afrika‹; darauf seine Mutter: ›was fällt Dir ein, jeder Mensch muss nach Afrika wollen.‹ Im Geheimen stelle ich oft andere Betrachtungen über das Auswandern an, die Anhänglichkeit an Heimat und Vaterland macht uns Deutschen in der Fremde gar bitteres Herzweh. – Auch für meinen Kalender noch extra Dank, er freut mich immer wegen seiner astronomischen Mitteilungen und die kleine Tabelle der mittleren Zeit hat mich einmal eine volle Tagereise lang von hier bis Neckarth. ausschließlich und eifrig beschäftigt, allerdings hatte mich die Sache vordem schon oft geniert und die schließliche Klarheit mich außerordentlich gefreut, wer weiß ob Du, der Verleger des Kalenders, nicht leichtsinnig genug bist, die Sonne täglich ohne alle Kontrolle auf- und untergehen zu lassen, und wer weiß, ob Du Dich nicht schließlich dabei ganz wohl fühlst?«

Frau Brater übte allerdings pünktlich Kontrolle über die Sonne. Sie wählte schon ihre Wohnungen darnach, wo der

Lauf der Gestirne gut zu beobachten war, je höher droben, je besser. Erreichte im Sommer die Sonne ihren höchsten Stand, so wurde auf dem Fenstersims ein Zeichen eingegraben an dem Punkte, den ihr letzter Strahl beschien, ebenso am kürzesten Tag und jedes Jahr wurde mit Befriedigung die Pünktlichkeit des Gestirnes festgestellt, wenn der letzte Strahl haarscharf den Punkt des Vorjahres traf. Auch Barometer und Thermometer beobachtete sie regelmäßig und als ihr zum ersten Mal ein Maximum- und Minimum-Thermometer verbesserter Konstruktion zu Gesicht kam, erklärte sie in ihrer Bewunderung für diese Erfindung, sie schenke von nun an keinem jungen Paar mehr etwas anderes zur Hochzeit als solch einen genialen Thermometer.

Nachdem sie eine neue Wohnung bezogen hatte, die einen weiten, freien Blick gestattete, schrieb sie an Agnes: »Ich steige manchmal nachts vor Schlafengehen noch hinauf ›auf meines Daches Zinne‹, wo ich durch die Oberlichtfenster eine herrliche Aussicht habe. Wenn Ihr einmal auf einem höhern Standort wohnt, werde ich Dir an der Hand meiner kleinen Sternkarte einige Anweisung geben, die Du seinerzeit wieder auf Deine Kinder übertragen kannst; im allgemeinen hat zwar jeder Mensch reichlich Beschäftigung auf seinem eigenen Planeten und braucht nicht immer darüber hinauszuschauen, da aber unsere Bestimmung doch die ist, uns schließlich aus der Gefangenschaft von diesem Planeten aufzuschwingen, so ist es mir immer vorgekommen, als sei die Betrachtung dieser fernen Welten, diese gewissermaßen sinnliche Anschauung des Unendlichen ganz besonders geeignet, auch den Geist dem Unendlichen und Ewigen nahe zu führen. Ich freue mich, wenn es mir noch zuteil wird, Berta einmal in diese Dinge einführen zu können, es ist ein Genuss, mit diesem Kinde zu verkehren, wo es im Begreifen kaum eine Schwierigkeit gibt.«

Im Herbst 1886 begleitete Frau Brater diese ihre liebe Enkelin Berta nach Boll in Württemberg zu dem bekannten Pfarrer Blumhardt, bei dem sie einen Winter zubringen und den

Konfirmandenunterricht besuchen sollte. Kaum hatte sich das Mädchen dort eingewöhnt, als es erkrankte. Die ganze großmütterliche Liebe spricht aus den Briefen, die sie der Enkelin schreibt in dem weichen, zärtlichen Ton, der seinen tröstenden Einfluss auf die Kinder um so weniger verfehlte, als sie ihn in gesunden Tagen nie zu hören bekamen. Einer der Briefe ist auf einen bemalten Bogen geschrieben und die Anrede zeigt gleich die Liebkosung:

Mein lieber Schneck!

Das schönste Briefböglein, das ich besitze und dessen Ursprung Dir bekannt ist, das nehme ich nun, damit Du siehst, dass ich Dir gerne eine Freude machen und Dir eine fröhliche Zeit gönnen möchte.

Du tust mir herzlich leid, mein liebes Kind, dass Du so getäuscht wurdest und die Besserung noch keinen Bestand hatte! nicht wahr, wenn man einmal so 14 Tage im Bett gelegen ist, dann kommt es einem schon wie eine recht lange Geduldsprüfung vor und es ist auch eine solche, nun erwartet aber, wie es scheint, der liebe Gott von Dir, dass Du ihm noch ein wenig mehr Geduld darbringst, und ich glaube von Dir, mein liebes Kind, dass Du auch dieses noch zustande bringst. Denke nur daran, wie wir auch hier alles in Gedanken mit Dir teilen, es ist mir doch fast gerade so zu Mute, als ob ich bei meinem Strobelkopf am Bett säße und zu ihm sagte: sei nur ganz vergnügt, der liebe Gott schickt Dir ja den Tag der Genesung gerade zur rechten Zeit. Und wenn Dir jetzt das Heimweh ein wenig wiederkommen will, so geniere Dich nur ja nicht, sondern sprich es aus und weine auch nach Herzenslust, denn da wird es einem dann bald wieder leichter zu Mute und man denkt: warum bin ich denn eigentlich traurig, meine Lieben haben mich ja aus der Ferne gerade so lieb und die Zeit der Heimkehr kommt sicher auch wieder. – Ich denke mir, Du wirst jetzt noch ein paar weniger gute Tage haben (was ist denn schlimmer: Zahnweh oder Herzstechen?) und dann wird alles miteinander vergehen, und dann aber wollen wir uns zusammen freuen und dankbar sein!! – Kannst Du Dir gar nicht denken, dass Du Dich erkältet oder mit irgend etwas Dir geschadet hast? es wäre gut, wenn man es wüsste. – Dein Heimweh vergeht sicher, wenn es Dir wieder besser ist und außerdem sage es uns nur. Wenn Du mir heute schreibst: liebe Großmutter komm und hole mich, dann kann ich ja nach zwei Tagen schon bei Dir sein und ich kann zu Deiner Pflege kommen, wenn es nötig ist.... Ich wünsche Dir von ganzem Herzen, dass Du Dich durch ein paar böse Tage vollends gut durchschlägst. – Es grüßt Dich in stetem treuen Andenken

Deine Großmutter.

Nachschrift: Heute gehe ich mit einer Weihnachtsliste in die Stadt, D u dürftest diese Liste nicht lesen, auch Otto nicht.

Die »bösen Tage« machten bald guten Platz, und der Aufenthalt in Boll, der Einfluss Blumhardts, entsprach den Erwartungen. Frau Brater schreibt über Blumhardt: »Ich begreife die Begeisterung, die diese ursprüngliche, liebevolle Persönlichkeit hervorrufen kann, hingegen verstehe ich auch, dass Geistliche, die in ihrer Schablone befestigt sind, sich von Blumhardt geradezu antipathisch berührt fühlen können. Eine Predigt z. B., in der auch einmal der Humor durchschimmert, so dass man sich des Lächelns nicht erwehren kann, das ist uns sehr fremdartig; diese heitere, stets in unmittelbarem Verkehr mit Gott stehende Natur, dabei der derbe Schwabe, das ist eine Eigenart, die nicht jedem zusagt.«

Sie selbst ließ sich durch diese Art nicht beirren. Ihr Herz und Ohr war immer offen, um von irgend einer Seite religiöse Anregung zu empfangen. Einen tiefen Eindruck hatte ihr das zuerst anonym erschienene Buch ihres Freundes Nagel gemacht »Der christliche Glaube und die menschliche Freiheit«. Noch war es ihr ungewohnt, ja erschien ihr fast anmaßend, mit Männern über solche Fragen zu korrespondieren, aber endlich sagte sie sich: »In religiösen Dingen ist niemand ein Laie, der ein Herz und ein Gewissen hat, und jeder solche darf sich über solch ein Buch ein Urteil anmaßen« und so schreibt sie an Rohmer: »Dieses Buch hat mich vielfach in die unmittelbare Nähe Gottes geführt. Ich denke mir, dass es den Kindern des 19. Jahrhunderts eine Wohltat sein muss, ein erlösendes Wort für ihre Zweifel zu finden; mein oftmals geängstetes und mitunter von allen Zweifeln erfülltes Herz findet darin volles Genügen ... allein dass von der Erkenntnis der Wahrheit bis zu der Aneignung derselben eine weite

Kluft ist, das weiß ich nur gar zu gut... Lässt sich äußerlich etwas tun zu der Verbreitung des Buches? Versäume doch ja nichts. – Du siehst: ›wes das Herz voll ist etc.‹ Ich bin zu begierig jemandes Urteil zu hören, habe natürlich mit niemandem sprechen können, da ja die Anonymität so sehr gewahrt werden soll.« Und in einem späteren Briefe: »Deinen Brief habe ich Lina mitgeteilt, aber über das Buch habe ich geschwiegen, wenn ich h i e r über dasselbe spreche, so ist der Autor sofort erkannt, ich bin aber vollständig zum Schweigen verpflichtet. Wollen wir nur fleißig in dem Buche lesen, es verfehlt seine beseligende Wirkung nicht und wird uns, wenn dieses Leben die Geburtsstätte für ein künftiges ist, auf die Dauer zusammenführen.«

Immer weitergehend auf dieser Spur fand sie noch manches Werk, das ihr vorwärts half, teilte in gegenseitiger Anregung mit ihrer Tochter Anna dieses warme Interesse und war besorgt, auch der fernen Tochter von ihren Bücherschätzen mitzuteilen. »Sehr erfreut war ich,« schreibt sie ihr, »dass Du Dixon (»Das heilige Land«) so gern gelesen hast und auch die Erfahrung machtest, dass man vieles im neuen Testament nach ihm erst richtig erfassen lernt. Mir war das Christentum, so wie ich es überkommen hatte, ein kaltes, totes Lehrgebäude und erst in meinen späteren Jahren habe ich es in dem Sinn, wie auch Dixon es andeutet warm ins Herz fassen lernen, und darum möchte ich andern, vor allem Dir, auch zu dieser Erkenntnis verhelfen. Für Deinen Braterischen Widerspruchsgeist scheint es mir vor allem nötig, Dich in das Bewusstsein Deiner vollkommenen Freiheit zu versetzen, man widerstrebt nur solange man denkt, dass einem etwas aufgenötigt wird, was von Menschen gemacht ist.«

In Beziehung auf geistigen Besitz gilt das Wort: »Wer da hat, dem wird gegeben.« Wo ein Mensch lebhaftes Interesse für irgend einen Gegenstand zeigt, da wird ihm von allen Seiten zugeführt was dieses noch mehr beleben kann. Hatte Nagel vor allen andern Frau Brater sein Buch zugesandt, so brachte Schwiegersohn Kerler ihr und seiner Frau zu gemeinsamem

Lesen, was ihm hervorragend erschien, und so sandte ihr Rohmer eine Reihe von Briefen religiösen Inhaltes, die von Schultheß geschrieben waren, einem tiefen Denker, mit dem schon Brater in Beziehung gestanden war. Eine lange Zeit bildeten diese den Inhalt des Briefwechsels zwischen ihr und Rohmer.

Sie schreibt: »Dass Du inmitten aller Sorgen, Arbeiten und Freuden dennoch mit Schultheß in der Weise korrespondierst, das zeigt eben, dass es Dir geht wie mir, was Augustin so ausdrückt: ›Du hast uns, Gott, gemacht zu Dir und unsere Seele ist unruhig, bis sie Ruhe findet in Dir.‹ Ich habe diesen Brief mit größtem Interesse und ebenso viel Freude gelesen, es wäre wahrlich ein Unrecht gewesen, hättet Ihr ihn nicht drucken lassen. Wenn ein Mann wie Schultheß, den man im kirchlichen Sinn nicht einen Christen nennen kann, ein solches Glaubensbekenntnis ablegt, so hat dies etwas wahrhaft Erhebendes und Stärkendes auch für diejenigen, die einen Schritt weiter trachten als er. Ja, es scheint mir, dass, wenn alle Menschen voll und ganz sein Bekenntnis teilen würden, man nicht mehr zu beten brauchte: »Dein Reich komme ...« Ich meine unsere Geistlichen müssten die Glaubensartikel im Lauf ihres Lebens und Wirkens mit ihrer Gemeinde zu ergreifen trachten, Geistliche und Gemeinde müssten als werdende, nicht immer schon als seiende Christen angesehen werden ...

Wenn ich die so interessanten und sympathischen Briefe von Schultheß lese, so geniere ich mich fast, irgend zu widersprechen, darum will ich auch nicht versäumen demütig das Bekenntnis meiner großen Unwissenheit auszusprechen; nur in einem Punkt nehme ich auch für uns Frauen etwas in Anspruch: ein Gefühl für das, was wahr sein kann.«

Mitten aus seiner regen geistigen Tätigkeit heraus wurde Schultheß durch den Tod abgerufen, zum tiefen Schmerz all seiner Freunde.

»Ich muss oft an ihn denken,« schreibt Frau Brater an Rohmer, »an ihn, der nun vom Glauben zum Schauen hindurch gedrungen ist und von dem ich annehme, dass er nicht in ein »dunkles Land« sondern in eine heimische Umgebung eingetreten ist....

... Lass Dir noch besonders danken für Deine Mitteilungen über Schultheß' Heimgang. Welch ein schöner Tod, wenn sich einfach der ermüdete Körper niederlegt und der Geist frei wird! Die Äußerung von Schultheß: »ich habe in siebzig Jahren niemals Schmerzen gehabt« war mir höchst merkwürdig und ist mir ein Schlüssel zu seinem Wesen. Es ist doch sicher, dass derjenige, der selbst nie wesentliche Schmerzen überwunden hat, sich solche auch unmöglich vorstellen kann, also eine der härtesten Lasten, ja vielleicht die härteste Last, die das arme Menschengeschlecht drückt, war Schultheß unbekannt und damit auch zugleich der stärkste Antrieb zum Zweifel an einer persönlichen Wirksamkeit Gottes und daher wiederum sein leichtes Überzeugtsein von einer solchen. Es ist ja möglich, dass Schultheß dennoch schwere Tage durchmachte, aber Sorgen oder Seelenschmerzen haben immer schon eine Verwandtschaft mit dem Göttlichen, leiten uns dahin, nur die Körperschmerzen haben so etwas elend Herunterziehendes.«

15. Kapitel. 1886–1896

Die traurige Beigabe des höheren Alters, einen Jugendgenossen nach dem andern scheiden zu sehen, musste Frau Brater reichlich erfahren. Von den vier Brüdern Pfaff starb auch der letzte, Professor Fritz Pfaff, schon im Jahr 1886, ihr ältester Bruder Heinrich Kraz war der einzige, der ein hohes Alter erreichte. Sie schreibt an Agnes:

»Ich bringe mir erst jetzt zum Bewusstsein, wie unendlich oft ich meines Bruders Fritz gedachte, und in wie vielen Dingen ich mich an ihn wenden konnte. Als ich das letzte Mal bei ihm war, sagte ich ihm: ›Das ganze Jahr hindurch drängen sich mir immer Fragen an Dich auf und wenn ich bei Dir bin, fallen sie mir nimmer ein.‹ Da schlug seine Else vor, ich solle doch einen Fragebogen anlegen. Das tat ich und ein solches Blatt mit Fragen liegt nun in meiner Briefmappe und bleibt für immer unbeantwortet.«

Gingen die Brüder frühe dahin, so blieben ihr doch zwei von den Schwestern ihres Mannes erhalten und standen ihr nahe wie eigene. Ihre Altersgenossin Luise war fast jedes Jahr einige Wochen mit ihr vereinigt, so dass es zusammen einen beträchtlichen Teil des Lebens ausmachte. Treulich hielt sie auch an den alten Freundschaften fest und aus dem unbefangenen Ton ihrer Briefe geht hervor, wie vertrauensvoll sie zusammenstanden.
Gelegentlich eines Familienfestes schreibt sie an Lina Sartorius:

».... Ja, es ist ein langes Stück Leben, das wir in inniger Teilnahme miteinander zurücklegten und vieles schließt es in sich bis zwei übermütige, leichtsinnige, lebensfrische junge Mädchen zu zwei so wackeligen Gestalten heranreifen wie wir es nun beide sind; ich bin in Gedanken bei Dir und an Deinem Feiertage im Geiste mitten unter Deinen Gästen und da sehe ich, wie Du in gleicher Frische wie vor einem halben Jahrhundert nun das Jugendglück Deiner Kinder mitempfindest; was Dich selbst etwa beschwert, drängst Du in den

Hintergrund, ich sehe nur Dein fröhliches Gesicht, denn Heiterkeit und Genügsamkeit sind Dir als zwei Edelsteine in die Wiege gelegt.«

Wie in den Briefen Frau Braters, so war auch im mündlichen Verkehr die Mischung von gemütvollem Ernst und fröhlichem Humor ein eigenartiger Reiz ihrer Unterhaltung. Wer auch nur eine Stunde bei ihr war, hatte gewiss beides kennen gelernt, sowohl ihren heiteren Ton als auch ihre ernste Lebensauffassung, denn diese beiden Seiten ihres Wesens kamen immer zum Ausdruck. Sie hatte nicht, wie manche, ihre Stunden oder Tage, an denen sie zu Spaß und Scherz aufgelegt war und andere, an denen nur Ernstes sie beschäftigte. Nein, die Heiterkeit leuchtete stetig aus ihrem Wesen und umfloss wie ein freundliches Licht die Ewigkeitsfragen, die bei all ihren Gesprächen anklangen. Eine Gesellschaft, in der fortgesetzt ernster gemessener Ton waltete, sagte ihrem Wesen nicht zu und wurde bald durch einen Schimmer ihres freundlichen Humors belebt, aber ebenso wenig war sie innerlich befriedigt, wenn Spaß an Spaß, Witz an Witz sich drängte, obwohl sie mittun konnte, ja dem lustigen Ton unwillkürlich Vorschub leistete durch die köstliche Eigenschaft, die sie besaß, nie etwas übel auszulegen und sich jede Neckerei gefallen zu lassen. Als einmal in größerem Familienkreis unter andern Fragen diese aufgegeben wurde: wer von uns steht himmelweit über der Empfindlichkeit? wurde sofort auf sie geraten.

So fand jeder, der zu ihr kam, was er brauchte, mit Ernst ging sie ein auf das, was einen jeden beschäftigte, und mit Heiterkeit erfrischte sie alle Müden oder pessimistisch Gestimmten.

Und noch etwas zog die Menschen zu ihr hin: ihre Entschiedenheit. Wer unsicher und schwankend vor irgend einem Entscheide stand oder sich in verwirrten Lebensverhältnissen nicht zurecht fand, der konnte sich bei ihr Rat holen. Mit seltener Klarheit fühlte sie heraus, was das Richtige sei, und gab ihre Meinung ab, ohne sie durch ein vorsichtiges »einerseits, andererseits« wieder einzuschränken. Sie fürchtete nicht die Verantwortung eines entscheidenden Einflusses, sondern nahm diese auf sich und hätte ihr je einmal jemand gesagt: »Ihr Ratschlag war kein guter« so hätte sie das bedauert, aber nicht bereut. Sie schätzte die Menschen nicht hoch, von denen sie scherzend das Wort zitierte: »Ich sage nicht so und nicht so, dann kann man nicht sagen, ich hätte so oder so gesagt.«

Es ist uns aber nichts davon bekannt, dass sich ihre Ratschläge nicht bewährt hätten, denn praktisch und vorurteilslos, immer das Sittliche als Norm empfindend, war sie wohl geeignet, das Richtige zu treffen. Für alle schwankenden Naturen ist der Umgang mit einer solchen Persönlichkeit von größtem Werte. Manches Schicksal hat sie gelenkt, manchen Entschluss herbeigeführt, aber wie sie über solche Vertrauenssachen immer Schweigen bewahrt hat, so soll dies auch ferner verschwiegen bleiben. Nur die Worte einer Freundin sollen angeführt werden, die selbst den Wunsch geäußert hat, hier niederzulegen, was Frau Brater ihr war:

»Sie ahnte meine Schwierigkeiten, meine inneren Kämpfe, sie wurde meine Beraterin, meine treue Helferin in stets sich steigernder Not. Wer weiß, wie ich diese ertragen hätte ohne die sichere Hilfe der Menschenfreundin. Ihr und ihrem energischen Eingreifen hab ich's zu verdanken, aus meiner lähmenden Unentschiedenheit herausgerissen worden zu sein. Ich kann mich in dem mehr als zwanzigjährigen Verkehr mit der geklärten innerlich erhabenen Freundin keiner Zeit erinnern, in der ich mich in großen wie in kleinen Dingen nicht durch ihre starke Stütze gehoben und getragen gefühlt hätte. Wie viele Menschen mag sie, die Starke, in ihrer Hilfssicherheit so über Wasser gehalten haben! Dass sie mich wegen meiner Schwäche nicht aufgab, hat mir oft zu neuem Mut und Selbstvertrauen verholfen. Dies danke ich ihr über ihr Grab bis zu meinem Grab.«

Von allen, die zu Frau Brater kamen, gingen wohl nur die unbefriedigt von dannen, die in trivialer Klatschsucht ihre Unterhaltung suchten. Solchen konnte sie nichts bieten, denn von Stadtneuigkeiten wusste sie nicht viel, sie hatte kein Auge und Ohr dafür. Stand sie am Fenster, so sah sie nicht nach den Vorübergehenden, sie sah nach Wolken und Wind. Nahm sie die Zeitung zur Hand, so geschah es wohl in der Absicht sie ganz zu lesen, aber zunächst interessierte sie sich für das Politische und war das gelesen, so reichte meist die Kraft ihrer Augen nimmer zu den Lokalnachrichten. Wurden in ihrer Gegenwart nichtige Dinge des Langen und Breiten verhandelt, so verlor sie die Geduld, die ohnedies nicht ihre starke Seite war. Fing da jemand umständlich an: »Wie wir im August vorigen Jahres in N. waren – oder war's schon im Juli?« dann konnte sie gleich die Bemerkung einwerfen: »Ganz einerlei, nur weiter!« Gab irgend ein Familienereignis Anlass zu allerlei Gerede, so witterte sie schon Klatschsucht, die ihr in der Seele zuwider war, und sie lenkte ab, zwar nie in schroffer Weise, mehr mit Humor, aber immerhin deutlich. Übrigens wandte Frau Brater auch kleinen häuslichen Angelegenheiten ihr volles Interesse zu, sowie diese nicht nur als Unterhaltungsstoff dienten, sondern es sich darum handelte, die richtige Stellung dazu einzunehmen. So hielt sie es wohl der Mühe wert, trotz der schmerzenden Augen, ihrer Tochter Agnes gelegentlich eines Mägdwechsels eingehend zu schreiben:

»... In Beziehung auf Dein junges, neues Mägdlein habe ich die Sorge, dass Du sie verwöhnst, d. h. nicht gehörig abrichtest; bei Euch in Württemberg ist das Verhältnis zwischen Frau und Dienstmädchen im Durchschnitt ein wenig anders als bei uns, bei Euch betrachtet es das Mädchen als selbstverständlich, dass die Frau die Hausarbeit eben so gut kann wie sie und dass sie natürlich mit angreift, wenn das Mädchen nicht fertig wird, sie findet nichts Auffallendes daran, dass auch die Frau Magdarbeit tut. Du hast Dich nun dieser Auffassung ein wenig angeschlossen, Beispiel: als einmal Deine Pauline fort war, sagtest Du mir, dass Du in solchen Fällen immer besonders schön abspülest und die Küche aufräumest; bei uns würde man in solchem Falle nur das Notwendigste tun und das Übrige für die Magd zurückstellen; Dein Verfahren ist nun ganz schön, vorausgesetzt, dass es das Mädchen r i c h t i g annimmt. Pauline war ja eine pflichttreue fleißige Person, da war nichts Wesentliches zu fürchten, aber wenn Du nun ein so junges Mädchen bekommst, das sich bei Dir ihre Auffassung des Verhältnisses teilweise erst bildet, so musst Du vorsichtig sein. Sie muss von der Überzeugung durchdrungen sein, dass diese Geschäfte für D i c h nicht passen, dass eine tüchtige Magd diese Arbeiten der Frau abnehmen muss, weil diese für andere Leistungen und Verhältnisse da ist. Die Gefahr, dass sie Dich für hochmütig oder geringschätzend hält, wirst Du nicht fürchten, denn diese Eigenschaften sind etwas g a n z anderes und wenn sie ihr Dienstbotenverhältnis richtig erfasst, so wie es eben sein muss, Deine D i e n e r i n, so wird sie auch Deine Freundlichkeiten, Rücksichten und Anerkennung in rechter Weise aufnehmen und sich dabei wohl fühlen. Das Anleiten einer Magd habe ich immer als etwas Schwieriges empfunden, denn wir sind dazu nicht aristokratisch genug, und wenn wir sie dann glücklich verwöhnt haben, ärgern wir uns doch darüber und es tut kein gut; rücksichtslose und bequeme Frauen machen es in d e m Stück wirklich besser...«

Freundlich gestaltete sich Frau Braters Leben während der nächsten Jahre in ihrer stillen Würzburger Behausung. So oft sie das Bedürfnis fühlte, konnte sie im Hause Kerler Anregung finden und die beiden heranwachsenden Enkelkinder brachten ganz neue Interessen in ihr Leben. In ihrem Album ist dieser Periode mit den Worten gedacht: »Sie lauschet der Enkelin lieblichem Sang, sieht stolz auf des Enkels heroischen Gang.« So stand sie mitten im Leben und fand doch in ihrer kleinen Wohnung die Feierabendruhe, die sie täglich mit Wonne empfand. Eine »Zugehfrau« nahm ihr einen Teil der Hausarbeit ab. Solche Frauen stehen meist im harten Kampf ums Dasein, Frau Brater nahm daran warmen Anteil und half mancher aus schwieriger Lebenslage, denn bei ihrer rührenden Anspruchslosigkeit und zweckmäßigen Einteilung behielt sie immer Geld übrig und spendete nach allen

Seiten. Es war komisch, zu beobachten, wie verschieden ihre pekuniären Verhältnisse beurteilt wurden: wer auf ihre Einfachheit und Sparsamkeit sah, der urteilte: »Eine ganz arme Frau!« Wer es erfuhr, dass sie einer bedrängten Familie aufhalf und es ihr dabei auf einen Hundertmarkschein nicht ankam, der sagte: »So gibt nur eine sehr reiche Frau.« Beides war nicht richtig. Reich war sie, wenn man reich jeden heißt, der mehr hat als er braucht, aber sie brauchte für sich weniger als wohl die meisten ihres Standes. Sie blieb bei der alten Gewohnheit höchster Einfachheit, auch noch nachdem sie durch den Tod des treuen Familienonkels Meynier in bessere Verhältnisse gekommen war, denn es freute sie beides gleich sehr, das Sparen und das Geben und das letztere wurde durch das erstere möglich. Es mögen wohl die meisten deutschen Hausfrauen sparen, aber vielleicht wenige so durchgehend, wie sie es tat. Wer Frau Braters System in ihrem kleinen Miniaturhaushalt beobachtete, der konnte im Punkte praktischer Einteilung gewiss immer noch etwas dazu lernen. So z. B. die Ausnützung der Wärme. Wärmeverlust konnte sie nicht mit ansehen. Hatte sie einen Topf voll Milch abgekocht, so war ihr der Gedanke ärgerlich, dass nun die Wärme dieser achtziggradigen Milch nutzlos verloren gehen sollte. Also wurde dieser Topf mit Milch schnell in eine Schüssel mit kaltem Wasser gestellt und der Moment abgepasst, da die Temperatur der Milch sich mit der des Wassers ausgeglichen hatte und in diesem, ohne jeglichen Verbrauch von Brennmaterial erwärmten Wasser wurde das Frühstücksgeschirr aufgewaschen. Die Befriedigung lag dann nicht sowohl in dem ersparten Pfennig als in dem schön durchgeführten Prinzip der rationellen Wärmeverwertung.

Es hat wohl keine Wohnung gegeben, in der, wenn Frau Brater darin gelebt hatte, die Öfen nachher noch ebenso aussahen wie vorher. Irgend etwas Unzweckmäßiges konnte sie da nicht dulden. Rauch und Ruß durften nicht vorkommen, ihre Öfen mussten, ohne geputzt zu werden, den Winter durch aushalten, ebenso wenig durfte aber die Wärme zu rasch abgehen, sie wollte nicht »den Weltenraum heizen«.

Auch eine gute Backröhre ließ sie sich in jeder Wohnung einrichten. So war denn auch ein begabter Häfner das Ideal, nach dem sie immer strebte und oft genug sagte sie, es sollte niemand Häfner werden dürfen, der nicht Physik studiert hat! Hatte sie nun so einen Handwerksmann, der eben nicht Physiker war, berufen, so wich sie ihm nicht von der Seite und wollte er zuerst mit einem kühlen »ich weiß schon« oder »so macht man's immer« nach gewohnter Schablone arbeiten, so wusste sie ihn in so eifriger und netter Weise für ihr Ideal zu interessieren und entschuldigte dabei ihre verständigen Wünsche auf so bescheidene Weise als eine bloße Liebhaberei von ihr, die er eben berücksichtigen möchte, dass jeder schließlich darauf einging und ihren Angaben folgte. Alle Handwerksleute hatten gerne mit ihr zu tun und es zeigte sich oft, wie anziehend eine originelle Persönlichkeit auf Leute jeder Gesellschaftsklasse wirkt.

Wie die Wärme, so sparte Frau Brater auch andere Kräfte. Besah man sich genau ihre nette, in musterhafter Ordnung gehaltene Wohnung, so bemerkte man, dass ihre Schränke an den vorderen Füßchen kleine Holzklötzchen unterlegt hatten. Warum? Weil dadurch die Schranktüren von selbst die Neigung hatten zuzufallen und es somit nicht nötig war, sie immer mit dem Schlüssel zuzuschließen, was ihr als eine unzweckmäßige Zeit- und Kraftverschwendung erschien.

Zeit, Kraft und Geld zu sparen, um solche dann reichlich zur Verfügung zu haben, war ihr Ideal; und wie sie im Kleinen darnach lebte, so wünschte sie sehnlich es auch im Großen, im Staat, durchgeführt zu sehen. Schlechte Finanzverhältnisse waren ihr ein Greuel, sie empfand solche als etwas Unmoralisches und sprach sich oft in ihrer lebhaften Art dagegen aus. Sie erlebte in späteren Jahren, dass der älteste Sohn ihres Bruders Siegfried Finanzminister in Bayern wurde. Da nun Siegfried schon im Elternhause derjenige gewesen war, der ihren Ordnungssinn geteilt, und da er später an seiner Gattin eine musterhafte Hausfrau gehabt hatte, so frohlockte sie, als sie hörte, dass dessen Sohn künftig im Staat den Haushalt führen sollte.

In ihrem kleinen, rationell eingerichteten Heim fühlte sich Frau Brater sehr wohl, aber sie spann sich doch nicht zu sehr darin ein. Jedes Jahr reiste sie nach Calw, in den Schwarzwald, wo jetzt ihr Schwiegersohn Sapper als Gerichtsnotar angestellt war und im Sommer begleitete sie die Familie Kerler auf das Land. Von solch einem Aufenthalt, im Fichtelgebirg, schreibt sie an ihren Neffen Hermann Braun: »So etwas von Waldespracht sieht man nicht leicht und nach unsern Laubwäldern tritt einem der Charakter des Nadelwaldes wahrhaft imposant entgegen, die dunkle Farbe, die gemessene Bewegung; während so ein belaubter Baum im Winde mit seinen tausend Blättern zappelt und plaudert, wiegt so eine Tanne still sinnend ihr Haupt. Wir haben eine Fahrt an den Fuß des Schneeberges gemacht, den die Jungen und Gesunden erstiegen. Ich blieb mit Anna in dem unermesslich scheinenden Walde zurück umgeben von einem Felsenchaos, das an einen Weltuntergang mahnte. Diese Felsen erhöhen allenthalben das Anziehende des Fichtelgebirges und das Herz schlägt ganz anders, wenn man auf einem so kantigen, glitzernden Granitbrocken steht als auf einem jämmerlichen Sand- oder Kalkstein, der für gewöhnlich die Unterlage unseres Daseins bildet.«

Mit der Familie Rohmer machte Frau Brater zweimal Reisen in die Schweizer und Tiroler Alpen, die zu ihren schönsten Freuden gehörten. Nach der Heimreise von der Schweiz schrieb sie an die Familie Rohmer, die sich noch dort aufhielt: ».... Morgens um ½7 schon war ich in Luzern auf dem Wege zu den drei Linden, wo es so schön war, dass ich selbst fast angewurzelt wäre, denn ich konnte mich gar nicht zum Fortgehen entschließen. Dann sah ich den Gletschergarten! Wenn Ihr bedenkt, dass ich schon in meiner Jugend immer dachte, wenn ich König wäre, würde ich einen Sommer lang alle meine Soldaten verwenden, um einen Gletscher abzuräumen, damit ich sehen könnte, wie es u n t e r dem Eis aussieht – dann könnt Ihr Euch auch denken, wie ich nun im allerhöchsten Grade befriedigt bin, diese meine Neugierde gestillt zu sehen! Es ist in der Tat eine rechte Erweiterung der Kenntnis über die Gletschertätigkeit, die einem dieser Anblick verschafft, und staunend steht man hier vor einem Resultat, welches das Werk von wenigstens Jahrt a u s e n d e n zu sein scheint! Wahrlich, dieser Gletschergarten ist ein wahrer Glücksfund!... Mit dem Abendzug fuhr ich nach Schaffhausen, in Dachsen nahm ich schmerzerfüllt Abschied von den sonnenglänzenden, ewigen Schneebergen, die schon in weiter, weiter Ferne lagen, aber noch goldig herübergrüßten. Ich dachte Eurer und sende Euch jetzt noch meinen Dank für den unvergesslichen Genuss, den Ihr mir bereitet habt, und für alle Eure Liebe und Freundschaft!«

Noch tieferen Eindruck machte ihr die großartige Natur des Ortlergebietes, wohin sie auch mit Rohmer, dessen Frau und Tochter reiste. Sie war noch ganz erfüllt davon ein Jahr später, als ein Bild von Trafoi, das ihr Rohmer zuschickte, ihr die Herrlichkeit wieder vor Augen führte.

Sie schreibt am 3. Februar.

»Dass Du mir das reizende Bildchen ausgewählt hast, ist ein Zeichen, dass auch Du mit der gleichen unnennbaren Freude wie ich an die Herrlichkeit denkst, die Gott in diesem Revier ausgebreitet hat. Blumhard sagt einmal irgendwo: es sei ein großer, ein H a u p t mangel, dass wir die Herrlichkeit Gottes so ferne liegen ließen, ich glaube, er folgerte daraus auch zum Teil unsere Scheu vor Tod und Jenseits, ich muss dieser Worte oft gedenken und das unsägliche Entzücken, das wir oft bei Eindrücken dieser Welt empfinden, kann ich mir nicht anders erklären, als dass durch sie unsere Seele eine Ahnung der Herrlichkeit ihres Schöpfers empfängt, wenn auch oft ganz unbewusst. Mir ist eine großartige Natur das Erhebendste von irdischen Dingen, Du ersiehst es daraus, dass ich schon bei dem kleinen Bilde wieder denken musste: ›Dein ist das Reich und die Kraft und die Herrlichkeit.‹ Versenke Dich doch einmal wieder recht in die unergründliche Tiefe dieser drei Worte.... Übrigens zeigt das Bild den schönsten Punkt unserer gemeinsamen idealen Reise; ja wären meine Augen nicht gar so elend, ich glaube ich würde Euch noch einmal dahin überreden!«

Ja diese Augen! Sie ließen sich nicht ungestraft dazu benützen, Tag für Tag die strahlenden Bilder der Schneeberge aufzunehmen. Sie verschlimmerten sich sehr am Schluss der Reise und wurden zur täglichen Qual.

Über dieses Augenleiden berichtet in jener Zeit ihre Tochter Anna an Ernst Rohmer: »Der Zustand der Augen verschlimmert sich oft plötzlich und die Schmerzen nehmen sich dann aus wie ein heftiger Nervenschmerz hinter den Augen, nach einigen Stunden wird es oft wieder besser und verhältnismäßig erträglich. Ihr kleiner eigener Haushalt ist jetzt für die Mutter von größtem Wert, da er ihr die einzige für sie mögliche Beschäftigung liefert. Sehr wohltätig empfinden wir auch die Nähe unserer Wohnungen, 150 Schritte. Die Mutter ist regelmäßig von 5–10 Uhr abends bei uns und trotz allem spielen wir da ein Schach, das ihre Augen verhältnismäßig wenig anstrengt. Ich kann es nicht sagen, wie sehnlich ich auf Besserung hoffe, die Geduldsprüfung, die wahrlich nicht klein ist, wenn man auf alle Beschäftigung mit den Augen verzichten muss, ließe sich noch ertragen, aber die Schmerzen und die Pein sind so groß, dass ich ihre Fortdauer als eine schwere Prüfung ansehen würde. Die Mutter ist geistig so frisch und teilnehmend wie je, klagt auch nicht, aber man sieht ja doch wie sie leidet!« Die gehoffte Besserung stellte sich zeitenweise ein, aber immer wieder kamen Monate, in denen die Schmerzen nur in der Ruhe und Dunkelheit der Nacht vergingen und morgens wieder auftraten. Keiner der vielen Augenärzte, die man im Laufe der Jahre zuzog, konnte sie von dieser Qual befreien.

»Ich sehe ganz gut,« äußerte sie oft, »aber ich kann nicht schauen, es ist immer, wie wenn die Augen voll Sandkörner wären.« Manchmal sagte sie auch: »Meine Augen sind wie in Feuer gebettet.« In späteren Jahren kam noch eine andere, mit dieser Empfindlichkeit nicht in Zusammenhang stehende Erkrankung dazu, die die Sehkraft beeinträchtigte. Wegen dieser neuen Erscheinung konsultierte sie nach langer Zeit wieder einen Augenarzt. Dieser nahm auch Notiz von der allgemeinen Empfindlichkeit der Augen, die ihr so viel Pein bereitete. »Seit wann sind Ihre Augen so empfindlich gegen das Licht?« fragte er, und als ihm das Großmütterlein antwortete: »Ich glaube seit meinem fünften Jahr,« da meinte er, das sei freilich kein frischer Fall, und gab den Gedanken an eine Behandlung auf. Sie erinnerte sich, dass es ihr schon im ersten Schuljahr eine Pein war, die Lehrerin anzusehen, weil deren Gestalt sich von einer weiß getünchten Wand abhob. Aber sie klagte darüber so wenig wie andere Menschen sich beschweren, dass es sie blendet, wenn sie direkt in die Sonne sehen. Sie wuchs auf in der Meinung, dass Schauen eine Anstrengung sei. So von jeher abgehärtet gegen diese peinliche Empfindung, brachte sie auch in diesen schlimmen Jahren noch manchen eigenhändigen Brief zustande, denn sie entschloss sich immer ungern zum Diktieren, sie hatte das tiefe Bedürfnis, mit ihren Lieben in der Ferne in Beziehung zu bleiben und auch mit der heranwachsenden Generation in Verbindung zu treten. So schrieb sie an ihren Enkel, Karl Sapper, der ihr als Lateinschüler zu Weihnachten einen geschichtlichen Aufsatz gemacht hatte:

Mein lieber Karl!

»Welche Überraschung und Freude hast Du mir gemacht! Das war ja eine große Arbeit, da sehe ich nun schon, dass Du mich lieb hast, weil Du Dir so viele Mühe gemacht hast! Der Aufsatz ist mir sehr nützlich, denn wenn man älter wird, vergisst man gar vieles, nun habe ich wenigstens den dreißigjährigen Krieg schön übersichtlich beisammen; wenn ich nun etwas nimmer recht weiß, darf ich nur Dein Heft aufschlagen.

Vielleicht kommst Du einmal nach Erlangen und Nürnberg, zwischen diesen beiden Städten hatte Wallenstein auch einmal ein großes Lager, da steht noch ein Turm, man nennt ihn

›die alte Feste‹, von da aus hat Wallenstein sein Lager überblickt, da darfst Du dann hinaufsteigen und zu denselben Luken hinaussehen, wo Wallenstein auch hinausgeschaut hat, aber wahrscheinlich nicht so leichten Herzens als Du; wenn Du dann das weite, weite Feld, wo seine Soldaten lagerten, genugsam überblickt hast, dann steigt man wieder herunter und unten beim Turm steht ein gemütliches Wirtshäuslein, da gibt's gutes Bier und Kaffee u. s. w., was man sich dann ohne Angst vor dem Totschießen gut schmecken lassen kann. Also wollen wir sehen, ob wir einmal miteinander da hinaufkommen?...«

Im Sommer des Jahres 1895 tritt eine weitere Korrespondentin zu den seitherigen, ein neues Familienglied ist zu begrüßen. Der Neffe Wilhelm Pfaff, wohlangestellter Ingenieur, teilte der Tante seine Verlobung mit, und noch am selben Tage schreibt sie der Braut, um sie willkommen zu heißen, tut es mit den großen Buchstaben, die dem Eingeweihten zeigen, dass die Augen kaum parieren wollen. »Sie wissen ja wohl,« schreibt sie, »dass Wilhelm mir näher steht, als dies gewöhnlich zwischen Tante und Neffe der Fall ist; sein Leben hat sich ja von seinem ersten Jahre an unter meiner Sorge und Teilnahme entwickelt und nun ist mein lang gehegter Wunsch in Erfüllung gegangen: er hat sich eine liebe Braut gewählt!«

Da die neue Nichte und ihre Tante beide offene Naturen waren, so kam zwischen ihnen schon im zweiten Briefe zur Sprache, was allein bei dieser Verbindung zu bedauern war, die Verschiedenheit der Konfession, die Braut gehörte der katholischen Kirche an. Frau Brater schrieb ihr: »Dein lieber Brief hat mich sehr gefreut, ich sehe daraus, dass Du Deinem Wilhelm mit großer Liebe zugetan bist, sein Wesen verstehst und zu schätzen weißt, und da er Dir ja die gleiche Liebe und das gleiche Vertrauen entgegenbringt, freue ich mich von Herzen dieser Gemeinsamkeit, die ein so schönes Glück verbürgt. Dass diese Gemeinsamkeit sich nicht auch auf die Kirche erstreckt, der Ihr beide angehört, erregt in unserer

Familie natürlich das gleiche Bedauern wie wohl auch in der Deinigen, ich wollte das in meinem ersten Brief an Dich nicht gleich erwähnen, damit Du nicht zweifeln solltest, dass wir das Bedürfnis haben, Dich als liebes Familienglied ins Herz zu schließen, denn neben der äußern Verschiedenheit der Religion bleibt ja doch in der Hauptsache und im t i e f s t e n Grunde die Gleichheit, wir beten gemeinsam zu unserm Vater im Himmel, als dessen Kinder wir uns fühlen, und unser gemeinsames Ziel des Lebens ist die ewige Heimat bei Ihm! So müsst Ihr nur recht festhalten an dem, was Euch auch hierin verbindet, denkt nur an den Spruch, der uns ja allen gesagt ist: ›Selig sind die reines Herzens sind, denn sie werden Gott schauen‹ ... dann wird es Euch gelingen, die Religion nicht als eine Scheidewand zu empfinden, sondern als den Weg, den jedes in seiner Weise geht, um sich dieses reine Herze zu erringen.«

Durch dieses offene Aussprechen wurde auch zwischen Tante und Nichte die Verschiedenheit der Konfession nicht eine Scheidewand, sondern fast im Gegenteil eine Verbindung, insofern sie Anlass gab, sehr bald von der Oberfläche in die Tiefe zu gehen und da gemeinsame Interessen aufzusuchen. Im Februar 1896 war die Hochzeit, unmittelbar vorher schreibt Frau Brater:

»L i e b e s B r a u t p a a r !

Noch vor Torschluss möchte ich Euch als solches begrüßen und Euch meines Andenkens versichern ... ich bin mit tief empfundenen Glückwünschen bei Euch und es ist mir, als ob ich sie auch im Namen Deines mir so unsäglich teueren Vaters ausspräche, lieber Wilhelm.

Als ich mich verlobte, sagte mein lieber Mann zu mir: ›wir wollen nie die Sonne untergehen lassen, ohne dass alles klar und rein zwischen uns ist‹, dieses möchte ich nun Euch anraten und Ihr werdet gut dabei fahren, ich glaube auch, dass das Euren beiderseitigen Naturen nicht besonders schwer wird, aber dennoch hat man manchmal etwas auf dem Herzen, was man nicht gerne sagt, aber sagt Euch nur immer alles und alles und seid Euch zwei gute Kameraden auf dem Lebenswege.

Ich schließe, habe gar zu schlechte Augen! Also Glück auf!!«

Bald wurde das Band zwischen Tante und Nichte ein inniges und von nun an wurden Briefe mannigfaltigsten Inhaltes getauscht, aus denen der neuen Verwandten bald das charakteristische Bild Frau Braters entgegentrat, denn die Briefe zeigten freundlichen Humor und tiefen Ernst, gaben praktische Hausfrauenwinke und religiös-philosophische Gedanken, und das alles hervorgehend aus dem warmen Bedürfnisse, dem andern Liebe zu erweisen, indem man ihm vorwärts hilft; dabei ist ihr kein Mittel zu unscheinbar, ein gutes heimatliches Klößerezept muss der jungen Hausfrau ebenso wohl geschrieben werden wie der Titel einer religiösen Broschüre, mit der dringenden Aufforderung, sie zu lesen.

Während von dieser Seite Frau Braters Leben bereichert wurde, drohte von anderer Seite eine Verarmung. Sie schreibt an die Familie Kraz in Stuttgart am 12. April 96:

»Meine Lieben!

... Ich wollte erst einen Anflug von Besserung abwarten, ehe ich Euch mitteilte, dass Berta am Typhus schwer erkrankt ist... Das Fieber trat gleich in voller Heftigkeit auf (40–41°), infolgedessen schon am fünften Tag solche Herzschwäche, dass wir glaubten, schon im Angesicht des Todes zu stehen. Dann ließ sich das Fieber einige Zeit herabdrücken, und das Herz durch Digitalis- und Kampfereinspritzungen zu seiner Tätigkeit antreiben. Seit gestern ist nun eine leichte Rippenfellentzündung hinzugetreten und wir hatten die sorgenvollsten Stunden mit Atemnot und Herzschwäche ....

Ihr könnt Euch denken, wie uns zumute ist, es ist mir, als ob wir ohne dies teure Leben ganz ohne Sonnenschein leben müssten. Anna hält sich tapfer in diesem Kummer, stellt ihr Anliegen in Gottes treue Vaterhand. Die Pflege ist mühsam und schwer, da sie selbst sich g a r nicht bewegen soll, wegen des Herzens, aber sie ist eine geduldige Kranke und hat in leichten Stunden stets ein freundliches Wort für uns. Sie ist ganz klar.«

Zehn Tage später an Agnes: »Wir haben seit den Tagen, wo eine scheinbare Besserung eingetreten war, wieder viel Sorge gehabt..... Mut und Geduld unserer teuren Kranken ist auf harter Probe, denn der Zustand wird peinlicher mit der zunehmenden Körperschwäche, sie hat bei der Berührung und Bewegung große Schmerzen. Sie hält trotzdem an ihrer heitern Art fest. Heute sagte Dietrich zu ihr: ›wenn du wieder gesund bist, dann darfst du dir einen Landaufenthalt wählen, wo du willst, und ich bringe dich hin‹, da erwiderte sie mit heiterem Lächeln: ›Vater, ich will dich nicht ausbeuten, jetzt wo dein Herz weich ist‹, und später sagte sie: ›Mutter, ich war elend nobel gegen den Vater‹... Was für peinliche Nächte auch ich drüben in meiner Abgeschiedenheit habe, kannst Du Dir denken.«

Die Herzschwäche wurde so groß, dass die Kranke mehr als einmal in unmittelbarer Todesgefahr schwebte, und manchen Abend verließ die Großmutter das Haus mit der bangen Sorge, dass sie am nächsten Morgen die geliebte Enkelin nimmer am Leben treffen würde. Und dennoch siegte das Leben. Frau Brater sprach es oftmals aus, dass sie den Eindruck bekommen habe, ein Mensch mit weniger energischem Lebenswillen wäre dieser Krankheit erlegen. Auf der Höhe des Fiebers hatte die Kranke gesagt: Fantasiert wird nicht und gestorben wird nicht! und sie behielt in der Tat immer das Bewusstsein. Für Frau Brater, die den Willen des Menschen so hoch anschlug, die bei aller Erziehung, ja auch bei der Selbsterziehung zur Religion, sich immer bemühte, den Willen in Bewegung zu setzen, für sie war dies eine Lebenserfahrung, die sie viel beschäftigte. Vor allem aber empfand sie eine unbeschreibliche Freude, als die Macht des Fiebers endlich gebrochen war und die Kranke allmählich der Genesung entgegenging. Freilich wollte es nun für die Geduld der

Großmutter etwas zu langsam vorwärts gehen und ihrem Naturell erschien die große Vorsicht übertrieben, die Ärzte und Pflegerinnen anwandten, um ganz sicher vor einem Rückfall zu sein. Frau Brater war jederzeit die beste und teilnehmendste Pflegerin für Schwerkranke, sowie für solche, die Schmerzen litten. Sobald aber Gefahr und Schmerzen vorbei waren und es sich nur darum handelte, Empfindliche zu schonen, Schwache zu berücksichtigen, so ging das gegen ihre Natur und zugleich gegen ihr pädagogisches Gefühl, das sofort eine Verwöhnung des Rekonvaleszenten fürchtete. Mit einem ungeduldigen »ach was macht ihr für Umstände« lehnte sie die Teilnahme an weitgehender Schonung ab oder willfahrte nur mit Verleugnung ihrer eigenen Grundsätze. Dass ein kaltes Lüftchen der kränklichen Lunge, dass eine nicht durch das Haarsieb getriebene Speise dem Magen schaden könne, dies zu glauben war sie nicht geneigt. So wäre sie auch nie die geeignete Pflegerin für Gemütskranke oder Hysterische gewesen, denn sie neigte zu der Ansicht, dass man solche Menschen wohl dazu bringen könne, sich mit eigener Willenskraft wieder aufzurütteln, und so erschien ihr in solchen Fällen eingehende Teilnahme und Pflege nur schädlich. Sie war sich dessen bewusst und sagte manchmal: »Ich bin nur froh, dass kein Gemütsleidender in unserer Familie ist, der hätte es bei mir nicht gut.« Ihre selbstlose Güte kam da in Konflikt mit dem, was tief in ihrem Wesen lag, das Bedürfnis, die Menschen nicht durch Guttaten zu verwöhnen, sondern das Gute in ihnen zu fördern und zu stärken.

An Ostern war ihre geliebte Enkelin wie eine Sterbende im stillen Krankenzimmer gelegen, am 28. Mai saß sie, wenn auch noch zart und spitz, doch wieder in aufblühender Gesundheit an der festlichen Tafel, an der die silberne Hochzeit ihrer Eltern gefeiert wurde.

16. Kapitel. 1896–1907

Auf die fröhliche Feier der silbernen Hochzeit folgte im nächsten Jahre die von Frau Braters siebzigstem Geburtstag. Es fand sich nur die jüngere Generation dazu ein, denn von den Altersgenossen waren nur noch wenige am Leben. In den neunziger Jahren hatte sie viele zu betrauern, sie verlor den letzten Bruder, Heinrich Kraz, ihre Schwägerin Julie Brater, den Schwager Sartorius und den alten, treuen Familienfreund Ernst Rohmer. Dieser schrieb ihr noch aus seiner letzten schweren Leidenszeit die ergreifenden Worte:

»Liebe Pauline!

Da ich gerade eine erträgliche Stunde habe, drängt es mich, Dir zu sagen, wie tief mich Deine so innig teilnehmenden Zeilen gerührt haben und wie dankbar ich für Deine treue Anteilnahme bin. Ich bin jetzt bald vier Monate in der Trübsalshitze, zum Skelett abgemagert, ein erprobter Hungerkünstler und eine medizinische Rarität.... Ich bezweifle, dass eine Änderung eintritt, und werde wohl so nach und nach aushungern. Nun wie Gott will!... Wie viel Gutes hat Er mir zuteil werden lassen, auch jetzt eine allseitige rührende Teilnahme! Herzlichst und dankbarst grüßt Dich Dein alter Freund und Vetter

E. R.«

In diesen Jahren, da sie eine Trauerbotschaft nach der andern erhielt, gedachte Frau Brater oft eines Verses aus ihrer Mutter Stammbuch:

Mein Baum war schattendicht.
O Herbstwind, komm und zeige,
indem du ihn entlaubst,
den Himmel durch die Zweige.

Einmal glaubte sie selbst schon am Ziel ihrer Wanderung zu sein. Sie wurde, während sie in Calw bei der Tochter zu Besuch war, von einer heftigen Lungenentzündung befallen. An dieser Krankheit war ihre Mutter gestorben und sie zweifelte nicht, dass es bei ihr den gleichen Ausgang nehmen würde. Aber schon nach wenigen Tagen trat eine Krisis ein und die Siebzigerin erholte sich von der Krankheit so, dass auch nicht eine Spur zurückblieb. Aber sie konnte sich gar nicht gleich darein finden. Als sie zum ersten Mal wieder das Bett verlassen durfte und Kinder und Enkel sich darüber freuten, sagte sie: »Ich habe gemeint, ich dürfte jetzt abschließen, und war so dankbar, dass es mir leicht werden sollte und nun soll ich noch einmal frisch anfangen?« Nach sechs Wochen konnte sie wieder heim reisen und ihre Lieben in Würzburg sorgten dafür, dass sie empfand, wie teuer ihr Leben ihnen noch war. Aber in den folgenden Jahren traten allerlei Altersbeschwerden auf, die es allmählich untunlich erscheinen ließen, dass sie ferner für sich ganz allein wohnte. Und doch konnte sie sich nicht entschließen, jemand zu sich zu nehmen oder zu ihren Kindern zu ziehen, weil ihr damit die Besorgung ihres Haushaltes, die einzige Beschäftigung, die ihre Augen gestatteten, abgeschnitten war. Sie schreibt an Lina Sartorius: »Ich wäre so dankbar, wenn ich mein einfaches Stillleben noch eine Zeit lang weiterführen könnte und keine Hilfe brauchte. In letzter Zeit war ich in dieser Hinsicht oft zaghaft und fürchtete, meine alte baufällige Hütte wolle sich nimmer recht stützen lassen. Die Leberbeschwerden ließen mich zu keiner Kräftigung kommen .... so vergingen mir die Tage öde und miserabel und dabei traurig im Gefühl, wie sehr es mir noch an freudiger Ergebung in Gottes Willen fehlt.«

Die Frage über ihre künftige Lebenseinrichtung fand eine unverhoffte Lösung durch einen neuen Trauerfall. Schon seit zwei Jahren wankte die Gesundheit ihres Schwiegersohnes Sapper und im September 1898 erhielt sie die Nachricht von dessen Tod. Zunächst waren ihre Gedanken ganz und ausschließlich von der Teilnahme für ihre verwitwete Tochter und deren drei Kinder erfüllt und mit dankbaren Worten gedenkt sie des treuen Schwiegersohnes, der sie jedes Jahr mit der herzlichsten Gastfreundschaft aufgenommen hatte und immer darauf bedacht war, durch Ausflüge in die schöne Umgebung ihrem Aufenthalte noch besonderen Reiz zu verleihen. »Eine durch und durch noble Natur« nennt sie ihn.

Aber wenn sie auch die Trauer der Tochter verstand und teilte, so mahnte sie doch die Verwitwete: »Denke nicht, dass die Erweisung von Treue und Liebe d a r i n besteht, dass man sich ganz und ausschließlich der einen Empfindung der Trauer hingibt, o nein, Liebe und Treue erweisen sich in der D a u e r , in der Unwandelbarkeit, gönne Dir und Deinen Kindern auch eine fröhliche und heitere Stunde, wenn sie sich ergibt, das Gemüt kann dafür empfänglich sein, auch zwischen den betrübten Stunden.« Durch ihre schlimmen Augen am Schreiben gehemmt, schrieb sie schmerzlich bedauernd der Tochter: »Bei allen Menschen wollte ich mich noch gerne zum Diktieren herbeilassen, obwohl es mir überall schwer fällt – wenn ich nur D i r selbst schreiben könnte. Das Beste, was man sich zu sagen hat, geht eben doch nur direkt von Herz zu Herzen, nicht nur durch ein Medium hindurch, aber ich gebe mich wenigstens der Hoffnung hin, dass Du die Unvollkommenheit des Diktierens zu ergänzen weißt.«

Bald nach dem Tode des Schwiegersohnes tauchte der Plan auf, dass die Tochter mit ihren Kindern nach Würzburg ziehen und die Mutter zu sich nehmen solle. »Diese Lösung«, schreibt Frau Brater, »erscheint mir als ein g r o ß e s Glück für mich, aber natürlich nur dann, wenn ich von der Überzeugung durchdrungen sein kann, Du würdest diese Wahl des Ortes auch in Rücksicht für Dich und Deine Kinder treffen, denn auf mich, deren Jahre doch gezählt sind, darf man nichts bauen, da würde ich mich ja gar nicht zu sterben trauen.«

Die Tochter und ihre drei erwachsenen Kinder, die sich nicht so leicht entschließen konnten, die alte Heimat zu verlassen, machten den Vorschlag, erst im Herbste zu übersiedeln. Traurig darüber schreibt Frau Brater: »Das ist fast noch ein Jahr! Ein Jahr ist lang für mich, ich möchte Euch doch selbst noch helfen eingewöhnen, Euch mit meinen hiesigen Freunden bekannt machen, wer weiß, wie lang ich es noch vermag.« Daraufhin wurde ein früherer Termin festgesetzt und im April übersiedelte die Tochter mit den zwei eben erwachsenen Enkeltöchtern, wieder eine Anna und Agnes, nach Würzburg, während der Sohn als Vikar in Württemberg Stellung nahm und nur als Gast in der gemeinsamen Würzburger Haushaltung erschien.

So zog denn Frau Brater - zum letzten Mal - aus. Im »Zwinger« war eine freundliche Wohnung mit dem Blick in Gärten und Anlagen gefunden worden und es war die höchste Zeit, dass die Alleinstehende Anschluss fand, denn schon den Umzug konnte sie kaum mehr bewerkstelligen wegen der schmerzhaften Leberbeschwerden, die einige Wochen lang anhielten, und noch im gleichen Jahre wurde sie von einem, wenn auch ganz leichten Schlaganfall heimgesucht, der ihr zwar nicht einmal für einen Moment das Bewusstsein raubte, aber ihr doch dauernd das Gehen erschwerte. So erkannte sie voll Dankbarkeit an, dass sie nun geborgen und versorgt war, umgeben von denen, die sie von ganzem Herzen liebten, und doch nicht getrennt von der Familie Kerler, an deren täglichem Verkehr sie ihre Herzensfreude hatte. Wer da kam, pries es als glücklichen Umstand, dass eben jetzt, wo sie nicht mehr selbst für sich sorgen konnte, andere Hände für sie frei geworden waren und sie stimmte dankbar ein in diesen Preis. Aber dennoch, und wenn sie es gar niemandem sagen und sich selbst nicht eingestehen mochte, dennoch wollte es ihr nicht gelingen, sich so glücklich zu fühlen, wie sie es vorher in ihrer Selbstständigkeit gewesen war. Mit dem Augenblick, wo sie nichts mehr zu tun hatte, wo andere für sie sorgten und der Tag keine Arbeit mehr für sie brachte, schien ihr das Leben keinen Zweck mehr zu haben. Sie konnte sich ja in guten Stunden wohl noch ein wenig beschäftigen, aber wenn ihr die Enkelin auch mit freundlicher Bitte um Hilfe ein kleines Küchengeschäft hereinbrachte, die Großmutter durchschaute doch, warum es geschah. Merkwürdig, aber gewiss wahr ist es, dass keine Liebe und Fürsorge, keine

Unterhaltung, kein Spiel, kein Vorlesen ihr ersetzen konnte, was man doch als ein so bescheidenes Glück betrachten möchte: die eigene Tätigkeit im selbstständigen Haushalt.

Aber was wir hier feststellen, wollte sie nicht Wort's haben, es wäre ihr als größter Undank erschienen und sie kämpfte an gegen dieses innere Unbefriedigtsein täglich und durch Jahre hindurch. Auch brachte jeder Tag solche Stunden, in denen sie sich behaglich fühlte, vor allem dann, wenn auch die Hausgenossen nichts arbeiteten, wenn man bei Tisch oder abends beim Lampenlicht saß und etwa ein Spiel machte und vor allem d i e Stunden oder besser Viertelstunden, wenn die Augen ihr gestatteten, ein wenig selbst in die Bücher zu blicken, die sie gerade am meisten beschäftigten. Zu diesen gehörten vor allem die Schriften von Dr. Johannes Müller.

Sie hatte dessen Vorträge gehört, die sie mächtig ergriffen und hielt seitdem die von ihm herausgegebenen »Blätter zur Pflege persönlichen Lebens«. Diese sind nicht leicht zu verstehen und vielen erschien es rätselhaft, dass eine Siebzigerin eine solch neue Richtung wirklich erfassen könne. Das Rätsel war aber sehr einfach zu lösen; in diesen Gedanken trat nichts Fremdes an sie heran, sie fand hier nur klar ausgesprochen, was sie dunkel gefühlt hatte. Wer Müllers Schriften aufschlägt, trifft auf die Worte »Persönliches Leben«, »Ursprünglichkeit«. – »Persönliches Leben« war ihr eigenes Leben gewesen, »Ursprünglichkeit« ihre hervorragende Eigenart. Die tiefe Überzeugung, dass der Glaube an Gott entweder eines Menschen ganzes Sein und Leben durchdringen müsse, oder aber wertlos sei, war ihr eigen und stand auch in Müllers Heften zu lesen. Manches andere darin war ihr allerdings fremd, wohl auch unsympathisch, aber sie ließ solches ruhig beiseite oder ging auch leicht über einzelne Aussprüche, die ihr wunderlich erschienen, hinweg mit der Bemerkung: »Er meint das ganz anders, als es dasteht.« Aber jene Artikel, die ihr aus der Seele gesprochen waren, ließ sie sich von Kindern, Enkeln und Gästen, die sie besuchten, immer wieder vorlesen. Zwar solchen gegenüber, die befriedigt in der alten Auffassung des Glaubens waren, sprach sie nicht von diesen Gedanken, hielt ihnen solche Bücher ferne und pries sie glücklich, wenn sie nur einen l e b e n d i g e n Glauben zeigten. Hingegen drängte es sie, allen, die von Zweifeln umgetrieben oder der Kirche feindselig gegenüberstanden, das mitzuteilen, was ihrem eigenen religiösen Bedürfnisse so sehr entsprach. Solche mussten wohl oder übel Müllers Schriften lesen, sonst konnten sie nicht vor ihr bestehen. So schreibt sie an eine Freundin: »Sage mir doch, ob Du die Müllerschen Hefte fortgesetzt n i c h t liesest? ob Ihr a l l e so barbarisch seid, sie nicht zu lesen? Vieles ist ja geradezu für Euresgleichen wie gemacht, denn Müller ist ja förmlich ein Apostel der Freiheit und Selbstständigkeit und auch mit Deinem besten Willen kannst Du ihm nichts anhaben, mir ist er zum Evangelisten geworden mehr als irgend einer und ich lebe förmlich in seinen Gedanken, je mehr ich sie erfassen lerne, und wie ich Dir schon einmal sagte, er führt in die unmittelbare Gottesnähe; das dritte Heft bot mir weniger, aber das soeben erschienene vierte hat wieder Großartiges und Ergreifendes.«

Alle, die mit ihr im Briefwechsel standen, mussten mindestens erfahren, wie viel für sie die in den »Grünen Heften« niedergelegte Auffassung war. An Frau Geheimrat Wehrnpfennig schrieb Frau Brater: »Müller ist absolut liberal und dabei bis an die tiefste Wurzel des Seelenlebens gehend.« An ihre Nichten Kraz: »Ich gedachte Eurer Marie beim Lesen des vierten grünen Heftes mit dem Artikel: ›Warum ist das Leiden in der Welt‹; ich finde in diesem Hefte wieder so viel Ergreifendes, dieser Mann spricht mir so ganz und gar nach meinem Gewissen und meiner Empfindung und zeigt so klar, wo es fehlt in der Welt und bei jedem einzelnen. Dieser Artikel über das Leiden ist zum Eckstein meiner Lebensanschauung geworden.«

Jahrelang lag auf dem kleinen Tischchen vor ihrem Lehnstuhl eines jener grünen Hefte und sie griff darnach, wenn es still um sie war. Wollten ihr die Augen auch nur zehn Minuten des Lesens ermöglichen, so hatte sie doch wieder Gedanken geschöpft, die sie erhoben über das körperliche Elend, Gedanken, die sich in Seelenkräfte verwandelten, in Geduld und Liebe. Es kam vor, dass Frau Brater mutlos über sich selbst klagte und meinte: ach der Mensch bleibt doch immer der gleiche, all sein Arbeiten an sich selbst hilft nichts, wer lieblos und ungeduldig ist, der wird einmal nicht liebevoll und geduldig. Aber sie bewies ganz augenfällig das Gegenteil. Stets hatte sie etwas Friedliches, Geduldiges, wenn sie sich versenkt hatte in göttliche Gedanken, und dieses liebevolle Wesen war um so gewinnender, als es einen Sieg bedeutete über die Ungeduld, die das tatenlose Dasein in ihr erwecken wollte. Hätte sie nicht ihr ganzes Leben hindurch Selbstbeherrschung geübt, so wäre sie mit dieser schweren Prüfung nicht fertig geworden. Gewiss wird man jedem Menschen bis in sein Alter die Fehler anmerken, zu denen seine Natur neigt, aber bei dem, der dies Unkraut wuchern lässt, wird es immer störender hervortreten, hingegen bei dem, der dagegen ankämpft, wird es nie die edlen Blüten seines Wesens verdecken oder ersticken.

Deutlich erkennen wir das Ringen nach Geduld und Ergebung in ihren Briefen an Nahestehende, so an Luise Hecker: »... Bei mir geht es leider stets merklich abwärts ... es will mich das oft recht bedrücken, aber ich sage mir: dies ist nun deine letzte Aufgabe, die Beschwerden des Alters fröhlichen und dankbaren Herzens hinnehmen zu lernen, freilich bilde ich mir ein, es würde mir leicht werden, wenn ich nur l e s e n könnte, mich erheben an dem Geist anderer, wenn der eigene flügellahm ist, aber gerade dies soll eben nicht sein; oft stehe ich an meinem Bücherschrank, da stehen die Bücher, besonders die naturwissenschaftlichen, die schauen mich an wie teure Verstorbene und das Herz tut mir weh...«

An Lina Sartorius schreibt sie, nachdem diese alte, treue Freundin sie wieder besucht hatte, eigenhändig mit zitternder Hand: »Dies Blatt soll nur ein Gruß sein, es gibt ja bei mir nichts anderes mehr, aber ein schöner Dank für Deine stete Freundlichkeit, die Du auch meinem ungeduldigen Wesen gegenüber stets bewährst, dieses ist mein großer Fehler, und wenngleich Du mir jetzt vielleicht eine Schmeichelei sagen würdest, so sage ich: s c h w e i g e, denn es ist ja leider z u wahr. Wollen wir eben beide fleißig in Müller studieren und Fortschritte machen und dabei aneinander denken und zwar in alter Liebe und Treue.«

... »Ich denke mit Freude daran, dass Dich das neue Jahr zu uns führen wird, Gott gebe uns ein fröhliches Wiedersehen! mein Befinden geht stets ein wenig abwärts, ist aber doch noch recht erträglich, um das, was etwa noch kommt, wollen wir uns nicht ohne Not grämen, Du sagst es ja auch. Mein Enkel Karl hat mir schon mehrfach zu Geburtstag oder dergleichen kleine Arbeiten gemacht, heuer eine Disposition zu dem Müllerschen Artikel ›Was ist Wahrheit‹, es hilft mir dies sehr zur Erfassung des Ganzen, interessiert es Dich, so schicke ich Dir's einmal....« »Liebe Lina! treue Korrespondentin, Dank für Deinen Brief! vielleicht sehen wir uns doch noch in diesem Jahr, d. h. vielleicht kannst Du doch noch kommen; ich freue mich sehr auf Eugenie, unsere Vermittlerin. – Das Buch, das ich mit Dir lesen wollte, heißt: Der Deutsche und sein Vaterland von Gurlitt, s e h r interessant, würde Euch a l l e befriedigen, besonders eine Rektorin a. D., wie Du bist.... Meine Hand versagt den Dienst, deshalb: behüt' Dich Gott!

Lies doch das Müllersche Heft Bd. 6 Heft 2 ›Der Mensch Jesus Christus‹, mir ein Glück, eine Erlösung, d. h. wahre Befriedigung. L a n g s a m lesen, viel Zeit dazu nehmen!«

»Inzwischen ist nun wieder ein Brief von Dir, Du treue Seele, eingetroffen, aber ... ich muss recht entschieden das Lob zurückweisen, das Du meiner ›Ergebung und Geduld‹ spendest, ich habe es ja in der Tat so gut wie nicht viele Menschen, bin umgeben von Liebe und Teilnahme, m u s s nicht mehr leisten, als ich gut kann, und doch will mich das Entbehren durch meine Augen und jetzt schwachen Beine etc.

oft ganz missmutig und gedrückt machen, so dass ich oft denke, es geschähe mir recht, wenn es noch viel schlimmer käme.« »Mein Leben, zwischen Bett und Lehnstuhl sich abwickelnd, ist doch nicht öde und ich bin so dankbar, dass ich wenig Schmerzen habe und mein täglich Brot nicht verdienen muss. In Gedanken bin ich oft bei Dir und allen denen, die auch wir beide gemeinsam lieben...«

»Wir sind eben jetzt zwei alte Kracherinnen und werden erst im Himmel wieder lustig miteinander herumspringen.«

Jedes Jahr kam die alte, treue Freundin zu Besuch und immer inniger fühlten sie sich zusammengehörig, je mehr das Häuflein der Jugendgenossen zusammenschmolz. Rührend war es, die den Achtzigern nahestehenden Frauen in ihrem stets heiteren und doch so tiefgründigen Verkehr zu beobachten. Wieder war für das Frühjahr 1905 ein Besuch geplant, da kam im Januar die Nachricht, dass die Freundin schwer an Lungenentzündung erkrankt war. Frau Brater schickte ihr ein letztes eigenhändiges Briefchen:

Liebe Lina!

»Ich sitze bei Dir am Bett, mache mit Dir in Liebe und Treue die schweren Stunden durch, in denen Du jetzt leidest und wo Du mir stets ein Vorbild gewesen bist. Gar manche nächtliche Stunde bin ich bei Dir und Deinen Kindern und ich weiß, wie wir in Gedanken verbunden sind und zusammenhängen. Wie sehr wünsche ich Dir gute Besserung und eine getroste, friedvolle Zeit, wie dankbar wollen wir miteinander dafür sein, schreibe Du mir bald, ich will nur Deine liebe Schrift sehen, nur zwei Worte; liebe alte, Getreue, Du begreifst, wie dringend ich jetzt auf gute Nachricht hoffe, und freue mich unsäglich, bis die Prüfungsstunden überstanden sind! Bis dahin in innigem Gedanken und guten Wünschen aus voller Seele Deine alte Pauline.

An Ernst und vor allem an Eugenie von Herzen Gruß.«

Dies war der letzte Gruß einer fast siebzigjährigen Freundschaft, denn die ersehnten zwei Worte der lieben Handschrift kamen nimmer, am 1. Februar starb die Jugendfreundin.

»Vorausgegangen«, in diesem Worte lag der Trost für die Vereinsamte und ihre Trauer wurde gemildert durch die Dankbarkeit dafür, dass die letzte Krankheit und das Ende leicht gewesen waren. Beneidenswert schienen ihr alle, die überwunden hatten, denn sie fühlte sich körperlichen Schmerzen gegenüber nicht als Heldin. Es bewegte sie ein tiefes Erbarmen für alle hoffnungslos Leidenden und für diejenigen, die aus Verzweiflung darüber ihrem Leben selbst ein Ende machten. Oft kam dadurch die Rede auf die Möglichkeit einer Erlösung für solch gequälte Menschen. Sollte man diejenigen, die sich nach Befreiung sehnen, nicht lösen von ihrer Last, anstatt sie der Versuchung zum Selbstmord zu überlassen?

Ihre Überzeugung und ihr Herzenswunsch war, dass es einmal dahin kommen würde, und sie hörte gerne der andern Ansicht darüber, wie es geschehen könnte. In der Zukunft – wenn auch noch in ferner – würde man einen gesetzlichen Weg finden. Ein hoffnungslos Leidender müsste bei Gericht den Antrag stellen dürfen, dass ein Arzt ihm die Qual abkürze. Statt des heimlichen Selbstmordes, der wie ein Alp auf den Hinterbliebenen lastet, würde dann nach gerichtlicher Entscheidung in feierlich erhebender Weise dem Kranken, der den Antrag gestellt hatte, durch den Arzt der ersehnte letzte Schlaf gebracht. Sobald die Obrigkeit das erlauben, in die Hand nehmen und den Gerichtsarzt damit betrauen würde, wäre es kein Unrecht mehr. Sie hörte gerne diese Gedanken aussprechen, deren Verwirklichung auch ihr die Angst vor langem hoffnungslosen Schmerzenslager benommen hätte.

Das Leiden fürchtete sie, aber nicht den Tod. Ihr letzter eigenhändiger Brief an ihre Freundin Luise Hecker spricht das aus:

L i e b e L u i s e !

»Es ist mir ein wahres Bedürfnis und wäre mir eine große Freude, wenn ich Dir so eine Art Abschiedsbrief s e l b s t schreiben könnte; nicht als ob ich das Gefühl hätte, unsere gemeinsame Wanderung auf dieser Welt nahe sich ihrem Ende, ach nein, das nicht, im Gegenteil, ich fürchte jetzt fast mehr als früher, dass mir noch ein langes Leben beschieden sein könnte, aber ich fühle recht klar, dass es höchste Zeit ist, als Schreiberin und als Diktantin vom Schauplatz abzutreten, denn das eine wie das andere übersteigt völlig meine Fähigkeiten. Nur eines ist unverändert bei mir, das treue Gedenken an alle meine Freunde und: ›Die Liebe hört nimmer auf‹. Die Wahrheit dieses Spruches durchdringt mich so vollständig, dass sie allein schon mir eine Gewähr ist für die Unsterblichkeit.

.... Meine zunehmende Gelähmtheit, die Du an der Schrift erkennen kannst, beschwert mich und meine Pflegenden fast am meisten, ich kann nimmer zum Haus hinaus, kaum mehr durch meine Zimmer gehen, ich lasse es auch ganz unversucht.... Du siehst nun, liebe und getreue Alte, was für ein Krüppel ich für diese Welt geworden bin, aber ich erkenne immer klarer, immer zweifelloser, dass wir hier nur in einer Vorschule sind und diesen Körper als Handwerkszeug zur Schule tragen müssen, wie gerne denke ich an die Zeit, wo wir diese Last ablegen dürfen und einkehren zur ewigen Heimat zu einem barmherzigen Vater. In dem Bestreben, mich in dieser Heimat schon ein wenig einzuleben, nicht so ganz als Fremdling zu erscheinen, wird mir die Zeit nicht so lang, wie es vielleicht außerdem der Fall wäre. Du würdest mich sehr verstehen, aber ich begreife gar wohl, wie Du in Deiner Jugendkraft noch ganz vom Leben erfüllt bist und ich fühle in voller Teilnahme mit Dir....«

Diesem Briefe liegt ein Blättchen bei mit dem bekannten Rückertschen Vers:

Aus der Jugendzeit, aus der Jugendzeit
klingt ein Lied mir immerdar,
o wie liegt so weit, o wie liegt so weit,
was mein einst war!

Auch die treue Freundin Luise Hecker, deren Jugendkraft in dem obigen Briefe noch gepriesen ist, schied aus dem Leben noch vor der älteren, immer mehr vereinsamten Freundin.

Aber Frau Brater hatte trotz der vielen Trauerfälle auch in ihren alten Tagen nicht nur Vereinsamung zu empfinden, das Leben brachte ihr von anderer Seite Bereicherung. Ihre Enkelin Berta sowie ihr Enkel Karl hatten sich in den letzten Jahren verheiratet, mit Liebe wandte sie sich den neuen Familiengliedern zu und als dem Enkel Karl ein Sohn geboren wurde, schrieb die achtundsiebzigjährige Urgroßmutter noch eigenhändig zur Taufe des Kleinen den selbst erdachten Vers:

Will Dir einen Glückwunsch bringen,
trag auch viele Dir entgegen,
doch der Reim will nicht gelingen.
Nun, daran ist nichts gelegen.
Denn mit Dir, Du kleiner Engel,
ist das Glück ja selbst gekommen,
hat sich eingelebt im Herzen,
feste Wohnung hier genommen.

Sie sah den Urenkel, der als ein kleiner Steiermärker auf die Welt kam, nimmer im Leben, aber als sie sein Bild erhielt, nahm sie es gar oft unter die Lupe und betrachtete in ihm mit liebevollem Interesse die neue Generation. Als sie sich einmal ungehalten über ihre blöden Augen aussprach, die gar nichts mehr taugten, sagte eine der Enkelinnen tröstend zu ihr: »Aber Großmutter, Deinen Urenkel siehst Du doch noch ganz deutlich«, und sie antwortete in einer freundlichen und ihr sonst ganz fremden unlogischen Weise: »Nun ja, den schon, weil er eben gar so ein netter Kerl ist.« Kamen die Kinder und Enkelkinder zusammen und saßen zum Familienabend um den großen Tisch, so saß sie liebevoll und an jeder Fröhlichkeit von Herzen teilnehmend dabei, obgleich die Schwerhörigkeit des Alters sie behinderte, so dass sie manchmal erklärte: »Die Menschen teilen sich mir nimmer in gute oder böse, sondern in solche, die deutlich und undeutlich reden.«

Jeden Sonntag Vormittag kam treulich als ihr »Hausgeistlicher«, wie sie scherzend sagte, ihr Schwiegersohn zu ihr und las ihr mit seiner kräftigen Stimme eine Predigt vor; die letzten, an denen sie sich erfreute, waren die von Rittelmeyer und Geyer. Manchmal nahm an dieser Vorlesung auch die Tochter oder eine der Enkelinnen teil, nach beendigter Predigt ließen sie aber Schwiegermutter und -Sohn allein beisammen, denn diese beiden, die nun auch schon ein gutes Stück Lebensweg und immer in bestem Einverständnisse gegangen waren, hatten sich viel zu sagen, und wenn etwas von ihrem Gespräch in das Nebenzimmer drang, so waren es immer Worte, aus denen man erkannte, dass sie sich an der schönen gemeinsamen Erinnerung freuten, »als die Kinder noch klein waren«. So war auch noch am Sonntag den 24. Februar der treue Schwiegersohn bei ihr gewesen, sie sprachen diesmal über den nahen Geburtstag von Anna, und die eigenen Geburtstage dieses Jahres mochten ihnen dabei in den Sinn kommen, es sollte für Kerler der siebzigste, für Frau Brater der achtzigste sein. Freundlich, wie immer, rief er ihr beim Fortgehen noch mit seiner frischen Stimme zu: »Adieu Mutter, Lass Dir's gut gehen«, und keines von beiden ahnte, dass es ein letztes Abschiedswort war, keines hätte gedacht, dass der nächste Sonntag der Todestag dieses noch so frischen, kräftigen Mannes wäre. Eine Lungenentzündung überfiel ihn und bereitete ihm ein so leichtes, sanftes Ende, dass er fast ohne Leiden scheiden durfte.

Frau Brater hatte kein klares Bild von seiner Krankheit gehabt, denn ihr, die nicht helfen, nicht nach ihm sehen konnte, die nachts so manche schlaflose Stunde hatte, ihr wollte man gerne die Sorge und Angst ersparen, solange man noch hoffen konnte, dass sie gnädig vorübergehen würde. Und nun kam so rasch das Ende und die Botschaft traf sie innerlich unvorbereitet. Das war ein erschütternder Schmerz, denn in dieser Todesnachricht lag für sie das Bewusstsein, dass das Lebensglück ihrer Tochter dahin sei, ein Ehebund getrennt, dem ihrigen gleich an beglückender Innigkeit. Niemand wusste so wie sie, was das heißt, und sie trauerte tief und still. Manchen Morgen, wenn die Enkelin, die bei ihr im Zimmer schlief, an ihr Bett trat, fand sie die Großmutter in Tränen, manchen Abend lag sie wach in wehmutsvollem Gedenken, wenn sie gleich in rührender Rücksichtnahme sich still verhielt, um die anderen nicht zu bekümmern.

So waren fünf Wochen vergangen. Montag den 8. April abends kam Frau Brater langsam und vorsichtig wie immer aus ihrem Zimmer in das Wohnzimmer zum Abendessen und setzte sich mühsam in ihren Lehnstuhl an den Tisch. »Sieh, Großmutter,« sagte die Enkelin, »da ist das neue weiche Rückenkissen, wollen wir's einmal probieren?« »Ja«, sagte sie, »aber jetzt nicht gerade, ich habe auf einmal so einen furchtbaren Kopfschmerz«, und sie lehnte sich zurück in den Stuhl, griff nach der Stirne und schloss die Augen, die armen, schwachen Augen, die ihr im Leben so unendlich viel Qual bereitet haben. Sie schloss sie und hat sie nicht wieder geöffnet.

Es war ein Schlaganfall. Das Bewusstsein verlor sich langsam. Sie versuchte noch hie und da ein Wort zu sprechen. Das letzte, was wir hören konnten, war ein leises, freundlich bittendes Wort an die Enkelin: »Anni, hilf mir ein bissel!« Von da an währte das Leben noch einige Tage, aber es war nur noch ein Atemholen und am Nachmittag des 12. April kam der letzte Atemzug.

Wir sagten uns alle: Wie gnädig ist es ihr ergangen, wie hat sie so schmerzlos hinüberschlummern dürfen, wir gönnten ihr auch, dass sie von aller Pein befreit war, verstanden es, wenn man uns sagte: Fast achtzig Jahre, da darf man nicht klagen, und d e n n o c h – o Du herzliebe Mutter, wie sollten wir Dich nicht vermissen??

Unser Buch schließt traurig, aber vielleicht doch nur traurig, weil wir zu kurzsichtig sind, um über den Tod hinaus zu sehen, in die Herrlichkeit, nach der dieser Geist schon auf Erden sich gesehnt hat. Seine besten Kräfte stammten aus dem Göttlichen und wenn sie nun nimmer in die irdische Hülle gebannt sind, werden sie dann nicht vereinigt sein mit ihrem göttlichen Ursprung? Ja wenn wir uns da hinein versenken, dann verwandelt sich unsere Trauer in ein Sehnen und Streben nach denselben Kräften und dann ist das Beste, dann ist der G e i s t unserer Mutter bei uns geblieben.